羽宸寰《ユー・チェンファン》・林珮瑜《リン・ペイユー》［作］
二駒《ニコマ》レイム［イラスト］
小暮結希《コグレユキ》［訳］

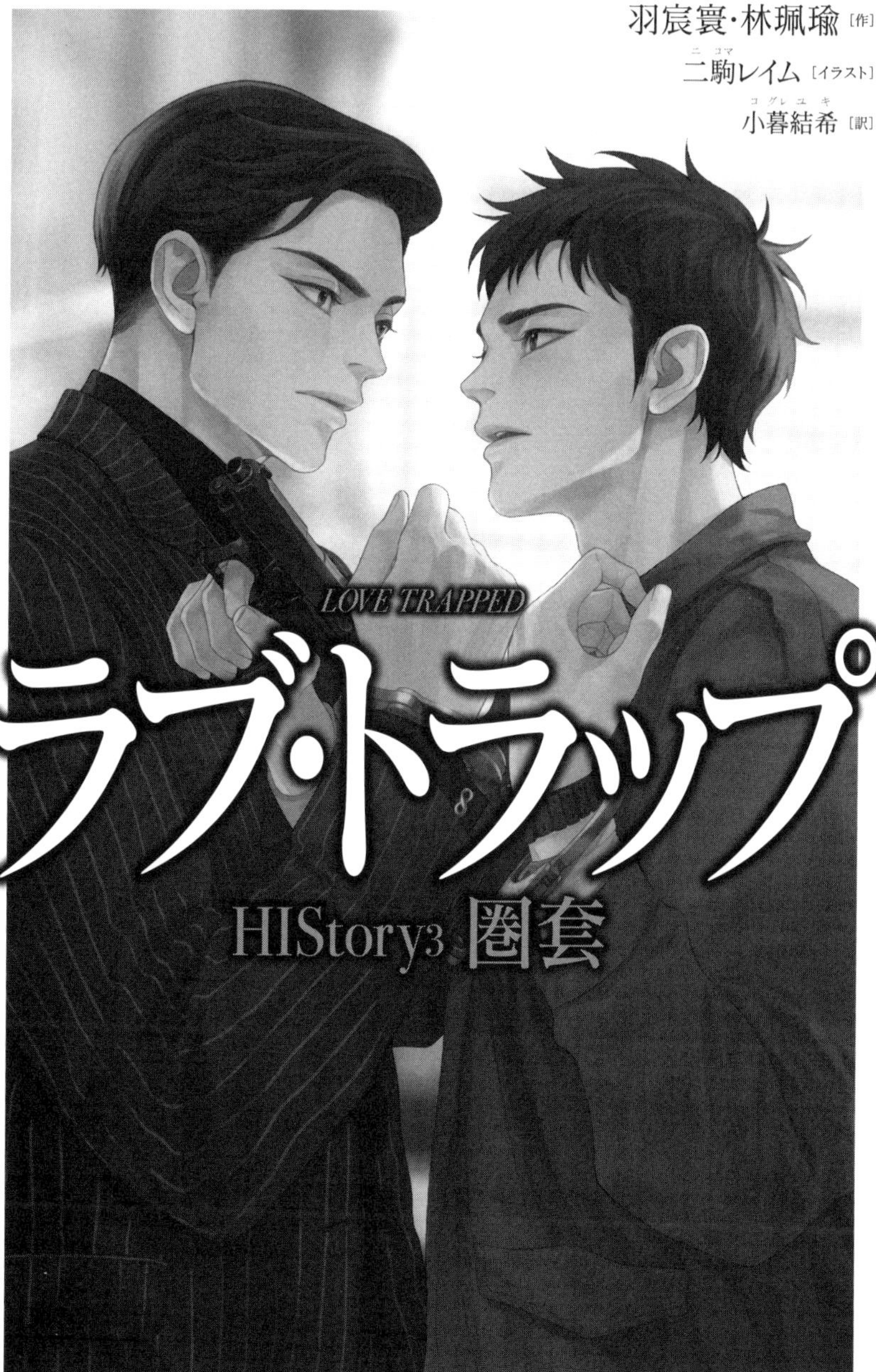

LOVE TRAPPED

ラブ・トラップ

HIStory3 圏套

すばる舎 プレアデスプレス

[ラブ・トラップ 目次]

孟少飛《モン・シャオフェイ》

偵査三部の刑事
4年前の事件の真相を追っている

趙立安《チャオ・リーアン》

偵査三部の刑事
孟少飛の相棒

石大砲《シー・ダーパオ》

偵査三部の部長

黃鈺琦《ホワン・ユーチー》

偵査三部の刑事

盧俊偉《ルー・ジュンウェイ》

偵査三部の刑事

周冠志《ジョウ・グァンジー》

偵査三部の刑事

李麗真《リー・リーチェン》

孟少飛の先輩刑事
4年前の事件で銃殺される

唐毅《タン・イー》

ヤクザ組織・行天盟《シンティエンモン》の若きボス
4年前の事件の唯一の生き残り

ジャック

唐毅のボディーガード

左紅葉《ツォ・ホンイエ》

唐毅の妹分、世海《シーハイ》グループのCEO

古道一《グー・ダオイー》

行天盟の組員

李至徳《リー・ジーダー》

行天盟の組員

唐國棟《タン・グォドン》

行天盟の先代ボスで唐毅の育ての親
4年前の事件で銃殺される

陳文浩《チェン・ウェンハオ》

カンボジアにある麻薬組織のボス
かつては唐國棟とともに行天盟をまとめ上げていた

Book Design　Coji Kanazawa
Illustration　　二駒　レイム

ラブ・トラップ

第一章

二十九年前――。

「お前！」

「シーッ」

息を切らしながら死に物狂いで逃げていた唐國棟《タン・グォドン》は、ある建物を駆け抜けた時、いきなり腕をつかまれ、人目につかない狭い路地にぐいっと引っ張り込まれた。

それから、二人は、でこぼこの壁にぴったりと体を貼りつけ、息を殺した。大きな包丁を振り回し、汚い言葉で罵倒しながら後を追ってきたチンピラたちが、二人の隠れた路地を通り過ぎていくのを待った。

「もしやつらが戻ってきたら俺が足止めするから、お前は先に行け！」

陳文浩《チェン・ウェンハオ》は痩せた身体つきの唐國棟《タン・グォドン》に真顔で言った。

「ヒーローを気取ってる場合か？　やる時も、逃げる時も一緒だ」

唐國棟《タン・グォドン》は相手を睨《にら》み、大きくため息をついた。

少し呼吸が落ち着くと、二人は路地の更に奥へと入っていき、建物の敷地を通り抜けて向こう側の通りへ逃げられないかと、路地の両側にある鉄製の扉を一つひとつ開けようと試みた。

しかし神に見放されたかのように、路地中を探し回っても、開く扉はなかった。

唐國棟《タン・グオドン》は眉間にシワを寄せ、低い声で言った。

「これ以上隠れていても埒《らち》が明かない。こうなったら……」

「こうなったら、何だ？」

「先に一人がおとりになってやつらを引きつけ、その隙にもう一人が逃げるしかない」

唐國棟《タン・グオドン》は、暗い路地の先の街灯の下にある出口を顎で指しながら、陳文浩《チェン・ウェンハオ》のセリフを繰り返した。

「何言ってやがる？　それは俺のセリフじゃねえか！」

陳文浩《チェン・ウェンハオ》が傍《かたわ》らに立つ唐國棟《タン・グオドン》を睨みつけると、ひとつ年上の唐國棟《タン・グオドン》に頭をど突かれた。

「お前のは単なる思いつきで、俺のはじっくり考え抜いた上での結論だ」

「そうかい。じゃ、逆に俺が逃げてお前が残ることにしよう。何と言っても、へへ、俺には可愛い麗真《リーチェン》がいるからな」

「ついさっきまで、やつらを食い止めるって男気見せてたやつがいたけど、やっぱりな、兄弟分よりも女ってわけか」

汗でびっしょり濡れた二人は、路地の左右に分かれて壁に寄りかかりながら話していた。

陳文浩《チェン・ウェンハオ》は腕で額に流れる汗をぬぐうと、にやりと笑って言った。

「俺は麗真《リーチェン》が卒業したら結婚するつもりだ。どう思う？」

「付き合って長いんだ、そろそろ年貢《ねんぐ》の納め時だろう。子どもが生まれたら、俺は代父《だいふ》[1]になるってことか！」

1　代父：子どもの後継人。実の父母が亡くなったときには親族として面倒を見る。また、カトリックなどでは洗礼などに立会い、神に対する約束の保証者となる男性をさすこともある。

唐國棟《タン・グォドン》はそう言いながら、壁際に積まれたレンガとセメント袋に視線を移した。セメント袋の後ろには砂利を運ぶための手押し車も転がっていた。阿吽《あうん》の呼吸ですぐに唐國棟《タン・グォドン》の意図を察した陳文浩《チェン・ウェンハオ》は、手押し車を指差した。

二人はそこで、まず倒れていた手押し車を真っ直ぐ起こし、それからセメントを一袋ずつ手押し車に載せ、更にレンガをふたつ手に取り、一番上から押さえつけた。

「代父になるのか。そりゃそうだな。代父なら祝儀をはずんでくれないとな！」

「もちろんだ。組の勢力が強くなればいくらでも金ができる。祝儀をせびられるくらいたいしたことない」

「よぉし、その言葉を忘れるなよ。必ずお前を生きて逃がしてやる。でないと、子どものご祝儀が減っちまう」

陳文浩《チェン・ウェンハオ》はサビだらけの取っ手を握り、セメント袋をめいっぱい載せた手押し車を路地の出口へと押した。唐國棟《タン・グォドン》もレンガをふたつ手に持って後ろに続き、ついさっき陳文浩《チェン・ウェンハオ》に引っ張り込まれた路地の曲がり角まで来て止まった。

「見くびるなよ。俺にだって息子くらいできるさ。その時はお前からご祝儀をもらわないとな」

「約束だ」

「おう」

見つめ合う互いの眼差しは、相手への厚い信頼に満ちていた。

チンピラたちは二人を追って一旦は走り去ったが、結局見つけられずに引き返してきた。口汚く罵る声が、暗い路地に近づいてきた。

「来たぞ」

「かかれっ！」

暗い路地からものすごいスピードで繰り出された手押し車が、ちょうど戻ってきたチンピラにぶつかった。

チンピラたちが仲間に向かって叫ぶよりも早く、手押し車の後ろから唐國棟《タン・グォドン》が飛び出して、手にしたレンガをチンピラの頭に振り下ろした。

シャッターが下りた騎楼《きろう》[2]の外で、加勢に駆けつけた数人のチンピラと、奪った包丁とレンガを手にした二人との乱闘が始まった。

＊　＊　＊

二十八年前――。

「行天盟《シンティエンモン》はお前に任せる」

一丁の拳銃、二、三冊の帳簿、束になった鍵をデスクに置きながら、唐國棟《タン・グォドン》が言った。

「だめだ。行天盟《シンティエンモン》のボスはお前しかいない。お前が刑務所に入れば、行天盟《シンティエンモン》もバラバラになる。俺たちの数年の努力も水の泡だ」

陳文浩《チェン・ウェンハオ》は厳しい表情で、警察に出頭しようとする男の行く手を遮った。

「一人も差し出さずに、四和会《スーホー》がことを済ますわけがないだろう」

四和会《スーホー》のボスの長男に怪我をさせ、事態は深刻だ。唐國棟《タン・グォドン》は数年は刑務所に入ることを覚悟していた。

「お前の言う通りだ。だから、俺が入る」

2　騎楼：通りに面した建物の一階部分を通行人のための半屋外にしているスペースのこと。日本のアーケードに似ている。

唐國棟《タン・グォドン》は驚いた表情で、自分の前に立ちはだかる相手を見て言った。

「これは俺が仕掛けた罠だ。手を出したのも俺だ。お前に何の関係がある？」

「いいや！　すべてこの俺、陳文浩《チェン・ウェンハオ》がやった。お前は何も知らない」

陳文浩《チェン・ウェンハオ》は親友の胸板をパンパンと叩き、その手で胸元の歪《ゆが》んだネクタイを直してやった。そして爽やかな笑顔を浮かべて言った。

「大丈夫だ。俺はお前より打たれ強い。刑務所暮らしに向いてる」

「文浩《ウェンハオ》……」

「ただし、承諾してほしい条件がある。麗真《リーチェン》の面倒を頼む。それから……」

微笑《ほほえ》んでいた口元が、ふと苦渋に歪んだ。そして申し訳なさそうに言った。

「彼女にはうまく言ってくれ。悲しむ顔を見たくない」

「分かった」

思わず涙声が漏れる。

固い友情で結ばれた、男同士の約束だった。

＊　＊　＊

半年後、刑務所の面会室――。

スーツに身を包んだ唐國棟《タン・グォドン》が、ガラスで仕切られた面会室に静かに座っている。しばらくすると向かいのドアが開き、白いＴシャツと黒い半ズボン姿の陳文浩《チェン・ウェンハオ》が入ってきた。

二人は通話用の黒い受話器を手に取った。だが、すでに数ヶ月服役している陳文浩《チェン・ウェンハオ》は、冷たい表情のまま相手の動きを睨みつけていた。

「文浩《ウェンハオ》。差し入れを作ってきたぞ。お前の好物ばかりだ」

陳文浩《チェン・ウェンハオ》はまるで赤の他人を見るかのような冷たい目をして、唐國棟《タン・グォドン》の話を遮った。

「今週、俺に仕掛けてきたやつがいる。お前が差し向けたのか？」

「……」

黙ったまま口をすぼませる唐國棟《タン・グォドン》を見て、陳文浩《チェン・ウェンハオ》は自分の憶測が正しいことを確認し、怒りがこみ上げた。

「くそ！　やっぱりお前か。唐國棟《タン・グォドン》、一体いつまで俺をここに閉じ込めておく気だ？」

「四和会《スーホー》がお前を狙ってる。ここにいたほうが安全だ。文浩《ウェンハオ》、もう数ヶ月時間をくれ。外のことは俺が片付けておくから」

「数ヶ月だと？　俺はお前の身代わりで入ったんだぞ。それとも俺はここにいりゃいいっていうのか？　どっちみち行天盟《シンティエンモン》は俺なんていなくてもいいか？　唐國棟《タン・グォドン》！　麗真《リーチェン》が待ってるんだ。なのにこんな仕打ちをするなんて！」

受話器を強く握りしめ、口元を歪めた陳文浩《チェン・ウェンハオ》は、二人を隔てる強化ガラスを叩き、話すほどに興奮してきた。

「文浩《ウェンハオ》、お前は出所すれば命を狙われるんだ。全部ケリをつけてから、お前を迎えに来る。俺を信じてくれ」

左手で受話器を握る唐國棟《タン・グォドン》は、なんとかなだめようとした。

「四和会《スーホー》とのことから、どのくらい経った？　行天盟《シンティエンモン》のボスともあろうお前がいまだにケリをつけられないなんて、誰が信じる？」

「文浩《ウェンハオ》、聞いてくれ」

唐國棟《タン・グオドン》は小さく陳文浩《チェン・ウェンハオ》に呼びかけ、ため息をひとつついた。そして面会室の外に立つ人影のほうを見ると、入るように軽くうなずいて合図した。

「麗真《リーチェン》！　どうしてここに？」

心配させないように麗真《リーチェン》には伏せておく約束だったはずなのに。

今、目の前に近づいてくる彼女を陳文浩《チェン・ウェンハオ》は呆然と見つめた。

「俺がここにいることを教えたのか？」

「俺は……」

唐國棟《タン・グオドン》は目の前の相手に何かを言おうとしたが言葉が出なかった。すると手に持った受話器が、李麗真《リー・リーチェン》に取り上げられた。

「陳文浩《チェン・ウェンハオ》。どうして私をだましたの？」

怒りを含んだ言葉だった。

四和会《スーホー》とのこと、刑務所で服役していること、彼女は最終的にすべてを知ってしまった。ともに家庭を築くと約束した相手が自分をだましていたのだ。

「麗真《リーチェン》、すまない。どう話せば良いのか分からなかった。俺はただ……」

「子どもができたの」

愛する李麗真《リー・リーチェン》を目の前にして、申し訳ない気持ちで彼女と目を合わせられずにうつむいていた陳文浩《チェン・ウェンハオ》は、思いがけない知らせを耳にした。

「本当か？」

にわかに感情が高ぶったが、三秒もしないうちに、李麗真《リー・リーチェン》の言葉によって奈落の底に突き落とされた。

「堕《お》ろしたの」

陳文浩《チェン・ウェンハオ》は李麗真《リー・リーチェン》の言葉に自分の耳を疑った。

「何だって？」

「子どもを堕ろしたのよ」

淡々とした話し方は、子どもの命を奪った母親とは思えなかった。

李麗真《リー・リーチェン》の冷たい眼差しが、心に突き刺さった。陳文浩《チェン・ウェンハオ》は片手をガラスに当てたまま、嗚咽《おえつ》しながら問いただした。

「どうしてだ？　俺たちの子どもだろ……なぜだ？」

「文浩《ウェンハオ》。私たちは生きる世界が違うの。一緒に歩んでいくことはできないわ。とにかくこれからは……自分を大切にして……」

李麗真《リー・リーチェン》は重々しくそれだけ言うと、受話器を机に置き、過去を振り切るかのような足取りで面会室を出ていった。

「麗真《リーチェン》！　麗真《リーチェン》、まだ話は終わってない！　麗真《リーチェン》！」

いくらガラスを叩いても、心を決めた李麗真《リー・リーチェン》を呼び戻すことはできなかった。泣きじゃくる様子を傍らで見ていた唐國棟《タン・グォドン》は、絶望と混乱の中にいる陳文浩《チェン・ウェンハオ》を、なんとか落ち着かせようと受話器を手に取った。

「文浩《ウェンハオ》。いいか、落ち着いて聞くんだ。頼むから」

陳文浩《チェン・ウェンハオ》をなだめるための言葉は、かえってわざとらしく響いた。

陳文浩《チェン・ウェンハオ》にはそれが堪えがたく、あざ笑われたかのように感じた。手に持っていた受話器を机に叩きつけ、狂ったように強化ガラスを殴った。

男同士秘密は守ると約束をしておきながら、彼女をここに連れてきた唐國棟《タン・グオドン》を罵った。

『唐國棟《タン・グオドン》、俺はお前を許さない！　一体どういうつもりで来やがった？　できるもんなら俺を閉じ込めておけ！　でないと、俺はお前をぶっ殺す！　絶対許さねぇ！　殺してやる！　ちくしょう！」

暴れる陳文浩《チェン・ウェンハオ》を押さえようと、面会室にいた二人の看守が手錠を持って駆けつけてきた。

看守が面会室から連れ出そうとすると、陳文浩《チェン・ウェンハオ》は気が狂ったように暴れた。応援に駆けつけた看守が、スタンガンで気絶させるまで、彼はわめき続けた。そして捨てられたボロ人形のようになった陳文浩《チェン・ウェンハオ》は、看守にかかえられて、服役番号で分けられた獄房に戻された。

「違う……お前を裏切るなんて……」

取り乱して連れ出された陳文浩《チェン・ウェンハオ》を見ながら、面会室に取り残されたスーツ姿の唐國棟《タン・グオドン》は、答える相手がいなくなった受話器を握りしめたまま、独り言のようにつぶやき続けた。

＊　　＊　　＊

四年前——。

「毅《イー》よ、俺は一人で行く。お前はここで待ってろ」

遊歩道の入り口で車を停めさせ、唐國棟《タン・グオドン》は車を降りて、運転手役の唐毅《タン・イー》にそう言った。

「どうして？　今から誰に会うの？　俺は行っちゃだめなのか？」

信頼できる人の前でだけ前髪を下ろす唐毅《タン・イー》は、いつも行天盟《シンティエンモン》の組員に見せているような鋭さはなく、甘えん坊の子どものように口を尖らせて抗議した。

「持ってろ」

唐毅《タン・イー》の問いには答えず、唐國棟《タン・グオドン》はにこやかにそう言って、手に持っていたタバコの箱を渡すと、コンクリート造りの階段に足を踏み入れた。

「國棟《グオドン》さん！」

それ以上聞いても答えてはくれないことを分かっていた唐毅《タン・イー》は、離れようとする唐國棟《タン・グオドン》に声をかけ、口元のタバコを奪い取り、眉間にシワを寄せた。

「もう吸うなよ！」

最後の一本のタバコまで取り上げられた唐國棟《タン・グオドン》は、まるで母親のようにしつこく禁煙を促してくる唐毅《タン・イー》に笑顔を向けて、その肩をとんとんと叩いた。

「ここで待つんだ。すぐに戻る」

「うん」

唐毅《タン・イー》はうなずいたが、言いようのない感情と敬愛の入り混じった眼差しで唐國棟《タン・グオドン》の後ろ姿を見送った。

唐國棟《タン・グオドン》の姿が見えなくなると、コンクリートの階段に腰を下ろして、自分の大切な人の帰りを待った。

山へと続く遊歩道を登り約束の場所まで来た唐國棟《タン・グオドン》は自分がつけられていることに気がついていなかった。

手にはしっかりと茶色い紙袋を持ち、別の方向から人影が現れるのを待った。

「久しぶりだな、麗真《リーチェン》」

「捜査のためじゃなかったら、あなたに会うことはなかったわ」

長らく「消息不明」だった李麗真《リー・リーチェン》は、以前と変わらぬよそよそしい口ぶりで、唐國棟《タン・グオドン》にそう言った。

「分かってるさ。今日君に会ったのは、最後の決断をしたからだ」

唐國棟《タン・グオドン》が手に持っていた物を差し出すと、李麗真《リー・リーチェン》はその中から資料を取り出した。

その資料に目を通すうちに、彼女の表情はみるみる青ざめていった。そして資料をシワのよった紙袋に押し込むと、唐國棟《タン・グオドン》に向き直った。

「麗真《リーチェン》？」

唐國棟《タン・グオドン》の後ろをつけてきた陳文浩《チェン・ウェンハオ》は、少し離れた場所に身を隠していた。

そして唐國棟《タン・グオドン》と会っている人物の顔がはっきり見えると、いぶかしげにその名前を口にした。

陳文浩《チェン・ウェンハオ》は李麗真《リー・リーチェン》を探し出せないと言い張る唐國棟《タン・グオドン》と、残酷にも子どもを堕ろしてしまった李麗真《リー・リーチェン》を問い詰め、なぜ自分をだましたのか聞きたかった。

ここ数年の間に一体……何が起こったというのか？

パァン！　パァン！

その時、突然銃声が鳴り響き、陳文浩《チェン・ウェンハオ》の鼓膜に突き刺さった。さほど遠くない場所で階段に腰掛けていた唐毅《タン・イー》にもその音は聞こえ、すぐに立ち上がり、唐國棟《タン・グオドン》の向かった方向に夢中で走り出した。

だが、遅かった。唐毅《タン・イー》が駆けつけた時には、唐國棟《タン・グオドン》は血溜まりに横たわっていた。

「國棟《グオドン》さん！」

叫びながら駆け寄った時、ふと自分以外にもう一人、黒い帽子を被った人物が木陰にいることに気づいた。

「動くな！」

瞬間的に危険を察知した唐毅《タン・イー》は、護身用の拳銃を取り出し、この現場の真相を知るただ一人の目撃者に向けて、大声で怒鳴った。

木陰に隠れていた陳文浩《チェン・ウェンハオ》も、同じく殺意に満ちた目で、目の前の若い男を睨みつけていた。

長年追い求めてきた問いへの答えがもう少しで得られるかもしれないという時に、不意に唐國棟《タン・グォドン》と李麗真《リー・リーチェン》はこの世を去り、答えは永遠に得られなくなってしまった。

決して納得できない理不尽に対する怒りが、そこにいる若者、唐國棟《タン・グォドン》を「國棟《グォドン》さん」と呼ぶ若者に向けられた。心の底から憎しみがこみ上げた。

パァン！

三発目の銃声が響いた。陳文浩《チェン・ウェンハオ》が相手の胸を狙って引き金を引いた。三人目の被害者が倒れ、その胸が鮮血に染まった。

「國棟《グォドン》さん……」

唐毅《タン・イー》は砂利を敷き詰められた地面に仰向けに倒れたまま、次第に遠ざかる革靴を見つめ、靴底が地面を踏みしめる音を聞いた。

そして視界は暗闇に引きずり込まれた。

＊　＊　＊

現在――偵査三部のオフィス。

「孟少飛《チン・シャオフェイ》！　また上司を完全無視か？」

偵査三部のオフィスに、例のごとく石大砲《シー・ダーパオ》部長の大きな声が響き渡った。

傍らのソファーには、四和会《スーホー》と行天盟《シンティエンモン》が接触していたクラブから連行された組員たちが手錠をかけられ、一列に座っていた。

黒い革ジャケットを着た偵査三部の石《シー》部長が、両手を腰に当てて、目の前の若い刑事に大声で怒鳴っている。趙立安《チャオ・リーアン》はその左側に立って、烈火のごとく怒る部長の怒りを少しでも冷まそうと、黄色い扇子で一生懸命あおいでいた。

「捜査令状も出てないのに、部下を連れて踏み込むなんて、一体何様のつもりだ？　お前は法律というものが分かっていないようだ。これは警告だ。これ以上俺が許しておくと思うな」

「部長、資料です」

危うい雰囲気を見て取った盧俊偉《ルー・ジュンウェイ》は、資料を持って間に入り、わざと石大砲《シー・ダーパオ》の話を遮った。もう片方の手にはお香を焚いた金属の小皿を持ち、部長の背後で線香の煙をぐるぐると回し、リラックス効果のある香りで噴火中の火山を鎮めようとした。

石大砲《シー・ダーパオ》は振り向いて出ていこうとする孟少飛《モン・シャオフェイ》を追いながら、砲火を浴びせるように言った。

「長い間お前が唐毅《タン・イー》の捜査に執着してきたのを、俺は見て見ぬ振りをしてきた。なのに上司も無視して独断で動くとはな。数年刑事をやって手柄を立てたからといって、やりたい放題できると思うなよ」

「部長、お茶を」

心配顔の黄鈺琦《ホワン・ユーチー》が高山烏龍茶を入れたマグカップを部長に渡した。

「でも部長、今回は令状が少し遅かったってだけで、俺たちは行天盟《シンティエンモン》と四和会《スーホー》の密談の証拠をつかんでいました。それに唐毅《タン・イー》の手下も連行できたんですよ」

「だからどうした？　今後も行天盟《シンティエンモン》に動きがある度に部下を引き連れて乗り込むつもりなのか？　お前の職業は何だ？　パパラッチか？　それともここは興信所になったのか？　俺の娘はもうすぐ結婚するんだ。頼むからこれ以上面倒なことを起こさないでくれ」

孟少飛《モン・シャオフェイ》は長椅子に手錠姿で座らされた連中を指差して、不満げに言った。

「もしやつらがグルになって悪巧みしていなければ、唐毅《タン・イー》も捕まえられたんです」

そこまで言うと孟少飛《モン・シャオフェイ》は、また腹が立ってきた。唐毅《タン・イー》は自分を利用して四和会《スーホー》の組員を連行させた。明らかに手の中で踊らされたのだ。

「黙れ！　ちょっと来い」

石大砲《シー・ダーパオ》は言うことを聞かないこの部下を指差すと、背を向けて自分のオフィスに向かった。

傍らには四人の若い警官が集まっていた。

盧俊偉《ルー・ジュンウェイ》は資料を手に、部長と孟少飛《モン・シャオフェイ》の背中を見ながら、横にいる黄鈺琦《ホワン・ユーチー》に聞いた。

「趙《チャオ》は扇子で風を送って、俺は癒やしのお香を焚いて、君は部長の大好きなお茶も入れてあげたのに、部長の怒りはまったく収まらないな？」

「小飛《シャオフェイ》のやつ、今回ばかりは本当に部長の地雷を踏んだな」

周冠志《ジョウ・グァンジー》は紙コップで水を飲みながら、盧俊偉《ルー・ジュンウェイ》の言葉にそう答えた。

黄鈺琦《ホワン・ユーチー》は荒々しくバタンと閉められたドアを見て、やきもきした様子で言った。

「命に関わるようなことにならないかな？」

「警察に通報しなくていいかな？」

「お前ら、警察じゃないのかよ？」

扇子を持った趙立安《チャオ・リーアン》が真顔で言うと、髪を赤く染めた行天盟《シンティエンモン》の組員にすかさずツッコミを入れられた。


自分のオフィスに着くと、石大砲《シー・ダーパオ》はファイルの山を取り出して机にどさりと置き、孟少飛《モン・シャオフェイ》の前に突き出した。

「この資料をよく読むんだ」

「部長、四年前の資料なら、もう何度も読みました」

「何度も読んだ？　なら、大事なところを見落としてないか？　当時の調書で、唐毅《タン・イー》ははっきりと答えてる。知らないものは知らないんだ」

石大砲《シー・ダーパオ》は両腕を胸の前で組み、目の前の向こう見ずな若い部下を睨んだ。

「部長、現場には麗真《リーチェン》刑事、唐國棟《タン・グォドン》、それに唐毅《タン・イー》の三人が倒れていたんです。唯一の生き残りである唐毅《タン・イー》が何も知らないなんて、あり得ないでしょう？」

「生き残ったからこそ、やつが知らないということが事実だ。俺たちの捜査が足りなかったとでも言いたいのか？　この事件で銃殺されたのは、一人が警察、もう一人が行天盟《シンティエンモン》のボスだ。もちろんメディアも上層部も、真相解明を期待したさ。だがな、唐毅《タン・イー》の証言には少しのほころびもないんだ」

「ほころびがないんじゃなくて、我々の証拠が足りないだけです」

孟少飛《モン・シャオフェイ》は部長を見て、負けずに言い返した。

「じゃあ、お前が四年間ずっと調べてきて、何か新しい証拠があったか？」

「証拠は見つかってません。でも、この事件で唐毅《タン・イー》が被害者ではなかったとしたら？　やつが罠を仕掛けて、唐國棟《タン・グオドン》から行天盟《シンティエンモン》を奪ったとも考えられませんか？」

「罠、だと？」

石大砲《シー・ダーパオ》の声は更に大きくなり、孟少飛《モン・シャオフェイ》の胸を指で差して、ますますヒートアップした。

「やつは罠のために、誰かに頼んで自分の胸に穴を開けさせたのか？　よく考えろ。やつは当時出血多量で死にかけてる。集中治療室に半月入って、やっと命拾いしたんだぞ。そこまで身体を張った罠があるか？　警察の捜査に必要なのは、まず証拠だ！　証拠を見つけろ！　孟《モン》、少《シャオ》、飛《フェイ》！　お前に証拠はあるか？」

「確かに、証拠はありません。でも絶対に、唐毅《タン・イー》は調書で嘘《うそ》をついてます」

「証拠がなくて、『絶対に』なんてよく言えるな。いっそ脚本家にでも転職しろ！」

「部長……」

自己弁護のために何か言い返そうと思っていた孟少飛《モン・シャオフェイ》は、この言葉に打ちのめされた。

「いやいや、俺がお前を部長と呼ぶべきだな。よく思い出してくれよ、部長さん。この四年間唐毅《タン・イー》を追いかけ回して、向こうの弁護士に何度訴えられた？　どの案件もまだ訴訟中でひとつも結審してない。お前の書いた始末書の山でカップ麺にぴっちり蓋ができるぞ。

それはまだいいとして、一番割を食ってるのは俺だ。お前のしでかしたことで、上司から何度呼び出しを食らったか分かるか？　頼むから、少しの間でもゆっくりさせてくれ。静かに過ごさせてくれよ」

「でも……」

「部長！　部長！」

ドアを開けて入ってきた趙立安《チャオ・リーアン》が孟少飛《モン・シャオフェイ》の話を遮り、慌てふためきながらドアの外を指差して続けた。

「国際刑事部の人が、ジャックを連れていくって」

趙立安《チャオ・リーアン》が口にしたジャックとは、先ほどの赤髪の男だ。ここ数年唐毅《タン・イー》のボディーガードを務めている。

孟少飛《モン・シャオフェイ》はそれを聞くと、すぐさま飛び出し、ちょうど移送されるジャックと、国際刑事部の担当の男性警察官を引き止めて、忌々《いまいま》しそうに言った。

「何の権利があって連れていくんだ？」

「必要な資料はそちらに提出済みです。この方は我々のところで捜査に協力してもらいますので」

「何の捜査だ？」

「申し訳ないですが、それは申し上げられません。通してください」

スーツ姿の男性警察官は、前に立ちはだかる孟少飛《モン・シャオフェイ》を押しのけ、手錠をかけたジャックを連れて偵査三部のオフィスフロアから出ていった。

「やめろ！」

更に追いかけて文句を言おうとしている孟少飛《モン・シャオフェイ》を、石大砲《シー・ダーパオ》が引き留め、唐毅《タン・イー》のこととなると後先を考えずに衝動的に動いてしまう部下を、強い口調で制止した。

「部長、俺たちが捕まえたんですよ。他の部署から渡せと言われてあっさり渡してしまうんですか？」

「以前、国際刑事部が段取りしたタイの捜査線を、お前は唐毅《タン・イー》のことで台無しにしただろう。今回はその埋め合わせとして、ジャックを刑事部に引き渡す。もうこれ以上面倒は起こすな。分かったか？　席に戻れ！」

「……」

孟少飛《モン・シャオフェイ》は不満そうに石大砲《シー・ダーパオ》をちらりと見て、石大砲《シー・ダーパオ》の手を振り払って歩き出した。

「どこへ行く？」

「帰るんです！」

石大砲《シー・ダーパオ》は横にいた趙立安《チャオ・リーアン》の背中を押して、険しい顔で言った。

「ついていけ。しっかり監視しろ」

「はい」

趙立安《チャオ・リーアン》は不服そうに口を歪ませたが、部長からの命令に逆らう勇気はなく、おとなしくうなずいて孟少飛《モン・シャオフェイ》を追った。

「はあ……」

自分のオフィスに戻った石大砲《シー・ダーパオ》は、机に置いたままの資料と調書を目にすると、苦しみと後悔の念が頭をよぎり、深々とため息をついた。

そして、散らばったファイルを整理し直して、元の位置に戻した。

＊　＊　＊

大通り──。

オフィス街の歩道には、前後に少し距離を置いて歩く孟少飛《モン・シャオフェイ》と趙立安《チャオ・リーアン》の姿があった。

孟少飛《モン・シャオフェイ》が進むと、趙立安《チャオ・リーアン》も同じだけ進む。孟少飛《モン・シャオフェイ》が足を止めると、趙立安《チャオ・リーアン》もすぐに止まる。

金魚のフンのようについてくる相手に苛《いら》立ちをつのらせた孟少飛《モン・シャオフェイ》は、しばらく進んだところで突然振り返った。

「なんでついてくる？」

予想外の動作に趙立安《チャオ・リーアン》は孟少飛《モン・シャオフェイ》の胸に顔面をぶつけ、額をさすりながら、情けなさそうに言った。

「怒らないでよ。部長が監視しろって」

「家のトイレまでついてくる気か？」

「何年の付き合いだと思ってるんだよ？　唐毅《タン・イー》を追跡するつもりなんだろう？」

童顔の趙立安《チャオ・リーアン》は親友の嘘を見抜いて、自慢げに顎を突き出した。

「だったら何だよ」

「だめだよ、また唐毅《タン・イー》に訴えられる。職権を乱用して、善良な市民を尾行してるって」

「もう退勤したんだから、任務中じゃない。それに俺は、たまたまやつと『出くわす』だけだ。訴えようがないだろ？」

孟少飛《モン・シャオフェイ》はそう言って、にやりと笑った。四年にわたるあらゆる訴訟と始末書のおかげで、法律の条文をすり抜けるグレーゾーンを学習済みであった。

趙立安《チャオ・リーアン》は口をへの字に曲げて、遠慮なく言い返す。

「嘘だ。唐毅《タン・イー》の居場所も分からないのに、どうやって『出くわす』んだよ？」

孟少飛《モン・シャオフェイ》はしばらく歩くと、とある紳士服店の入り口で突然歩みを止めた。親指で店内をくいっと指すと、得意げに言った。

「居場所なら知ってるさ」

趙立安《チャオ・リーアン》は目を細めてガラスの向こうを覗《のぞ》いた。センスよくしつらえられた店内に、行天盟《シンティエンモン》の若きボスの姿があり、その傍らには女性店員が二人立っていた。

孟少飛《モン・シャオフェイ》のほうを振り返って、驚きながら聞いた。

「本当だ、なんで知ってるんだ？」

「毎週水曜日の午後は、この店を視察に来る」

「じゃ、明日の午後は？」

「城商《チョンシャン》ホテルさ」

「土曜日の夜は？」

「亜緻《ヤージー》クラブ」

「日曜日のお昼は？」

「関渡《グワンドゥー》ヴィラ」

「全部知ってるんだ！　でも、どうして唐毅《タン・イー》は決まった行動パターンなの？」

「以前はやつの動きは全然読めなかった。だけど、ここ一年は決まったスケジュールで動くようになったんだ。なぜだかは俺にも分からない。だから……」

そう話しながら、外からドアノブに手をかけて押そうとしたところ、それよりも少し早く女性店員がドアを引いて開け、笑顔で礼儀正しく言った。

「社長がどうぞ、と」

「あ、どうも」

孟少飛《モン・シャオフェイ》は軽く会釈《えしゃく》すると、堂々と店内に入ろうとしたが、すぐさま趙立安《チャオ・リーアン》に引き留められた。

「少飛《シャオフェイ》！　どういうつもりだよ？」

「社長がお呼びだって言うから、入るに決まってるだろ」

趙立安《チャオ・リーアン》は困りきった顔で、懸命に孟少飛《モン・シャオフェイ》のジャケットを引っ張った。

「やめようよ。入ったら、お前はまた殴りかかって、まずいことになるよ」

孟少飛《モン・シャオフェイ》は趙立安《チャオ・リーアン》を見て、趙立安《チャオ・リーアン》が身につけているセンスとは程遠い白黒ストライプ柄のジャケットをつまんで、バカにしたように言った。

「今回は大丈夫だ。それに、部長の娘さんが結婚するだろ？　少しは見た目を良くしろって言われたじゃないか。お前は結婚式に何を着るんだよ？　部長に恥をかかせるつもりか？　マシな服を持ってるのか？　まさか、これのことか？　せっかく紳士服店に来たんだ。一人一着選ぼうぜ。入るぞ！」

「ちょっと、阿飛《アーフェイ》[3]！　阿飛《アーフェイ》ったら！」

「引っ張るなよ、服を選ぶだけじゃないか」

「ちょっと、待ってよ」

部長にしっかり監視するよう命じられた趙立安《チャオ・リーアン》は、必死になって両手で孟少飛《モン・シャオフェイ》のジャケットを引っ張った。

3　小（シャオ）・阿（ア・アー）：中華圏では親しい人への愛称として名に小・阿をつけて呼ぶことがある。同輩や目下の人に対して「○○くん、○○ちゃん」に似たニュアンスで使う。

だが、いかんせん力ではかなわず、逆に店内に引きずり込まれてしまった。

「俺に何か用か？」

ソファーに座って売上の資料に目を通していた行天盟《シンティエンモン》の若きボスは、四年にわたって何かと噛《か》みついてくる偵査三部の刑事を見て、眉を上げて言った。

「別に、俺たちはお客だ」

気まずい雰囲気をごまかすために、ハンガーラックから適当にストライプ柄のジャケットを手に取った。

趙立安《チャオ・リーアン》がその値札をつまんで、数字を数えた。

「一、十、百、千……万？　マジかよ！　これ、六万元（約二十七万円）もするよ？」

「そんなに！」

特に何ともないように見えるジャケットの値段が数万元とはにわかに信じられなかった。趙立安《チャオ・リーアン》の手から値札を奪うと、孟少飛《モン・シャオフェイ》はその数字を見て目が飛び出しそうなった。

「俺がプレゼントしよう。日々の市民への奉仕に報いて」

皮肉を込めた言葉がソファーのほうから聞こえてきたが、言われた側はきっぱり拒否した。

「要らん！」

たかだか六万元じゃないか。これから数週間カップ麺だけで過ごせばいいだけだ。

一方、趙立安《チャオ・リーアン》は自分を指差して、興奮気味に聞いた。

「じゃあ、僕にも一着いい？」

「バカ！」

天真爛漫《てんしんらんまん》で、天然ボケの後輩を自分の横に引き戻して、孟少飛《モン・シャオフェイ》は低い声で注意した。

「何の冗談だ？　偵査三部の刑事が、ヤクザから賄賂を受け取るのか？　もし部長に知れたら、三千字の始末書では済まないぞ」

唐毅《タン・イー》はソファーから立ち上がり、一本気な性格の孟少飛《モン・シャオフェイ》に向かって、にやりとして言った。

「安くしてやろう。買えるならな」

「断る！」

「そうか？　では、孟《モン》刑事、お買い上げありがとうございます。君、採寸を」

「孟《モン》様、こちらへどうぞ」

赤い制服の女性店員は、孟少飛《モン・シャオフェイ》の手から六万元のストライプ柄ジャケットを受け取りながらそう言った。

「ど、どうも」

案内されて採寸をしてもらっていると、唐毅《タン・イー》の着信音が鳴った。孟少飛《モン・シャオフェイ》は、電話に出て、物腰柔らかな口調で話していた唐毅《タン・イー》を見てドキっとした。

電話を切ると、唐毅《タン・イー》はこちらに歩いてきて言った。

「孟《モン》刑事はお目が高い。これはイギリスから仕入れた生地でハンドメイドしたジャケットです。とてもよくお似合いだ。ただ、お値段もそれ相応。孟《モン》刑事のお気に召すなら、お安くしましょう」

「そんな必要はない」

唐毅《タン・イー》はそれには答えず、また皮肉めいた笑みを浮かべた。そして、毎週水曜に決まって視察する紳士服店を後にした。

「おい！　待てよ、おい！」

三十分後、孟少飛《モン・シャオフェイ》は自分の給料一ヶ月分相当のブランドスーツを手に提げて、忌々《いまいま》しそうな顔で行天盟《シンティエンモン》グループの店を出た。

＊　　　＊　　　＊

「あのさ、警察なんか辞めて、唐毅《タン・イー》のところへ行かない？　ヤクザのほうがよっぽど儲《もう》かりそうだよ！」

趙立安《チャオ・リーアン》は片手にカップ麺、もう片手に箸を持って、この家の主である孟少飛《モン・シャオフェイ》の後ろにつきまといながら提案した。

「名案だ。じゃあ明日退職して早速唐毅《タン・イー》の仲間に入れてもらおう。潜入捜査ができるな。どうだ？」

「ちょっと待ってよ。冗談だってば」

趙立安《チャオ・リーアン》は慌てて自分の言葉を取り消した。本当にそんなことをしたら、絶対に部長に病院送りにされてしまう。

「ふん、つまらん冗談言うな」

趙立安《チャオ・リーアン》は口を歪ませたが、同僚であり親友でもある孟少飛《モン・シャオフェイ》をおかしな目つきで見ながら、ためらいがちに聞いた。

「ところでさ、少飛《シャオフェイ》……」

「なんだ？」

「四年もしつこく追い回してたら、君をよく知らない人から見ると、唐毅《タン・イー》に気があるんじゃないかって誤解されるかもよ」

「警察がヤクザに密《ひそ》かな片思いってか？　たいした想像力だな」

突拍子もないことを言い出した趙立安《チャオ・リーアン》は、しかし孟少飛《モン・シャオフェイ》の返事に納得せず、ぼやき続けた。

「でもさ、言い切れないだろ。神様は波瀾万丈が大好きだよ」

弁当を食べていた孟少飛《モン・シャオフェイ》は、箸で自分の鼻先を指して、真顔で言い返した。

「あり得ないって言ったらあり得ない」

趙立安《チャオ・リーアン》はテーブルから立ち上がり、玄関近くの壁に向かった。行天盟《シンティエンモン》の幹部と関連資料の貼られた壁一面のボードを指差し、更に反論した。

「あり得ない？　唐毅《タン・イー》の似顔絵を手描きした指名手配書まで作って、身長まで細かく調べておいて？　それをいつでも眺められる場所に貼っておいて？」

孟少飛《モン・シャオフェイ》は手に持った箸でボードに貼ったものを指して、言った。

「そこに貼ってあるのは、自分への戒めだ。何としても突き止めるんだよ……」

「四年前の真相を……」

「四年前の真相を！」

趙立安《チャオ・リーアン》は腕組みしたまま壁にもたれて、孟少飛《モン・シャオフェイ》が言うのと同時に言った。

「そうだ！」

「まあいいか。あり得ないってことにしておこう」

趙立安《チャオ・リーアン》は肩をすくめ、孟少飛《モン・シャオフェイ》との議論はやめて、テーブルに戻って食べかけのカップ麺を手に取った。すると話題を変えて、急にアイドルファンのような口ぶりになった。

「でもさ、今日唐毅《タン・イー》が笑った顔、かっこよかったなぁ。ヤクザのボスにしておくのはもったいないよ。もし芸能人になったら、絶対売れっ子になる。僕もファンになるな！」

「バカか！」

「なんだよ、本気で言ってるのに……」

趙立安《チャオ・リーアン》はカップ麺の麺を頬張りながら更に続けた。

「今はね、笑顔がキュートな男がもてるんだよ。ネットにアップしたら、絶対に大人気だよ。女の子だけじゃなくて、きっと男連中も惚れる」

天然ボケの後輩を横目で見やって、孟少飛《モン・シャオフェイ》は箸で自分の顔を指しながら、大声で言った。

「どうだかね。俺は惚れない」

「唐毅《タン・イー》を追いかける情熱を女性に向けてれば、今頃は子どもが一ダースはいたろうにね」

「ちっ、永遠の童貞君がうるさいよ……あっ、何すんだよ？　高いスーツ買って、毎日カップ麺の生活になるだろうからって、俺に弁当買ってくれたんだろ？」

自分の食べていたスペアリブの唐揚げ弁当が趙立安《チャオ・リーアン》に奪い取られ、呆然としていると、代わりに残り少なくなったカップ麺が差し出された。

「ひどいよ、永遠の童貞なんて。弁当おごってあげるんじゃなかった……あっ！　僕のスペアリブ！」

孟少飛《モン・シャオフェイ》の箸がひょいと伸びて、一番おいしいスペアリブの唐揚げをひったくっていったのだ。弁当箱を前に、趙立安《チャオ・リーアン》はいつも悪ふざけばかりしてくる先輩を睨んだ。すると孟少飛《モン・シャオフェイ》は、リビングの端まで逃げて趙立安《チャオ・リーアン》に向かって舌を出した。

＊　　＊　　＊

唐毅《タン・イー》の自宅――。

浴室内で、唐毅《タン・イー》のすらりと引き締まった身体が、白い湯気に包まれていた。シャワーのノズルからこぼれたお湯が、濡れた髪に滴《したた》り、そこから首元を滑り落ちて、胸の曲線に沿い、鍛えられた腹筋、臀部《でんぶ》へと流れていた……。

シャワーを浴びた唐毅《タン・イー》は、蛇口を閉めてバスローブを羽織ると、浴室から寝室に戻った。そこには実の妹同然に育った左紅葉《ツォ・ホンイエ》がいた。唐毅《タン・イー》の白いワイシャツを着て、すらりと美しく伸びた足を露《あら》わにして、ベッドに横たわっていた。

「風邪ひくぞ」

「こんな美女がこんな姿でいても、そそられないなんて、がっかりだわ」

「おかえり」

唐毅《タン・イー》は腰をかがめ、左紅葉《ツォ・ホンイエ》のこめかみに軽くキスをして、クローゼットに向かった。

美しい二本の足がベッドのへりから床に滑り降りた。左紅葉《ツォ・ホンイエ》は唐毅《タン・イー》の後を追いながら聞いた。

「ジャックが孟《モン》っていうやつに捕まったそうね。あの刑事、まだあなたを困らせてるの？」

帰ってすぐに、唐毅《タン・イー》のボディーガードのジャックが孟少飛《モン・シャオフェイ》によって連行され、尋問を受けているという知らせを聞いたのだ。

「今回は誰が告げ口したんだ？」

「教えるわけないじゃない！　じゃないと、行天盟《シンティエンモン》の人たちどんどんクビにされて、誰もいなくなっちゃうわ」

左紅葉《ツォ・ホンイエ》はおどけた表情を作り、唐毅《タン・イー》の身辺で起こった出来事を自分に教えてくれた部下のことは、決して明かそうとしなかった。

「あいつ、また邪魔を？」

「いいや」

「本当に？」

「してないどころか、ついでに四和会《スーホー》のやつらも捕まえてくれたよ。手間が省けた」

行天盟《シンティエンモン》と四和会《スーホー》が密会する場所を事前にわざと孟少飛《モン・シャオフェイ》に漏らしたのは、警察の力を利用して四和会《スーホー》のボスを捕まえさせるためだった。

幼少期から一緒に育った唐毅《タン・イー》に、左紅葉《ツォ・ホンイエ》は疑わしそうな表情を向けた。

「だからお礼にスーツを贈ったってわけ？　なんだかあなたたち二人、ますます友達みたいね。でも、あの孟《モン》っていう刑事とは距離を置くべきだわ。最初の頃、ずいぶんと迷惑をかけられたのを忘れてないわよね？対処の仕方はもう分かってるんだろうけど、とにかく気をつけて」

唐毅《タン・イー》はネイビーのバスローブ姿で、テーブルの脇まで行き、自分でお茶を注ぎ、左紅葉《ツォ・ホンイエ》の言葉にうなずいた。

「ねえ！　孟少飛《モン・シャオフェイ》だってバカじゃない。あなたがあいつの性格を把握してるのと同じように、あいつもあなたのこと知り尽くしてるわ。それに、ここ数年でカンボジアの薬物ルートをいくつ潰したか分かってるわよね？　最初の年は誰も気にかけなかったけど、このまま立て続けに起こったら……」

「水、飲むか？」

「話をそらさないで」

左紅葉《ツォ・ホンイエ》は唐毅《タン・イー》の差し出したカップを横に押しのけて、不満そうに続けた。

「組のことはお前が心配しなくていいよ」

「なぜ、カンボジアのルートにこだわるの？　誰か標的でもいるの？　それとも、四年前のあの事件と関係があるの？」

「考えすぎだ。もし國棟《グォドン》さんを殺した犯人を知ってたら、俺が放っておくと思うか？」

心を許せる相手の前でだけ前髪を下ろし、心を許せる相手にだけ「人」の温かみを見せる行天盟《シンティエンモン》の若きボスは、真剣な面持ちで左紅葉《ツォ・ホンイエ》の目を見て言った。

左紅葉《ツォ・ホンイエ》は唐毅《タン・イー》のマグカップを奪うと、音を立ててテーブルに置いた。

「組の中にはヤクの仕事をなくすのに反対するやつらもいて、何か方法を考えてこの仕事を断ち切らせるしかないんだ。特にカンボジアと関わってるやつらはな」

「そういうことなら、私も手伝うわ……」

唐毅《タン・イー》は頭を横に振って、左紅葉《ツォ・ホンイエ》が言いかけた言葉を手で遮って言った。

「お前は自分がすべきことをするんだ。組員たちが普通に暮らせるように、ビジネスのほうに専念してくれ。それ以外のことは俺が引き受ける」

「でも……」

「大丈夫だ。俺もわきまえてる」

左紅葉《ツォ・ホンイエ》は不安げに唐毅《タン・イー》を見つめた。血の繋がりこそないが、二人は実の兄妹よりも強い絆《きずな》で結ばれている。

唐毅《タン・イー》が一度やると心に決めたら、誰にもそれを動かせないことを知っている左紅葉《ツォ・ホンイエ》は、ため息をつきながら言った。

「じゃあ気をつけて行動するって約束して。それと、絶対に孟少飛《モン・シャオフェイ》と関わりすぎないって」

「分かった。約束する」

唐毅《タン・イー》は微笑みを浮かべながら、左紅葉《ツォ・ホンイエ》の髪を撫《な》で、子どもの頃から自分が守ってきた左紅葉《ツォ・ホンイエ》を愛おしそうに見つめた。

＊　　＊　　＊

城商《チョンシャン》ホテル――。

いつも若きボスの後方でボディーガードを務めている李至徳《リー・ジーダー》が、エレベーターに乗って五階のフロアボタンを押した時、人影がさっと視界に飛び込んできた。そして、その人影の手が閉まりかけたエレベーターのドアを止めた。

「孟少飛《モン・シャオフェイ》か、何の用だ？　ここは会員専用のエレベーターだぞ」

この招かれざる客の孟少飛《モン・シャオフェイ》を敵意に満ちた険しい形相で睨み、李至徳《リー・ジーダー》は警戒心を露わに言った。

孟少飛《モン・シャオフェイ》は眉をくいと上げて、李至徳《リー・ジーダー》の肩越しに見える、エレベーターの奥にいる唐毅《タン・イー》に視線を向けて言った。

「後ろの方《かた》に用があってね」

「俺のほうにはない」

「だそうだ。失せろ！」

唐毅《タン・イー》が断るのを聞き終わらないうちに、李至徳《リー・ジーダー》はすぐさま一歩前に踏み出して、力ずくで孟少飛《モン・シャオフェイ》をエレベーターの外に押し出した。勝ったと言わんばかりに蔑みの笑みを浮かべた瞬間、肩をつかまれて、右手を背中側にぐいとひねられた。

孟少飛《モン・シャオフェイ》は李至徳《リー・ジーダー》の首をつかんで、くるりと互いの位置を入れ替えると、うろたえた表情の李至徳《リー・ジーダー》をエレベーターから十数歩離れたところまで突き飛ばした。

それからエレベーターのドアが閉まるギリギリの隙間に体を滑り込ませて、閉ざされた狭い空間に潜り込んだ。

「孟《モン》、少《シャオ》、飛《フェイ》！」

エレベーターの外で、李至徳《リー・ジーダー》がフロアを示すパネルの赤く光る数字が動くのを睨みながら、閉じた金属のドア板を蹴飛ばし大声で怒鳴った。

「二人きりになれたな」

エレベーター内では、招かれざる客が眉をぴくりと上げて、得意げに言った。

「五階までの時間しかないけどな」

唐毅《タン・イー》はフロア表示の数字を横目で見ながら、冷たく言い放った。

ところが、エレベーターに押し入った孟少飛《モン・シャオフェイ》はにやりとして、点灯している階数ボタンを二回押すと、行き先の設定を解除した。そして階数表示の中で最も大きい数字を押して言った。

「十七階までの時間になったぞ」

唐毅《タン・イー》は上昇していくフロア表示を見ながら、やれやれといった表情で言った。

「それでご用は？　孟《モン》刑事さん」

「この前紳士服店で安くすると言ってくれたからな、そのお礼さ。お前にそっくりな物を見つけたから、プレゼントだ」

孟少飛《モン・シャオフェイ》は右のポケットから白いドクロのストラップを取り出して、唐毅《タン・イー》の目の前でゆらゆら揺らした。

「見ろ！　表情がないところがそっくりだろ。遠慮せずに受け取れよ」

唐毅《タン・イー》は孟少飛《モン・シャオフェイ》の手からストラップを奪うと、孟少飛《モン・シャオフェイ》のポケットに押し込んで言った。

「もう四年前の事件にこだわるな。調書に書いてあることがすべてだ」

唐毅《タン・イー》には、孟少飛《モン・シャオフェイ》が自分に食らいついて離れない理由が四年前のあの殺人事件だとよく分かっていた。

「お前が現場にいたこと、銃撃を受けたこと、そして出血多量で死にかけたこと、どれも事実だ。だが……」

指を折って事実をひとつずつ数えていた孟少飛《モン・シャオフェイ》は、突然表情を変え、真剣な口調になって言った。

「お前が撃った人物を見ていないというのは、嘘だ！」

「そう思っているのは、世界中でお前だけだ」

当時の真相を知る唯一の目撃者である行天盟《シンティエンモン》の若きボスを見据えて、孟少飛《モン・シャオフェイ》はきっぱりと言った。

「世界で俺ほどお前を理解している人間はいないからな」

「どうして俺をそこまで疑う？」

唐毅《タン・イー》は理解している人間という言葉に冷たく微笑み、体の向きを変えて、四年間自分を追い続ける刑事と向かい合った。

「直感さ！　お前が嘘をついているとしか思えない。嘘をつかなきゃいけない理由は分からないが、お前は何かを隠してる。そして今、俺に真相を言い当てられ、お前がえらく動揺しているのも分かる」

孟少飛《モン・シャオフェイ》は一歩ずつ唐毅《タン・イー》に近づき、唐毅《タン・イー》の背中がエレベーター内の金属の壁板にぶつかるまで追い詰めた。

唇がほとんど唐毅《タン・イー》の頬につくような距離で続けた。

「耳まで赤いぞ。分かりやすいやつだ」

孟少飛《モン・シャオフェイ》は勝者の笑みを浮かべ、一歩下がって言った。

「俺につきまとわれたくなかったら、四年前のことをすべて白状するんだな」

「ふん！」

唐毅《タン・イー》は口角を吊り上げ、顎を突き出して大股で足を踏み出した。

身長差の優位性を生かして、今度は逆に孟少飛《モン・シャオフェイ》を隅まで追いやり、さっと手を伸ばすと孟少飛《モン・シャオフェイ》の腰をまさぐった。

「お前、どういうつもりなんだ？　変な気を起こすなよ。そういう趣味はない」

自分が優位だと思い込んでいた孟少飛《モン・シャオフェイ》は、唐毅《タン・イー》の思わせぶりな振る舞いにうろたえた。

「誰がお前なんか」

そう言い終えると、唐毅《タン・イー》はすぐさま孟少飛《モン・シャオフェイ》の左手をつかんで、くるりと背中を向けさせた。

それから孟少飛《モン・シャオフェイ》の首を左腕でロックしたかと思うと、体ごと下に押し倒した。それと同時に、右腕で力強く孟少飛《モン・シャオフェイ》の体重を受け止め、孟少飛《モン・シャオフェイ》がエレベーターの床に倒れてしまわないよう、しっかりと支えた。

「おっと、転ぶところだったぞ、孟《モン》刑事」

「う……！」

突然接近され、孟少飛《モン・シャオフェイ》は呼吸ができなかった。大きく目を見開いて、何か言おうとしているうちに、体を持ち上げられてエレベーターの隅に押し戻された。

それから唐毅《タン・イー》は、孟少飛《モン・シャオフェイ》から奪い取った手錠を揺らして見せた。

「俺が欲しかったのはこれさ」

それを見て急に我に返った孟少飛《モン・シャオフェイ》は、手錠を取り返そうと飛びかかったが、あっという間に唐毅《タン・イー》に捕らえられ、エレベーター内にある金属の手すりに手錠で繋がれてしまった。

「何すんだ！」

ガチャリ！

その時ちょうどエレベーターが十七階に到着し、内外二層のドアがゆっくりと開いた。唐毅《タン・イー》はエレベーターから出て、手錠と一緒に孟少飛《モン・シャオフェイ》からかすめ取った鍵をつまみ上げて見せ、にやりとして手を振った。

「ごきげんよう。孟《モン》刑事さん」

「唐《タン》、毅《イー》！　待て、この野郎！　返せ！」

逆にやり込められてしまった孟少飛《モン・シャオフェイ》は、見境もなく逆上して手錠で繋がれた右手をぐいぐい引っ張りながら、ゆっくりとドアが閉まっていくエレベーターの中で怒りわめいた。

＊　　＊　　＊

数時間後、偵査三部の部長オフィス内――。

趙立安《チャオ・リーアン》は電動ノコギリで切断した金属の手すりを持って、孟少飛《モン・シャオフェイ》の横に立ち、相棒とともに石《シー》部長の怒号に晒《さら》されていた。

『部長、城商《チョンシャン》ホテルのマネージャーとは話をつけて、弁償してきました。あちらも穏便に済ませるとのことなので……」

バン！

石大砲《シー・ダーパオ》はなんとかなだめようとする趙立安《チャオ・リーアン》を遮って、オフィスのテーブルを叩いた。そして目の前の二人の鼻先を指差し、怒鳴った。

「穏便に済めばいいっていうのか？　警察の予算はこんな使い方をするためにあるんじゃない！」

「部長、これも捜査のためです。だから……」

「何が捜査だ！　あれほど何度も言い聞かせたのに、俺をバカにしてるのか？　明日から、いや、たった今から、三日間の内勤を命じる。外出禁止、それと二千字の始末書だ。趙立安《チャオ・リーアン》、お前は監視係だ。二千字未満は受け取らんからな！」

「なんでまた僕なんですか？」

趙立安《チャオ・リーアン》は泣きそうな顔で抗議した。

「部、長！」

「嫌なら三千字だ！」

「俺は……」

怒りのオーラを放ちながら立ち去る部長の後ろ姿を見ながら、孟少飛《モン・シャオフェイ》は自分の言い分をぐっと飲み込んだ。

＊　＊　＊

唐毅《タン・イー》の自宅――。

唐毅《タン・イー》は深い藍色をした鋳鉄製の急須を持ち上げ、同じ色合いの陶器の湯呑みに琥珀《こはく》色のお茶を注いだ。

湯呑みを顔の前に持ち上げ、目を閉じて、龍眼《ロンイエン》木炭で焙煎《ばいせん》したお茶の芳醇《ほうじゅん》な香りを楽しんだ。近くに人がやってきても、目は閉じたままだった。

「ボス、カンボジアからニュースが入りました」

髪全体を赤く染め、黒い指ぬきグローブをはめたジャックが、唐毅《タン・イー》の左側に立って言った。

「何だ」

唐毅《タン・イー》は発酵度の高い烏龍茶を一口飲んで、口を開いた。

「陳文浩《チェン・ウェンハオ》が帰国しました」

「とうとう戻ったか」

唐毅《タン・イー》は湯呑みを置き、ゆっくりと目を開けた。殺気に満ちた目が一瞬ぎらりと光った。

第二章

パシュ！　パシュ！

黒いセダンの中でサイレンサーに抑えられた発砲音が静かに響いた。数時間前に行天盟《シンティエンモン》と密会していた王坤成《ワン・クンチェン》とそのドライバーが、右のこめかみを銃弾で打ち抜かれ、車内で死亡した。

死亡推定時刻、夜九時。

孟少飛《モン・シャオフェイ》はベッドに寝転び、昼間に国際刑事部と情報交換を行なった合同捜査会議の内容を思い出していた。王坤成《ワン・クンチェン》の手下は、「唐毅《タン・イー》が親分を殺《や》った」と言い張っていた。しかし偵査三部と国際刑事部の捜査報告では、密会したクラブ内で双方が争った痕跡は一切なく、唐毅《タン・イー》には完璧なアリバイもあった。

王坤成《ワン・クンチェン》はクラブを出た後に至近距離で撃たれたのだが、唐毅《タン・イー》はその晩、別の場所でディナーパーティーに出席していた。防犯カメラの記録で、午後八時三十分にホテルに入り、翌日の午前一時頃に出てきたことが証明されており、彼が凶行に及ぶのは不可能であった。

殺人教唆の可能性は排除できないが、クラブ付近の防犯カメラは、いずれも事件発生前に人為的に破壊されており、さらなる証人や物的証拠が見つからない限り、唐毅《タン・イー》が犯人であるとは考えられなかった。

ただ、どうしても腑《ふ》に落ちないことがひとつあった。それは王坤成《ワン・クンチェン》死亡の知らせが伝わってから四十八時間も経たないうちに、麻薬組織の大ボスである陳文浩《チェン・ウェンハオ》がカンボジアから台湾に帰国しているということだ。

陳文浩《チェン・ウェンハオ》と王坤成《ワン・クンチェン》の両名は、いずれもかつては行天盟《シンティエンモン》の組員だった。特に陳文浩《チェン・ウェンハオ》に関しては、唐國棟《タン・グオドン》と手を組んで、行天盟《シンティエンモン》を今日《こんにち》の規模にまで築き上げたと言ってよかった。

その後、四和会《スーホー》との対立により、陳文浩《チェン・ウェンハオ》が二十四年間服役することになったのだが、その間、最も頻繁に面会に訪れていたのも唐國棟《タン・グオドン》だった。この二人の間には、ただならぬ深い友情があったことが分かる。

ではなぜ、唐國棟《タン・グオドン》の跡を継いで行天盟《シンティエンモン》を支配する唐毅《タン・イー》が、陳文浩《チェン・ウェンハオ》の部下に手を下し、口封じするのか。

「四年前……」

どうしても寝付けない孟少飛《モン・シャオフェイ》は、思い切ってベッドから起き上がった。行天盟《シンティエンモン》の関係者と資料を隙間なく貼り付けたボードの前で、自ら描いた唐毅《タン・イー》の人物画を見ながら、ぶつぶつとその三文字をつぶやいた。

四年前、陳文浩《チェン・ウェンハオ》は出所後に東南アジアへと逃げた。

その後、今回の帰国までの間、足取りは不明だった。四年前、唐國棟《タン・グオドン》と李麗真《リー・リーチェン》刑事は二人揃《そろ》って登山の遊歩道で殺された。

彼らがプライベートで顔を合わせる理由を知る者はおらず、李麗真《リー・リーチェン》刑事がヤクザと結託して不法な取引を行なっていたという噂《うわさ》さえ立った。

そして四年前、唐毅《タン・イー》もその現場で撃たれている。かろうじて一命を取り留め、その事件で唯一の生き残りとなり、その日、そこで起こったことを目撃していたはずの唯一の証人となった。

孟少飛《モン・シャオフェイ》は唐毅《タン・イー》の人物画の正面に立ち、問いかけた。

「お前は、組を変えたいんだろ？　お前は、薬物の取引はやめるんだろ？　お前は、人殺しなんてしないんだろ？　長い間守ってきたルールを破ったのか？　陳文浩《チェン・ウェンハオ》の手下を殺ったのか？」

どうしても合点のいく答えを出せない苛《いら》立ちから、自分の頭を掻《か》きむしり、部屋の中を何度も行き来した。

*　　*　　*

唐毅《タン・イー》の自宅――。

唐毅《タン・イー》はベランダから遠くの夜景を眺めていた。手には金縁の黒いライターを握り、八年前に唐國棟《タン・グォドン》から聞かされた話を思い出していた。

「オリーブオイルは、鍋に二回しだよね？　三回しでもいい？」

二十歳になったばかりの唐毅《タン・イー》は、唐國棟《タン・グォドン》の暇を見つけてはまとわりつき、料理を教えてもらうのが何よりの楽しみだった。

「構わんよ。大切なのは、鍋肌から均一に回すことだ」

唐國棟《タン・グォドン》はエプロンを着け、ガスコンロの横に立ち、タバコを吸いながら調理のポイントを的確に指導した。額にあるシワは、年月を重ねた証拠として刻まれ、シワの一本一本にその人が経てきた物語があると言われる。

だが唐國棟《タン・グォドン》の額に刻まれているのは、知恵と責任であるように唐毅《タン・イー》の目には映った。どんなに深刻なことでも、彼の手にかかればあっさり解決されてしまった。

複雑なレシピの料理を、タバコをふかしながら仕上げてしまうように。

それと比べて、人としての力も料理の腕もまだまだ未熟であることを自覚する唐毅《タン・イー》は、父親のようでも師匠のようでもある唐國棟《タン・グォドン》を心の底から敬愛していた。いつの日か、三十歳以上も年上の唐國棟《タン・グォドン》の口から聞くことがあるだろうか……。

「お前に任せれば、安心だ」

という言葉を。

「料理中は禁煙だろ？」

ニンニクと唐辛子を強火で炒《いた》めて香りが立った頃、唐毅《タン・イー》は振り向いて、唐國棟《タン・グォドン》の口にくわえられたタバコを取り上げて、そう言った。

タバコを取り上げられた唐國棟《タン・グォドン》は、仕方ないといった笑みを浮かべた。そして腕組みをしてガスコンロの脇に立ち、指導を続けた。

「ニョッキを鍋に入れたら、すぐ混ぜるんだ。でないと焦げつくぞ」

唐毅《タン・イー》は鍋の中の出来具合を見て、得意げに言った。

「國棟《グォドン》さんが作ったのと見た目は変わらないね」

「味のほうはどうだかな」

「辛味が足りない」

スプーンで鍋から汁をすくって味見をし、眉間にシワを寄せて言うと、豆板醤《トウバンジャン》を手に取り、更にスプーン半分を加えた。

同じようにスプーンで味見をした唐國棟《タン・グォドン》は、口中に広がる辛味に顔をしかめて言った。

「毅《イー》よ、こんなに辛いのを食うのか？」

「おかしいな。どうして國棟《グォドン》さんの味にならないんだろう？」

「『大国を治むるは小鮮《しょうせん》を烹《に》るがごとし』って言葉知ってるか？」

「知らない」

唐國棟《タン・グォドン》は笑って、説明した。

「ここ数年、組のことを手掛けてきて、身に沁《し》みて感じたよ。何をするにもことを急ぎすぎたり、軽んじて手抜きしたりは禁物ってことさ。ひとつずつ慎重に考えて動けば、必ずうまくいく。

料理に例えて言うなら、組員たちは食材のようなものさ。それぞれの食材の味を理解しないと、うまく組み合わせて素晴らしい味わいを出すことはできない」

唐毅《タン・イー》はとても興味深く聞いていたが、唐國棟《タン・グォドン》から見て、自分は果たしてどんな食材なのか、知りたくなった。

「じゃ、俺はどんな食材に見える？」

「レンコン、だな」

「レンコン？　どうしてだよ？」

「初めて会った時のこと、覚えてるか？　お前は全身汚れてた。泥の中から掘り出したレンコンと同じようにな」

「へえ、俺のことバカにしてたのか」

鍋を持ち上げて、横にあった皿に料理を盛りながら、唐毅《タン・イー》は鼻にシワを寄せ、ちょっとすねて言った。

一番慕っている人から小汚いと言われて嬉《うれ》しがる人はいないだろう。

唐國棟《タン・グオドン》は笑いながら、流し台にあったタバコの箱を手に取った。

「レンコンは泥の中から生まれても清いものなんだよ。毅《イー》よ、たとえ育った環境が悪くても、お前の本質は純粋なんだ。自分の本質を忘れることなく、大切にするんだ」

唐毅《タン・イー》は同じように微笑《ほほえ》んで答えた。

「分かった。俺はずっと純粋さを大切にするよ」

この人が気に入ってくれるなら、俺は自分をどんなふうにでもできる。俺の人生において、この世界で唐國棟《タン・グオドン》より大切なものはない。

「実のところ、俺が料理にこだわる理由はもうひとつある」

唐國棟《タン・グオドン》はエプロンの紐を解いて、唐毅《タン・イー》のそばに行き、ボトルのキャップを外してグラスに酒を注ぐと、突然重々しい口調になり、真顔で言った。

「どんな？」

「俺のような人種は、いつも生死の境目を歩いてる。明日にでも閻魔《えんま》大王と会うことになるかもしれない。生活の基本である食べることさえおろそかにしてしまったら、それこそ味気のない人生だろ？　食事に真剣に向き合うことは、すなわち自分の人生にきちんと向き合うことだ」

「分かった。國棟《グオドン》さんの腕前をマスターしたら、俺の料理を食べてもらうよ」

「マスターだと？　小僧め、ちょっと作れるようになったくらいで、名シェフ気取りか」

「自信はある。すぐに料理の腕を受け継いでやる」

唐國棟《タン・グオドン》は親指を立てて言った。

「よおし、その心意気だ。でも俺の手からフライ返しを奪うのは簡単じゃないぞ」

「期待に応えるよ。でも……」

唐毅《タン・イー》は鍋の中の失敗作を見て、ぎこちなく笑った。

「今日のところは、美味とは言えない料理を食べることになりそうだな。食べ終わったら病院に直行なんてことにならなきゃいいけど」

そう言って皿をテーブルに運ぶ唐毅《タン・イー》の後ろ姿を見つめながら、すでに五十年以上生きてきた唐國棟《タン・グォドン》は真顔に戻ると、心の中である決意を固めた。

＊　　＊　　＊

日本料理店——。

王坤成《ワン・クンチェン》の殺人事件を捜査するため、偵査三部のメンバーは高級料理店の従業員と客に変装していた。

彼らはそこで商談を行なっている客に目を光らせていた。

突然、大柄な人影が店内に入ってきた。入り口近くに座っていた孟少飛《モン・シャオフェイ》は、その人物を見るやいなや、すぐに席を立って彼を店の隅まで引っ張っていった。

「どうしてお前がここに？」

「警察が捜査中なら、邪魔はしない」

店内に孟少飛《モン・シャオフェイ》がいたことに、唐毅《タン・イー》も同じく驚いたらしい。ここに来た目的はあきらめ、すぐさま体の向きを変えて出ていこうとした。

店内のもう一方では、従業員に変装した趙立安《チャオ・リーアン》が、孟少飛《モン・シャオフェイ》を止めにいこうとしていたが、その横にいた周冠志《ジョウ・グァンジー》がその腕をつかみ、この任務を果たすよう、計画通りに動けと目配せで合図した。

孟少飛《モン・シャオフェイ》は唐毅《タン・イー》の肘をつかんで引き止め、目を見て言った。

「せっかく来たんだから、警察の捜査に協力していけよ。『陳文浩《チェン・ウェンハオ》』という男を知らないか?」

「知らん」

四年間ずっとこの事件を追ってきた孟少飛《モン・シャオフェイ》は、唐毅《タン・イー》の表情が一瞬こわばったのを見逃さなかった。

「どうやら俺たちは同じ目的で、同じ人物のためにここに来たようだな」

孟少飛《モン・シャオフェイ》はぴくりと眉を上げて、続けた。

「王坤成《ワン・クンチェン》を殺したのは、陳文浩《チェン・ウェンハオ》をおびき寄せるためだった。行天盟《シンティエンモン》から麻薬をなくそうとしているボスが、カンボジアの麻薬組織の大ボスにここまで執着する理由は、思い当たるところでふたつだ。

ひとつ、陳文浩《チェン・ウェンハオ》を帰国させることが唐國棟《タン・グォドン》が生前お前に託した使命だった。

ふたつ、陳文浩《チェン・ウェンハオ》も四年前の殺人事件に関わっていた」

「……!」

真相に迫ろうとする孟少飛《モン・シャオフェイ》の推測が、これまでずっと抑えつけてきた唐毅《タン・イー》の怒りに火をつけた。

自分の邪魔ばかりするこいつを、この四年の間に何度殺してやろうと思ったか。その度に何度殺意を抑えつけてきたか。

そんな奇妙な感情を、身近にいる左紅葉《ツォ・ホンイエ》や李至徳《リー・ジーダー》が理解できるはずもなく、自分でさえその答えがはっきりと分からなかった。

「図星だから、逃げようとするのか？」

「お前に話すことは何もない」

そう吐き捨てた後、唐毅《タン・イー》は歯ぎしりしながら背を向けて日本料理店を出て、店の外の階段の前に停めてあった車のところに戻った。

四年間追ってきて、唐毅《タン・イー》は冷淡と皮肉と二種類の表情しか持ち合わせていないと思っていた孟少飛《モン・シャオフェイ》は、その激高した様子にしばし呆気にとられた。

我に返った孟少飛《モン・シャオフェイ》は慌てて店から飛び出し、唐毅《タン・イー》に追いつくと、目の前に立ちはだかり、鋭い目つきで言った。

「いよいよ真相に近づけたか？」

そういう言い方で怒らせなければ、唐毅《タン・イー》の感情を動かすことはできないと思った。

「自分の任務を放棄してまで、俺の自由を邪魔するつもりか？」

「俺の推測が正しいなら、こうしてお前を追いかけることが真相を知る唯一の方法だからな」

唐毅《タン・イー》は孟少飛《モン・シャオフェイ》の手を振り払って運転席のドアを開けたが、今度は手首をつかまれ、開けたドアを閉められてしまった。

「俺の前から消え失せろ！　四年間ずっと我慢してやったが、もう限界だ。孟《モン》、少《シャオ》、飛《フェイ》！　これ以上俺を怒らせるな！」

そう言って孟少飛《モン・シャオフェイ》を力ずくで押しのけ、運転席に座ってドアを思い切り閉めた。ところが孟少飛《モン・シャオフェイ》は車の後ろから右側に回り込み、助手席に乗り込んで、サイドブレーキをつかんだ。

「俺は決めた。今日は徹底的にお前と話す。答えが分かるまで離れないぞ」

唐毅《タン・イー》は外を指差して怒鳴った。

「これが最後の警告だ、車から降りろ」

「ふん！」

孟少飛《モン・シャオフェイ》はまったく降りる気がないことを示すように、身をよじってシートベルトを引き出した。

「こいつ！」

怒りにまかせて繰り出した右の拳で孟少飛《モン・シャオフェイ》の両手を押さえつけると、手をシートの背もたれ側に回し、孟少飛《モン・シャオフェイ》がいつも腰の後ろに付けているホルスターから拳銃を奪って、孟少飛《モン・シャオフェイ》のこめかみに当てた。

そして唐毅《タン・イー》が孟少飛《モン・シャオフェイ》を車外につまみ出そうとしたその時、運転席のドアが何者かによって外側から開けられた。反射的に拳銃を持った右手をそちらに向けたが、地面に叩き落とされてしまった。

最も強力な武器を失っても、反撃する力まで失ったわけではなかった。唐毅《タン・イー》は運転席から飛び出すと、黒いスーツの襲撃者に素手で殴りかかった。唐毅《タン・イー》と同様に襲撃を受けた孟少飛《モン・シャオフェイ》も、もう一人の黒いキャップを被った男と激しく争っていた。

「……」

「……」

二人の黒ずくめの襲撃者によって、徐々に一箇所に追い詰められた唐毅《タン・イー》と孟少飛《モン・シャオフェイ》は、無意識のうちに最も無防備な背中を互いに相手に預け、ちらりと目を合わせた。

それと同時に、鉄パイプとナイフを持った敵に対して反撃に打って出た。だが、武器を持たない彼らに勝ち目はなかった。

「ボスがお呼びだ」

髭面《ひげづら》の男がついに唐毅《タン・イー》を地面に押さえつけ、彼の頸動脈《けいどうみゃく》に刃先を押し当てるとそう言った。

＊　　＊　　＊

山道を走る黒いワンボックスカーは、道に沿って右へ左へとせわしなくハンドルが切られ、その動きに合わせて車内にいる人間も左右に揺さぶられた。

「まさか自分の手錠で捕まるとは」

そう言う孟少飛《モン・シャオフェイ》を見ると、唐毅《タン・イー》は皮肉混じりに返した。

「初めてじゃないだろ」

「よくそんなことが言えるな。お前が俺の拳銃を取らなきゃ、こんなことにはなってない」

孟少飛《モン・シャオフェイ》は唐毅《タン・イー》と片腕ずつ手錠を掛けられた右手を持ち上げて、不愉快そうに言い返した。

「黙ってろ！」

後ろの三列目のシートに座った髭面の男が、鋭く光るナイフを見せて注意した。

唐毅《タン・イー》は後ろの黒ずくめの男を振り向いて言った。

「警官を誘拐すると、面倒なことになるぞ」

髭面は唐毅《タン・イー》の話には取り合わなかったが、運転している男がルームミラー越しに二人の人質を見ながら、冷ややかに笑った。

「まず自分の心配をするんだな」

唐毅《タン・イー》は手錠を掛けられた左手の小指で孟少飛《モン・シャオフェイ》の右手をちょんちょんと突くと、孟少飛《モン・シャオフェイ》に目で合図を送った。

孟少飛《モン・シャオフェイ》は分かったと微《かす》かにうなずき、見下したような口調で言った。

「お前らは悪事を働くと、なんでいつも山に逃げるんだ？　常套《じょうとう》手段ってやつか。もうちょっと頭を使って考えないと……」

唐毅《タン・イー》が右手で天井のグリップをしっかりつかんだのを確認すると、すぐさま叫んだ。

「今だ！」

ガシッ！

唐毅《タン・イー》はその体勢からドライバーの右肩を蹴り上げた。

運転手は体ごとハンドルにぶつかり、同時に孟少飛《モン・シャオフェイ》が前方に身を乗り出してサイドブレーキを引いた。

黒いワンボックスカーは、山の斜面に衝突するぎりぎり手前で急停車した。運転していた男は反撃する間もなく、助手席に入り込んだ孟少飛《モン・シャオフェイ》に蹴られ気を失った。

「唐毅《タン・イー》！」

手錠で動きを制限された唐毅《タン・イー》が三列目のシートから前方に飛びかかってきた髭面の男に拳で殴られるのを見て、孟少飛《モン・シャオフェイ》は運転席の背もたれに手をかけて彼らの間に突っ込んだ。

ちょうどそこに、髭面の男の振り上げたナイフが襲いかかり、孟少飛《モン・シャオフェイ》の右腕が切りつけられた。

それでも唐毅《タン・イー》と孟少飛《モン・シャオフェイ》はすぐさま、二人を繋いだ手錠のチェーンを使って髭面の男の手首を押さえつけ、男の手からナイフを叩き落とす。

男を押さえつけながら、唐毅《タン・イー》の目に孟少飛《モン・シャオフェイ》の右腕から滲《にじ》み出てくる血が映った。

自ら誇りとしてきた理性が、その瞬間に吹き飛んだ。

髭面の男の頭部めがけて重い拳を何度も振り下ろす。相手の顔が血まみれになっても……。

「逃げるぞ！」

唐毅《タン・イー》が本当に相手を殴り殺してしまうのではないかと思った孟少飛《モン・シャオフェイ》は、ドアを開けて、感情の制御がきかなくなっている唐毅《タン・イー》を引っ張り出した。

追手にすぐ見つかりそうな広い道路はあきらめ、樹木の生い茂る山道に分け入って逃げた。


別の車でワンボックスカーの後方からついてきていた四人の男たちが、手分けして森の中の隠れられそうな場所をくまなく探し回っている。

「ちくしょう、どこにいやがる」

「そっちはどうだ？」

「いない」

「お前たちはあっちを探せ」

「はい」

一時間近く探し回っても獲物を見つけられない黒ずくめの男たちは、ほど近くにある苔《こけ》むした大きな岩の後ろに二人が隠れていることに気づかなかった。

隠れている間、孟少飛《モン・シャオフェイ》を守るように覆いかぶさっていた唐毅《タン・イー》は、近くにいた男たちの声が次第に遠のいていったのを確認すると、大きく息をつき、体の向きを変えて地面にしゃがみ、岩にもたれかかった。

逃げるのも激しいスポーツなのか、あるいはついさっき、相手の身体が発する香水の香りまで嗅げるほど二人の距離が近すぎたせいなのか。孟少飛《モン・シャオフェイ》は急に頬が奇妙に熱く火照《ほて》っていることに気づいた。そこで自分の気持ちをごまかそうと手錠を掛けられた右手を上げてみた。

「こいつが邪魔だな」

「誰の持ち物だよ？」

生死を分ける修羅場を一緒にくぐり抜けて、唐毅《タン・イー》の語気も以前とは変わり、冷淡さが和らいだ。距離もいくぶん縮まり、友達同士で交わすような遠慮のない口調になった。

「そうさ、俺が悪い……」

痛いところを突かれた孟少飛《モン・シャオフェイ》は、恨めしそうな顔をした。

ふと唐毅《タン・イー》を見ると、左手の親指の付け根にある関節を右手でつかんでいた。何をしているのか聞こうとしたその時、関節がぼきりと脱臼する音が聞こえた。

「何してるんだ？　ああっ！」

親指が後ろ向きにひん曲がった唐毅《タン・イー》の左手が手錠から引き抜かれ、脱臼させた指の骨がもう一度元の位置にはめ直された。

見ているだけでも声が出るほど激痛が伝わる行為を、唐毅《タン・イー》は一瞬眉間にシワを寄せただけで、一声も発することなくやりのけてしまった。

「なんてこった」

孟少飛《モン・シャオフェイ》は目を見開いて驚き、手をひらひら振りながら立ち上がって歩き出した唐毅《タン・イー》を呆然と見つめた。

孟少飛《モン・シャオフェイ》は切りつけられた腕の傷口をもう片方の手で押さえながら、唐毅《タン・イー》の後をついて歩き、隠れるのにいい場所がないか探した。

＊　＊　＊

ピンポン、ピンポン、ピンポン、ピンポン！

「阿飛《アーフェイ》！　阿飛《アーフェイ》、中にいるの？」

趙立安《チャオ・リーアン》は孟少飛《モン・シャオフェイ》の家の前で、インターホンを押しながら電話をかけていたが、またもや留守番電話の録音に切り換わった。

『はい孟少飛《モン・シャオフェイ》です。メッセージをどうぞ』

「阿飛《アーフェイ》、電話に出てよ。じゃないと僕は部長に殺されて、無縁墓地に捨てられちゃう」

今にも泣き出しそうな悲痛な声が、がらんとした踊り場に反響した。三十分以上も反応のない番号に電話をかけるのはあきらめ、悶々《もんもん》とした気分で階段を下りた。

「今、阿飛《アーフェイ》の家の近くにいるよ。家には帰ってないし、電話も通じないよ。うん分かった。じゃあ、何か分かったらまた連絡する。うん、じゃあね、バイバイ」

偵査三部の同僚にかけた電話を切った。ふと、部長がよく自分に言っていた「お前はもっと頭を働かせろ！」という言葉を思い出した。

そこでぱっとひらめいて、携帯電話をジャケットのポケットに突っ込んでジッパーを閉めると、両手を地面について逆立ちしながら歩き始めた。

へへっ、部長はやっぱ賢いな。血液を全部頭のほうに送っちゃえば、脳みそが高速で回転し始めるぞ。そうすればきっと、阿飛《アーフェイ》を見つけ出す方法がひらめくに違いない。

得意になっていると、逆さまになった視界にセンスのいいブルーの革靴がすっと現れた。すらりと長い足をたどっていくと、見覚えのある顔だった。自分が連行した唐毅《タン・イー》のボディーガード、ジャックだった。

「何か用か？」

趙立安《チャオ・リーアン》は空中に上げていた両足を下ろした。

手をぱんぱんとはたいていると、ジャックに後ろ襟をつかまれて、引っ張り上げられた。

「行くぞ」

「え？　ちょっと待ってよ？　どこに行くんだよ？」

まるでオオカミに首根っこをくわえられたウサギのようだった。

趙立安《チャオ・リーアン》は無理やりジャックにその場所から連れていかれた。

「僕を捕まえてどうするんだよ？」

いつの間に自分が殴られて気を失ってしまったのかも分からず、気づいた時、趙立安《チャオ・リーアン》は真っ暗な部屋の中に閉じ込められていた。

部屋を見渡すと、電気スタンドがひとつあるだけで、自分を捕まえたオオカミが立っていた。

「孟少飛《モン・シャオフェイ》はうちのボスをどこにやった？」

趙立安《チャオ・リーアン》はぽかんと口を開け、驚いて聞いた。

「阿飛《アーフェイ》は本当に唐毅《タン・イー》と逃げたの？」

「とぼけるなよ」

髪を赤く染めたジャックは、妖しい光を発する目を細めて、何が起きているのか分かっていない新米刑事を見た。

ジャックは携帯電話を取り出すと、日本料理店の入り口で録画された監視カメラの映像を再生し、趙立安《チャオ・リーアン》に見せた。

「本当に一緒にいたんだ。阿飛《アーフェイ》を探さなくちゃ、二人はどこに向かったの？　あ、いや、君も知らないんだよね。じゃなきゃ僕を捕まえる必要なんてないし……どうしよう、見つけ出さないと、始末書を三千字書かされる」

「電話しろ」

趙立安《チャオ・リーアン》は椅子から立ち上がると、ジャックに背を向け頭の後ろを掻きながらぶつぶつと独り言を言った。

ジャックは自分の携帯電話を「人質」の前に差し出し、命令した。

「もうかけたよ。阿飛《アーフェイ》の携帯、電源が切れてる」

「信じると思うか？」

「だから、通じないものは通じないんだって」

ジャックは携帯電話を自分のほうに戻して、冷たい表情で言った。

「なら、番号を教えろ。俺がかける」

「言わない！　僕だって警察だ。仲間の安全を守る義務がある。だから電話番号は言わない。絶、対、に！」

ジャックは自分を怖がろうとしない趙立安《チャオ・リーアン》を興味深げに見た。そして趙立安《チャオ・リーアン》の前に回り込み、じいっと見つめた。

「睨《にら》んでも無駄だよ」

ジャックは一歩前に出て、ソファーに座り、膝を抱えて縮こまっている趙立安《チャオ・リーアン》にぐっと近寄った。

「殴ってもダメだよ……」

パァン！

黒い指ぬきグローブをはめた拳を突然振り上げて、ソファーの背もたれを殴った。サンドバッグが強打された時のような音が響いた。

「な、何があっても教えない！」

両手で耳を塞ぎ、恐怖でぶるぶると震えながら、趙立安《チャオ・リーアン》はそれでも声を張り上げた。

ジャックはにやりと笑い、振り返って真っ暗な部屋から出ていくと、外に通じるドアに鍵をかけてしまった。

「あっ！　ちょっと！　開けてよ！　一人にしないでよ！　ねえ！」

脅しには屈しないが、暗闇が苦手な新米刑事は、鍵のかかったドアを力いっぱい叩き、声の限り叫んだ。

＊　＊　＊

山の中のとある廃屋——。
敵は王坤成《ワン・クンチェン》か、あるいは陳文浩《チェン・ウェンハオ》の手下なのか分からないが、とにかく身を隠すために、二人はこの廃屋を一時の休息場所に決めた。

それから唐毅《タン・イー》が集めてきた木材に火をつけて、暖を取った。またそれが唯一の明かりであった。

「あの方法で、外してくれよ」

孟少飛《モン・シャオフェイ》は右腕に掛けられたままの手錠を振りながら言った。

唐毅《タン・イー》はちらりと孟少飛《モン・シャオフェイ》を見て、語気を強めて言った。

「めちゃくちゃ、痛いぞ！」

「俺は銃で撃たれたこともあるんだぞ。それくらい平気さ」

まったく平気だという顔で孟少飛《モン・シャオフェイ》は手を差し出した。だが、唐毅《タン・イー》がその親指をつかみ、手の甲に向けてぐっと曲げた瞬間、大きな悲鳴を上げた。

「痛あ!!　痛いっ！　痛い！」

「平気なんだろ？」

「もういい、もういいってば！　このままつけとくことにするよ」

痛みで顔面蒼白になった孟少飛《モン・シャオフェイ》は、唐毅《タン・イー》の手の甲をばんばんと叩いて、涙目になりながら許しを請うた。

唐毅《タン・イー》はそれ見ろと言わんばかりに笑って、焚《た》き火のそばに戻った。

孟少飛《モン・シャオフェイ》は信じられないといった顔で唐毅《タン・イー》を見ながら、ぶつぶつと独り言を言った。

「くそっ！　めちゃくちゃ痛いじゃねぇか。あいつには痛覚ってものがないのか？」

「何してる？」

孟少飛《モン・シャオフェイ》が近くに置いてある薪《まき》を拾い、建物の奥に入っていくのを見て、唐毅《タン・イー》は壁にもたれたまま聞いた。

「夜は冷えるだろ。俺が奥で火を焚くから、そこで寝るぞ」

「俺は見張り番でいい」

厚意を無下にする対応は、二人の間に高くそびえ立つ冷え冷えとした壁のようだ。

唐毅《タン・イー》がそんな性格であることを百も承知の孟少飛《モン・シャオフェイ》は、肩をすくめると、薪の上に置いてあったライターを手に取った。

「どうぞご自由に。寒くていいと言うならここで一人で寝ろよ。俺は奥で寝る。これ借りるぞ」

「触るな！」

それまで焚き火のそばに座っていた唐毅《タン・イー》が急に立ち上がり、孟少飛《モン・シャオフェイ》の手からライターを奪い取った。

「なんだよ、急に怖い顔して。それがないと火がつけられないだろ？」

「……」

唐毅《タン・イー》はそれには答えず、先端が赤く燃えている木の枝をひとつ取って渡した。

孟少飛《モン・シャオフェイ》が不満そうに何か言うのを聞き流しながら、元の位置に座り直し、傷だらけの壁にもたれた。

手に持っている黒いライターを見つめながら、過去の記憶に思いを巡らせ始めた……。

＊　＊　＊

四年前——。

「やるよ」

高層ビルの屋上で、唐國棟《タン・グォドン》はタバコに火をつけ、そのライターを横に立つ若者に渡した。

「なんで？」

「気に入ってるだろ？」

「何の手柄もなく、受け取れないよ」

唐毅《タン・イー》はライターを唐國棟《タン・グォドン》の手に押し戻し、真顔で聞いた。

「何をすればいい？」

唐國棟《タン・グォドン》は一瞬呆気にとられたが、ふっと笑って言った。

「毅《イー》よ、お前は本当に鋭いな。お前もよく知っているだろう？　行天盟《シンティエンモン》を解散して、組を合法化したいのさ。やることは明確だ」

「もうやり始めてるんじゃないの？」

「そうだが、後継者が必要だ」

唐毅《タン・イー》は眉間にシワを寄せ、唐國棟《タン・グォドン》がくわえているタバコを取り上げた。

「もうすぐ死ぬみたいな言い方はやめろよ」

「この稼業だ。死はいつでも身近にあるし、その覚悟がいる」

唐國棟《タン・グォドン》は吐き出す煙で白い輪っかを作った。左の手の平を広げてライターを載せて聞いた。

「どうだ？　受け取れるか？」

「お願いが失敗したら、今度は言い方を変えてその気にさせようっていうのか」

唐國棟《タン・グォドン》は笑って、唐毅《タン・イー》の手からタバコを奪い返した。

「お前は受け取るよ。お前は誰よりもヤクを嫌ってるからな。でもな、子分たちを養うには金が必要だ。だから薬物を扱わないヤクザはいない。それをやめると決めたからには、俺たちにはそれだけの覚悟が必要だ」

「もしかして、明日会う人と何か関係あるの？」

「いいや、ただ……」

唐國棟《タン・グォドン》はタバコの吸い口を噛《か》みながら頭を振り、左手を伸ばして唐毅《タン・イー》の肩を抱き寄せた。

「万が一のための心の支えみたいなもんだ、頼むよ。もし俺に何かあっても、行天盟《シンティエンモン》の面倒を見てやってくれ」

「……」

唐毅《タン・イー》はためらいながら、父親のようでも師匠のようでもある唐國棟《タン・グォドン》の感傷的な言葉を聞いた。

「毅《イー》よ。人間はとても弱いんだ。何かと口実をつけて逃げようとするし、理由を探して過《あやま》ちを犯す。自分の失敗を運命のせいにすることだってある。あらゆる行動には支払わなきゃいけない代償があることを忘れがちだ。

薬物に頼って稼いでも、所詮汚れた金だ。命を削って稼いでも、命を失っては意味がない。子分たちにまで死神を背負わせるような暮らしをさせたくないんだ。笑われてもいい。俺は数十年かかって、やっと気がついた。何でもないような平凡な暮らしに勝る幸せはないと」

「平凡のどこがいいの？　やられるだけだよ」

十二歳だった唐毅《タン・イー》と十歳だった左紅葉《ツォ・ホンイエ》は、どうだ？

何も持たず街をさまよっていた二人は平凡すぎるほど平凡な子どもではなかったか？

しかし、平凡はお腹を満たしてくれない。年上の子どもにいじめられもした。もし唐國棟《タン・グォドン》に出会っていなければ、彼らは大人になるまで生きられなかっただろう。人から愛される幸せを感じることもできなかっただろう。

唐國棟《タン・グォドン》は体の向きを変えて屋上の手すりにもたれ、昔のことを思い出していた。

「まだお前には理解できないだろうが、俺とつるんだせいで、当たり前だったはずの『平凡』を奪われたやつらがいる。そいつらに作った借りは多すぎて、一生かけても返しきれない……」

『誰のこと？　女？」

話すほどに口が重くなる唐國棟《タン・グォドン》を見て、唐毅《タン・イー》は好奇心に駆られて聞いてみた。しかしその問いに答える気のない唐國棟《タン・グォドン》は、口角を上げて微笑むだけだった。

『いつの日か、平凡な暮らしを送ることの素晴らしさ、美しさを、お前に悟らせてくれる人が現れるだろう。受け取ってくれるか？」

改めて差し出されたライターが、ようやく受け取られた。空中に漂って広がる白い煙の輪っかを見ながら、唐毅《タン・イー》は誓った。

「約束するよ。もし何かあっても組のことは俺が引き継いで、やり抜いてみせる。たとえ死んでも……」

「おいおい、ちょっと待て。命はひとつだ、決して無駄にするなよ」

タバコをくわえたままの唐國棟《タン・グォドン》は、穏やかでない言葉を遮った。

しかし二十四歳になった青年は、空を見上げて、ついさっき唐國棟《タン・グォドン》自身が言った言葉を真似《まね》してみせた。

「この稼業だ。死はいつでも身近にあるし、その覚悟がいる」

「こいつめ！」

口元に刻まれたシワを更にくしゃくしゃにして、唐國棟《タン・グォドン》は愛おしそうに笑った。

「國棟《グオドン》さん」

「ん?」

唐國棟《タン・グオドン》は吸い殻を捨てて靴底で消し、二本目のタバコに火をつけた。

「ひとつ聞きたいんだけど」

「何だ?」

「どうして俺なの? 行天盟《シンティエンモン》には、他にも優秀な兄貴たちがいるでしょ? 若いやつのほうが良いとしても、他に……」

「お前しかいない」

「なんで?」

「お前に任せれば、安心だからだ」

「……」

たちまち涙がこみ上げ、目の前の景色が霞《かす》んだ。唐毅《タン・イー》は視線を外した。やっと聞けた。一番聞きたかった言葉を……。

「お前に任せれば、安心だ」という言葉を。

＊　＊　＊

山の中のとある廃屋——。
唐毅《タン・イー》がはっと我に返った時、孟少飛《モン・シャオフェイ》はすでにパレットに寝転んで眠りにつくところだった。

「どこでも寝られるんだな。感心する」

孟少飛《モン・シャオフェイ》は寝転がった体勢のまま、傷口の手当のために脱いでいたアーミーグリーンのジャケットをつまみ上げて、体に被せながら言った。

「人間ってのはな、環境に逆らおうとせず、そこに順応すべきなんだ。まあ、ベッドがなきゃ眠れない坊っちゃんには分からんだろうな」

「あの手錠外し、どうやって身に付けたか、教えてやろうか？」

炎を見つめながら、唐毅《タン・イー》は急に違う話を始めた。

孟少飛《モン・シャオフェイ》は唐毅《タン・イー》がなぜ急にそんな話題を持ち出したのか、よく分からずに見つめていた。

「子どものうちから訓練しなきゃいけない。まず親指を内側に思い切り曲げて骨を折る。骨がくっついたら、また思い切り折る。くっついたら、また折る。完全に習得できるまで何度もそれを繰り返す。どこの家の坊っちゃんが、そんなことをする必要がある？」

孟少飛《モン・シャオフェイ》は唐毅《タン・イー》が自分の想像とは違っていたことに驚いた。

「誰かに強要されたのか？」

「いいや。自分の意志で練習した。ヤクザは死と隣り合わせだ。普通の人間と違って、生き残るために自分に対して課すことがたくさんある」

「お前は、寝られないいんじゃなくて……寝ない、のか？」

唐毅《タン・イー》が「俺は見張り番でいい」と言ったのは、距離感や冷淡さによって壁を築いたのではなく、彼にとって安全や信頼に値するものがなかったからだった。

「……」

衝動的で奔放な孟少飛《モン・シャオフェイ》の、思いもよらない鋭い感性を感じた唐毅《タン・イー》は、唇をしっかり結んだまま何も言わなかった。

「唐毅《タン・イー》。組織を変えようとしてるのは、お前自身がヤクザの暮らしから抜け出したいと願っているから、じゃないのか？」

唐毅《タン・イー》は冷ややかに笑いながら立ち上がり、ガラス窓が取り付けられていたはずの窓際まで歩いた。

赤レンガが積み上げられた壁に手を当てて、夜空に浮かぶ真っ白な月を見上げて言った。

「俺は、そう見せかけてカムフラージュしてるのさ。表向きは組織の変革を装って、本当は裏で……」

「すまなかった。お前のことを誤解して、俺は勝手に決めつけてた……唐毅《タン・イー》、悪かった」

孟少飛《モン・シャオフェイ》はパレットから起き上がって、自嘲気味に話す唐毅《タン・イー》に近づくと、頭を下げ謝罪した。

「……」

唐毅《タン・イー》は目の前に来た孟少飛《モン・シャオフェイ》をちらりと見た。

孟少飛《モン・シャオフェイ》の言葉が、心の奥底にある何かに触れるのをはっきりと感じた。

「おい、きちんと謝ってるんだ。少しは何か言ったらどうだ？」

「反省するサルを初めて見た」

「おい！　誰がサルだよ？　言っておくが、お前が本当に組織を変革しようとしてるにしても、俺はお前を見張り続ける。もし法に触れるようなことがあれば、いつでも逮捕して刑務所送りにしてやるからな！」

「見張り続ける？」

「そうだ！　ずっとだ！　この目で見張り続ける！」

そう言いながら、孟少飛《モン・シャオフェイ》は自分の目を指で差した。

唐毅《タン・イー》はにやりとして、かつて見せたことのないような笑みを見せて言った。

「分かった。ずっと、死ぬまで見張っていてもらおうか」

「あ、じゃあ俺、寝るから。お、おやすみ……」

急に頬が紅潮してくるのを感じた孟少飛《モン・シャオフェイ》は、それだけ言うと、さっさと元の場所に戻り、ジャケットで顔まで覆って、寝たふりをした。

第三章

「孟少飛《モン・シャオフェイ》！　起きろ！」

唐毅《タン・イー》はパレットのそばまで行き、何度か大きな声で呼んだが反応はなかった。しゃがんで覗《のぞ》き込むと、昨夜は元気だった孟少飛《モン・シャオフェイ》が、今は顔を火照《ほて》らせ、冷や汗を流し、体を丸めて、しきりに「寒い」とつぶやいていた。

手の甲で孟少飛《モン・シャオフェイ》の額に軽く触れると、やはりかなり高い熱があった。唐毅《タン・イー》は孟少飛《モン・シャオフェイ》が体に掛けていたジャケットをめくって、腕の傷口を調べた。

「孟少飛《モン・シャオフェイ》」

少し力を入れて孟少飛《モン・シャオフェイ》の肩をぱんぱんと叩くと、孟少飛《モン・シャオフェイ》はやっとのことで目を覚まし、もうろうとした様子で口を開いた。

「なんだ？」

「熱がある」

傷口が炎症を起こして高熱が出ていたのだ。早く手当てをしないと、更に深刻な症状になるかもしれなかった。今すぐ病院に行き、処置を受けさせる必要がある。

「大丈夫だ。もう少し寝れば良くなる」

孟少飛《モン・シャオフェイ》はそう言ったが、唐毅《タン・イー》は孟少飛《モン・シャオフェイ》の首筋に手を添えて、ぐいと起こしてやった。

「できるだけ早くここを離れないと、やつらにいつ見つかるか分からない。お前は大丈夫か？」

「分かった」

孟少飛《モン・シャオフェイ》は鼻をすすりながら、ぼんやりした様子で弱々しくそう答えた。

「本当に大丈夫か？」

孟少飛《モン・シャオフェイ》は手で上半身を支えながら唐毅《タン・イー》を横目で見て、強がって言った。

「自分の心配をしろ」

廃屋から出た二人は、樹木が生い茂る中を前後に連れ立って歩いた。

孟少飛《モン・シャオフェイ》はズキズキと痛む右腕を押さえて、ふらつきながら唐毅《タン・イー》の後をついていった。高熱のせいで視界がぼんやりしていたが、唐毅《タン・イー》の背中を見失わないようになんとか集中して進んだ。

しかし、山道に転がっていた倒木に気づかず、足を引っ掛けて前方につんのめった。

その音に気づき、素早く振り向いた唐毅《タン・イー》は、孟少飛《モン・シャオフェイ》が地面に倒れる寸前にしっかりと抱きとめた。

「気をつけろ」

孟少飛《モン・シャオフェイ》はどきりとして唐毅《タン・イー》を見た。

孟少飛《モン・シャオフェイ》がお礼を言う前に、唐毅《タン・イー》は両手を離すと、また歩き出してしまった。

ガツ！

歩き出したところで、靴の裏で何かを踏みつけた感覚があった。

踏んだほうの足をどけると、昨夜唐毅《タン・イー》が触らせようとしなかった、あのライターがぬかるんだ泥の中に落ちていた。

ここを無事に抜け出したら持ち主に返そうと、ライターを拾い上げてポケットに押し込んだ。

＊　＊　＊

山の麓へと通じる道の三叉路、路肩に一台のワンボックスカーが停まっていた。

二人の黒ずくめの男のうち、一人は運転席近くのドアの前に立ち、もう一人は車の前にいた。そしてそばを通過する車やオートバイを睨《にら》みつけている。

「くそっ！　ついてないな。ここにも待ち伏せがいる」

孟少飛《モン・シャオフェイ》は木の後ろに隠れ、頭だけ少し出して三叉路の状況をうかがっていた。炎症による発熱は収まらず、熱い息を切らしていた。

その時、大型オートバイが現れて、大きなエンジン音とともにワンボックスカーの脇を通り過ぎていった。

黒ずくめの男たちは、それには特に反応しなかったが、唐毅《タン・イー》はその光景を見て何かを思いつき、身を隠した場所から立ち上がって、その場を離れた。

「唐《タン》……」

唐毅《タン・イー》が自分を置き去りにしたのを見て驚いた孟少飛《モン・シャオフェイ》は、どうするつもりなのかと聞きたかったが、潜んでいる場所がバレてしまうのではないかと声を上げることができなかった。

仕方なくもう一度木の後ろに隠れて、男たちのほうに視線を戻した。

唐毅《タン・イー》はもと来た坂を戻り、別の方向から通りに出た。

先ほどのバイカーがオートバイを道端に停車させ、下を向いて携帯電話のメッセージに見入っていた。

唐毅《タン・イー》は忍び足でそっとバイカーに近寄り、オートバイの後方に立った。そして片手でフルフェイスのヘルメットを押さえ、もう一方の手でバイカーの首を締めつけて、オートバイから引きずり下ろすと、最後にその腹に重い拳を振り下ろした。

奇襲を受けたバイカーは、痛みで体を丸め、通りを転げながらうめいていた。

一体誰が自分を襲ったのか、一切目にすることなく、その襲撃者が言い残した「借りるよ」という言葉だけを耳にした。

唐毅《タン・イー》は、バイカーの宝物であろうオートバイに跨《また》がって悠然と走り去った。

「あいつ、どこまで行きやがったんだ？」

唐毅《タン・イー》がその場を離れた後、時間が経つほどに孟少飛《モン・シャオフェイ》の頭は集中力を失っていき、ショボショボする目をこすりながら、三叉路の様子を見ていた。

二人の男は尚もそこで見張りを続け、歯ぎしりしながら低い声で悪態をついていた。

ちょうどその時、大型オートバイが一台やってきて、ワンボックスカーの横で停車した。拳銃を片手にドアにもたれていた男に向かって、フルフェイスのヘルメットを被ったバイカーが携帯電話を取り出しながら聞いた。

「すみません。道に迷ったみたいで。この場所に行きたいんですが」

「知らね……うぁっ！」

フルフェイスのバイカーは、男が答えるよりも早く、拳銃を持ったほうの腕をいきなり蹴りつけた。骨の折れる音がして、悲鳴が上がった。その様は、木の陰から見ていた孟少飛《モン・シャオフェイ》でさえ、引っ込めていた首を縮め、思わず三秒間黙祷を捧げたほどであった。

奇襲に成功したバイカーは、アスファルトの路面に落ちた拳銃をオートバイの後方に蹴飛ばした。最初車の前方にいたもう一人の男も、すぐに駆け寄ろうとしたが、スロットルをふかして突っ込んできた大型オートバイに、武器もろとも吹き飛ばされて、山の斜面を転げ落ちていった。

二人の男への襲撃を一分もかからず完了させたバイカーは、オートバイの向きをぐるりと反転させて元の場所に戻り、腰をかがめて路上の拳銃を拾い上げ、尚も痛みで泣き叫んでいる男に向けた。

そしてヘルメットのシールドを開けて顔を見せ、山の少し上の斜面に隠れている孟少飛《モン・シャオフェイ》を大声で呼んだ。

「乗れ！」

一部始終を見ていた孟少飛《モン・シャオフェイ》は、まるで武侠《ぶきょう》小説の中の一幕のように、突如現れたヒーローが災難を見て義侠心を起こし、助太刀に入ってくれたことの幸運を喜んだ。

だが、なんとそのヒーローが唐毅《タン・イー》だったとは。

疑問が次々に浮かんだが、この状況ではやはり逃げることが先決だ。

痛む傷口を押さえながら斜面を滑り降り、車道を走り抜けて大型オートバイの後部座席に飛び乗った。

「しっかりつかまれ」

「ああ」

唐毅《タン・イー》は自分の腰をしっかりつかめるように片手で孟少飛《モン・シャオフェイ》の手首をつかんだ。それからスロットルをふかし、危険に満ちた山間地帯をあっという間に脱出した。

*　　*　　*

唐毅《タン・イー》の自宅――。

「お前ら！　どういうつもりで戻ってきた？　何の成果もないのか？　この役立たずども！」

屋外プールの前で、藍色のスーツに黒いワイシャツ姿の李至徳《リー・ジーダー》は、かんしゃくを起こし、そばにいた子分を蹴り飛ばした。

「これだけの人数で探して、いまだに何の手がかりもないだと？　畜生め、行天盟《シンティエンモン》にお前らみたいな能無しはいらん！」

「兄貴、すみません……」

地面に蹴り飛ばされた子分は、すぐに立ち上がって他の子分たちの横に並び、怒鳴られ続けた。リーダー格の子分は冷や汗をかきながら、何度も腰を曲げて謝った。

李至徳《リー・ジーダー》は人差し指を立て、仕事のできない手下どもに向けて、恐ろしい剣幕で怒鳴った。

「俺に謝るんじゃねぇ、『すみません』は一番嫌いな言葉だ。いいか、あと二時間だけ時間をやる。二時間でボスの行方が分からなかったら、お前らの残りの人生は車椅子の上だ。行け！」

「は、はい。兄貴……」

行天盟《シンティエンモン》の子分たちは、肩をすぼめながら足早にその場を離れた。

「至徳《ジーダー》兄さん、部下どもにいくらキレても、問題の解決にはならないよ」

ちょうどプールの横を歩いてきたジャックは、まるで他人事のように微笑《ほほえ》んで言った。

「ボスが行方不明になって二十時間経ったんだぞ。それなのにお前は、サツなんか捕まえてきやがって。もっと混乱させたいのか？」

組織に忽然《こつぜん》と現れたジャックがボスのそばにいること自体、もともとひどく気に入らなかった李至徳《リー・ジーダー》は、ジャックのそんな態度を見て、より一層腹を立てた。

「ボスは孟少飛《モン・シャオフェイ》と一緒に姿を消したというから、孟《モン》の相棒を連れてきて話を聞いてる。何かおかしいか？」

「サツと関わること自体が面倒だろ！」

李至徳《リー・ジーダー》は眉間に深いシワを寄せた。この四年間、孟少飛《モン・シャオフェイ》という名前を耳にするだけで不愉快だったが、最近はそれが一層強まった。

「あんたの気分を害してるのが『サツ』なのか、それとも『孟少飛《モン・シャオフェイ》』なのか、自分でよく分かってるんじゃないか。俺とあんたでは考え方もやり方も違う。だがボスの行方を探すという目標が同じである以上……」

ジャックはすべてお見通しという眼差しで、にやりとした。李至徳《リー・ジーダー》は背筋がぞくりとした。

「俺はあんたの邪魔はしない。だからあんたも、俺に干渉しないほうがいい」

そう言い終わると、屋外プールに沿ってぐるりと半周し、唐毅《タン・イー》の屋敷に入っていった。その場に残された李至徳《リー・ジーダー》は、顔を青白くしてジャックの後ろ姿を憎らしそうに見送り、拳をぐっと握った。

＊　＊　＊

趙立安《チャオ・リーアン》を閉じ込めていた部屋に入ると、いびきが聞こえた。

近づいて様子を見てみると、いびきの主は寝ているだけでなく、よだれまで垂らしていた。普段は全身警戒を緩めることのないジャックも、さすがに呆れた。

こいつの神経は、極太の海底ケーブルでできているのか？　でなきゃ、この状況でどうしてこれだけ厚かましくなれるのか。

「起きろ！」

趙立安《チャオ・リーアン》が横向きで熟睡しているソファーをがつんと蹴ると、夢の中で麻雀《マージャン》をしていた新米刑事は体の向きを変えて、頭上にいるジャックの顔を確認し、目をこすりながら言った。

「なんだ、君か」

「孟少飛《モン・シャオフェイ》の電話番号、教えろ」

振り出したバタフライナイフの刃を趙立安《チャオ・リーアン》の左の首元に当て、赤髪の男は、低い声で脅した。自分を捕まえてここまで連れてきたが、本気で傷つけようとはしないジャックを見て、趙立安《チャオ・リーアン》はごくりと唾を飲み込んで言った。

「じゃあ、十個の食べ物をくれれば電話番号を教えてあげる」

電話番号は新しい番号に変えてしまえばいいだけのことだ。阿飛《アーフェイ》を見つけたら、まず携帯ショップに連れて行って新しい番号に変えれば、大事にはならないだろう。

「何だと？」

ジャックは怪訝《けげん》そうに趙立安《チャオ・リーアン》を見た。ジャックは他人の心を見破ることを最も得意としている。だから、彼の予想を超えるような事態はほとんどなかった。

だがしかし……目の前のこいつは、見破れる範疇《はんちゅう》を超えている。

「世の中にタダで食べられるごはんはない、当然タダで教えてもらえる電話番号だってないってことさ。それに、僕もう腹ペコだよ。電話番号は全部で十桁だから、一桁につき食べ物ひとつで交換ね。えっと……インスタントラーメンでしょ、野菜、お肉、卵、パン、牛乳、スライスチーズ、鍋、箸もいるね。あとは……あ、ちょっと待って、トイレに行かせて。最初にトイレと交換だ」

相手の答えを聞くことなく、勝手に指を折って数え始めた。

「本気で言ってるのか？」

ジャックはあ然としながら趙立安《チャオ・リーアン》を見てそう言った。こいつは天然なのか、そうでないなら宇宙人か？こいつの言動は読めないし、こいつの思考回路はまるで分からない。

「本気に決まってるだろ。だって、膀胱《ぼうこう》が破裂しそうなんだよ。嘘《うそ》じゃないよ！　ちゃんと交換するから。すっきりしたら、後で電話番号教える」

ジャックは頭の中がフリーズ状態になったまま、トイレを指差した。

趙立安《チャオ・リーアン》がトイレに駆け込み、ドアの内側から鍵をかけた後も呆然としたままだった。

＊　　＊　　＊

「お前の胃袋は、一体何でできてるんだ？」

オープン式のキッチンで、ジャックは鍋を持ってテーブルまで歩き、出来上がったインスタントラーメンをどんぶりに入れた。テーブルいっぱいに並んだ食べ物を見渡して、忌々《いまいま》しそうに聞いた。

「これくらい普通だよ。僕は食べても太らないんだ」

「これだけ食べても太れないのか。食い物の無駄だな」

ジャック本人も自覚できていないが、こんな会話を交わす時には警戒心が薄れて、「人」としてのぬくもりを漂わせていた。

趙立安《チャオ・リーアン》はパンをかじりながら、ラーメンと牛乳を左右それぞれの手に持ち、目玉焼きと肉を盛った皿を見つめながら、もごもごと言った。

「全部食べれば無駄じゃないでしょ。ねえ、他のを持ってくるのを手伝ってよ」

「……」

ジャックは自分に命令する、知り合って間もない、いや知り合っているとさえ言えないチビの刑事を睨んでいたが、しばらく迷った後、皿を持って趙立安《チャオ・リーアン》を追い、リビングまで運んだ。

趙立安《チャオ・リーアン》はあぐらをかいて絨毯《じゅうたん》に座り、横に来たジャックを見た。

「試してみれば？」

ジャックはライトグレーのソファーに座り、目の前のチビ刑事を真剣な顔で「観察」した。彼が料理を指してそう言ったのだと思い、

「俺は料理の腕前には自信がある」

と答えた。

ジャックにはその気になれば、一度見ただけですべて習得できてしまう能力がある。拳銃の分解でさえ、目隠しした状態でできてしまうほどだ。家庭料理など朝飯前だった。

「そうじゃなくて。阿飛《アーフェイ》の電話番号だよ。かけてみたら？」

「電源切ってるんじゃないのか？」

「僕のこと疑ってたんじゃなかった？　携帯、貸してみて」

趙立安《チャオ・リーアン》は箸を置いて立ち上がり、ジャックの隣に座った。ジャックから携帯電話を受け取ると、番号を打ち込み、スピーカーボタンを押した。

『はい孟少飛《モン・シャオフェイ》です。メッセージをどうぞ』

呼び出し音が数回聞こえた後、留守番電話の伝言案内に切り換わり、孟少飛《モン・シャオフェイ》の声が流れた。

「ほら！　嘘ついてないでしょ」

趙立安《チャオ・リーアン》は携帯電話をジャックに返すと、ラーメンのどんぶりを持ち上げながら、こっそりぺろりと舌を出した。阿飛《アーフェイ》が見つかったら、すぐに番号を変更させないと。

「……」

電話番号が正しいかどうかを先に確認していなかった自分に、ジャックはとても驚いた。傭兵《ようへい》時代の生活で最初に教わったことは、いかなる状況においても絶対に「人類」と呼ばれる生き物を信用してはならない、ということだった。しかし、自分はこの若い刑事を信じてしまったのか？

自分でも感じたことのない体験だった。それは彼にとって非常に珍しいことで新鮮だった。

「お前、変人って言われないか？」

ラーメンを食べるのに忙しい趙立安《チャオ・リーアン》を見て、皮肉を込めた意味ではなく、純粋にそう言って笑った。

「君に言われたくないよ！　僕を捕まえて拷問しておいて。わけが分からないよ……」

ジャックは思わず趙立安《チャオ・リーアン》の話を途中で遮り、目を丸くして反論した。

「俺がいつお前を拷問した？」

歯や指を折った覚えもないし、足の骨をへし折った覚えもない。致命傷にならない程度に傷つけるといったこともしていない。なのに「拷問」と言われたら冤罪《えんざい》もいいところだ。

「一晩監禁したじゃないか！」

『それだけで？』

「もちろんさ。刑法第296条によると……」

趙立安《チャオ・リーアン》がそう話している時、ちょうど部屋に入ってきてその様子を見た李至徳《リー・ジーダー》が、不愉快そうに趙立安《チャオ・リーアン》の手元のどんぶりをひっくり返した。

「何するんだよ！」

李至徳《リー・ジーダー》が手を出すと同時に、ジャックはさっと趙立安《チャオ・リーアン》を引き寄せて、自分の懐《ふところ》に抱き込んだ。さもなければ趙立安《チャオ・リーアン》は、熱いラーメンのスープでやけどを負うところだった。

ジャックは目を細めて、李至徳《リー・ジーダー》を威嚇するように睨みつけた。

「仕事だ、早く準備しろ」

警察の前で「事情」がバレると都合が悪い李至徳《リー・ジーダー》は、吐き捨てるようにそれだけ言うと、振り返って部屋を出ていった。

ひっくり返されたラーメンを床にうずくまってかき集めながら、趙立安《チャオ・リーアン》は無念そうにつぶやいた。

「僕のラーメン……もったいないなぁ。まだちょっとしか食べてなかったのに……」

「また今度作ってやろうか？」

ジャックはそう言うと、テーブルの上のティッシュボックスからティッシュペーパーを数枚抜き出し、表情豊かなチビ刑事に笑いかけながら、隣に並んで床を拭いた。

「ほんと？　君の作った料理、おいしかった！」

食べ物さえあればご機嫌な趙立安《チャオ・リーアン》は、目を輝かせて力強くうなずいた。

「俺はちょっと用事があるから、今日は帰らせてやる」

「え……本当に帰っていいの？」

「ああ」

「じゃあまたね。バイバイ！」

次の瞬間には相手の気が変わってしまうのではと思い、趙立安《チャオ・リーアン》はすぐに立ち上がって、体の向きを変え、庭のある方向に足早に歩き始めた。

やっとのことで行天盟《シンティエンモン》の本部から脱出できた趙立安《チャオ・リーアン》が一息つくよりも早く、ズボンのポケットに入れた携帯電話から慌ただしい着信音が鳴った。

「ああ、鈺琦《ユーチー》？　どうした？　え？　病院!?」

後輩からの知らせを聞いて、趙立安《チャオ・リーアン》の顔色はみるみる青ざめた。携帯電話を握りしめたまま、一番近い交差点まで走っていき、タクシーを止めて黄鈺琦《ホワン・ユーチー》が告げた場所に直行した。

＊　　＊　　＊

病院──。

点滴の容器からチューブに沿って、静脈に輸液剤を注入している。右腕の傷口は、すでに適切な処置が施されていた。

昏睡状態の孟少飛《モン・シャオフェイ》の病床の横に立つ唐毅《タン・イー》のスーツは、それまでの格闘によって破れ、ぼろぼろになっていた。普段から身だしなみに気をつけている行天盟《シンティエンモン》の若きボスとは、似ても似つかない。

白衣姿の江勁堂《ジャン・ジンタン》医師は、とても心配そうな表情をしている唐毅《タン・イー》を横目に見て、淡々とした口調で言った。

「大丈夫だ。傷口の炎症に加え体力が落ちていただけだ。大事には至らない」

「江《ジャン》一族の腕を疑ったことは一度もない。特にお前は信頼してる」

江勁堂《ジャン・ジンタン》のいとこである江勁騰《ジャン・ジントン》と江勁揚《ジャン・ジンヤン》も同じく優秀であり、一人は法学部の優等生、もう一人は志弘《ジーホン》高校バレー部のエースだ。

本人は言うまでもなく、飛ぶ鳥を落とす勢いの医学界の若きホープである。

「ところで、行天盟《シンティエンモン》のボス自らが、僕のところに治療のために人を連れて来るなんて今回が初めてだな。この人は一体誰なんだ？」

「誰でもない。山の上で一晩過ごしただけだ」

秀麗な顔立ちの主治医は、面白そうに唐毅《タン・イー》を見つめ、わざと意味深な言い方をした。

「山で一晩過ごしただけで、なんで全身が傷だらけになったんだ？　もしかして、何かいいこと『ヤッて』きたんじゃないのか？」

「バカか」

江勁堂《ジャン・ジンタン》は、唐毅《タン・イー》が「友達」と認める数少ない人物の一人だった。

唐毅《タン・イー》は噂話《うわさ》が好きな江勁堂《ジャン・ジンタン》を睨むとそう言った。

＊　＊　＊

二日後――。

意識を取り戻した後も入院するよう命じられていた孟少飛《モン・シャオフェイ》は、ようやく医師の許可が下り、丸二日過ごした病室から出て、自宅に戻った。

ジーンズを脱いで洗濯機に放り投げると、コトンと金属がぶつかるような音がした。

孟少飛《モン・シャオフェイ》はそのジーンズを引っ張り出し、ポケットに手を入れて探ると、金縁のあの黒いライターが出てきた。

『あの手錠外し、どうやって身に付けたか、教えてやろうか？』

頭の中に、逃げ込んだ廃屋の様子が浮かんだ。

見張り番を買って出た唐毅《タン・イー》が、薪《まき》で燃えさかる焚《た》き火の炎を見つめながら、それまでの会話とは違うことを話し始めた。

『子どものうちから訓練しなきゃいけない。まず親指を思い切り曲げて骨を折る。骨がくっついたら、また思い切り折る。くっついたら、また折る。完全に習得できるまで何度もそれを繰り返す。どこの家の坊っちゃんが、そんなことをする必要がある？』

その言葉の数分前、彼に金持ちの家の坊っちゃんと嫌みを言った孟少飛《モン・シャオフェイ》は、自分で勝手に決めつけていたことに苦笑いを浮かべ、彼に問い返した。

『誰かに強要されたのか？』

『いいや。自分の意志で練習した。ヤクザは死と隣り合わせだ。普通の人間と違って、生き残るために自分に対して課すべきことがたくさんある』

『お前は、寝られないんじゃなくて……寝ない、のか？』

相手は黙ったままだったが、以前「世界で俺が一番のお前の理解者だからな」と偉そうなことを言った自分が、間抜けでひとりよがりに思えた。

自分は目の前の人物を本当の意味で理解できていなかったのだ。

行天盟《シンティエンモン》の若きボスということ以外の……本当の唐毅《タン・イー》を。

＊　　＊　　＊

唐毅《タン・イー》の自宅――。

朝、鏡の前で服を着ていた唐毅《タン・イー》は、テーブルに置いてあるはずの物がいつもの位置にないことに気づき、動揺しながら家のあちこちを探し回った。

「ボス、ジャックが……」

唐毅《タン・イー》が階段から下りてくるのを見て、李至徳《リー・ジーダー》はすぐに出迎えた。そして、ついさっき外で起きたことを説明しようとしたが、唐毅《タン・イー》はそれを遮り、険しい表情で聞いた。

「俺が一昨日着たスーツは？」

「スーツ？　あります。クリーニングに出すところです」

かった。

だが、いつもそれを入れているポケットの底には穴が空いていた。スーツを放り投げて、玄関のほうに向

唐毅《タン・イー》はランドリーバッグを開けてスーツを見つけ出した。

「ジェイソン、ちょっと来い。早く！」

李至徳《リー・ジーダー》は、ちょうどランドリーバッグを持って出ようとしていた子分に言った。

「どこだ？」

「ボス、何をお探しですか？　何人か呼んで、一緒に探させ……」

李至徳《リー・ジーダー》がそう言いながら唐毅《タン・イー》の後を追っているところに、ジャックが孟少飛《モン・シャオフェイ》を連れて入ってきた。

ジャックと孟少飛《モン・シャオフェイ》、唐毅《タン・イー》と李至徳《リー・ジーダー》という二組が、わけが分からないという顔つきで対峙《たいじ》した。

「何の用だ？」

唐毅《タン・イー》は自分の許可なしに、ずかずかと屋敷に入ってきた孟少飛《モン・シャオフェイ》を見て、眉間にシワを寄せた。

その横に立つジャックは、不機嫌そうなボスを見て、代わりに説明した。

「孟《モン》刑事が朝早くに来て、追い払っても帰ろうとしないんです。どうしてもボスに会うと」

「忙しいんだ。お引き取り願う」

見るからに不愉快そうな唐毅《タン・イー》は、ためらいもなく追い返そうとした。しかし、玄関に向かおうと半歩踏み出したところで、孟少飛《モン・シャオフェイ》に遮られた。

「これを返しに来たんだ」

上向きに広げた右の手の平には、唐毅《タン・イー》があちこち探し回っても出てこなかったライターがあった。

「下山する時に、お前が落としたのを拾ったんだ。それから二日間病院に入って、昨日やっと退院して家に帰ってこれに気づいた。お前にとっては大切な物だろ。遅くなってすまない」

唐毅《タン・イー》は孟少飛《モン・シャオフェイ》の手からライターを受け取った。間違いなく自分がなくしたあのライターだった。

「ありがとう」

先ほどまでの苛《いら》立った表情から、一瞬で優しい笑顔に変わった。

体調がまだ万全ではないのに、わざわざ足を運んでくれた孟少飛《モン・シャオフェイ》に、唐毅《タン・イー》は微笑みながら感謝の言葉を述べ、自ら右手を差し出した。

孟少飛《モン・シャオフェイ》は差し出された手を半テンポ遅れて握り、自分の鼻先を指差して聞き返した。

「ありがとう？　違う。俺がお前に礼を言わなきゃならない。この足手まといを見捨てずに、病院まで連れていってくれただろ。ありがとう」

唐毅《タン・イー》は首を横に振った。ライターをジャケットの左胸の内ポケットに入れて、言った。

「借りを返させてくれ。俺にできることがあれば言ってくれ」

「じゃあ、四年前の……」

「その件だけはダメだ」

「ちぇっ」

孟少飛《モン・シャオフェイ》はそんな答えが返ってくることは分かっていたというように舌打ちした。それから今度はおどけた口調で言った。

「じゃあ、メシをおごってもらおうか。どうだ？」

「けっ！」

唐毅《タン・イー》の横にいた李至徳《リー・ジーダー》は、孟少飛《モン・シャオフェイ》の馬鹿げた提案を見下したように鼻を鳴らした。

しかし、熱血刑事の孟少飛《モン・シャオフェイ》と三分以上話したことがないボスが、驚いたことにうなずいて誘いを受けた。

「いいだろう。行こう」

「……」

唐毅《タン・イー》はあっさりと承諾して孟少飛《モン・シャオフェイ》と一緒に行ってしまった。李至徳《リー・ジーダー》は傷ついた表情でそれを見送った。

ドアの入り口近くでその様子を見ていた赤髪のボディーガードは、こうなることは分かっていたとばかりに冷たい笑みを浮かべた。

＊　＊　＊

「てことは、本当に唐國棟《タン・グォドン》の子どもじゃないのか？」

レストランで、四年前の事件に関する質問を除いて、何にでも答えると言った唐毅《タン・イー》に、孟少飛《モン・シャオフェイ》はヤクザ筋でも、警察当局でも長年言い伝えられている噂について問うた。

唐國棟《タン・グォドン》と唐毅《タン・イー》は、親子なのか？

唐毅《タン・イー》の口ぶりには、残念さが滲《にじ》み出ていた。

「残念ながら、そうではない」

敬愛する唐國棟《タン・グォドン》が自分の父親だったらと、誰よりも彼自身がそれを願っていた。しかしながら、事実は思い通りにはいかない。

唐國棟《タン・グォドン》と出会って今の「唐毅《タン・イー》」になる以前、彼は両親のいない、いわゆる孤児だった。ある夫婦に養子として引き取られたが、養母が逝去したことで、唯一彼のことを愛してくれた人を失ったのだ。十二歳になった時、彼は一台のオルゴールを抱えてその家から逃げた。そのオルゴールは、実の母がたったひとつ彼に残してくれた物だ。

養父は彼のことを愛してくれなかったばかりか、一度でさえ彼を抱き締めてくれなかった。

そうして養父のもとを去った唐毅《タン・イー》少年は街をさまよい歩き、帰る家のない不良少年となった。

その後、同じような境遇にいたわずか十歳の左紅葉《ツォ・ホンイエ》と偶然出会った。

かくして自分に妹ができたのだが、それと同時に生きていく理由がひとつ見つかった。ある日、他の不良どもにいじめられている彼らを、たまたま通りかかった唐國棟《タン・グォドン》が助けてくれたのだ。ようやく街を放浪する生活から抜け出し、温かい「家」に帰り、彼らを愛してくれる「家族」がいる暮らしを送ることができた。

「……」

孟少飛《モン・シャオフェイ》は話を聞き終わると、グラスを片手に激辛の四川料理を口に入れ、コーラで一気に流し込んだ。炭酸ガスとカプサイシンの二重の刺激によって、目の周りまで真っ赤になった。

「四年前の事件にこだわるのは、もうやめてくれ。俺の國棟《グォドン》さんに対する気持ちが分かるわけない」

唐毅《タン・イー》はため息をつき、あの殺人事件のことで自分を追い詰めようとする孟少飛《モン・シャオフェイ》に再度警告した。

「いや、分かる」

孟少飛《モン・シャオフェイ》は涙を流しながら、確固たる態度で言った。

「麗真《リーチェン》刑事はただの先輩じゃない。俺にとっては母親のような存在だった。だから、俺は、絶対に、あきらめない！」

「勝手にしろ」

唐毅《タン・イー》は湯呑みを持ち、やれやれといった様子で答えた。そして昔話をしたことで胸いっぱいに溢《あふ》れた様々な感情を、苦いお茶と一緒に飲み込んだ。

＊　＊　＊

翌日――。

ようやく休暇が明けて出勤した孟少飛《モン・シャオフェイ》は、石大砲《シー・ダーパオ》に連れられて国際刑事部のオフィスにいた。相手に謝罪するよう石大砲《シー・ダーパオ》に頭を押さえられ、頭を下げた。

「申し訳ありません！　任務の途中で抜け出して、ご迷惑をおかけしました！」

「孟少飛《モン・シャオフェイ》。君は四年前の事件のために唐毅《タン・イー》に食らいついている。私はそんな君のことを評価してきた。しかし、ここ数回の捜査ではどうだ？　君は憶測だけで決めつけて、軽率かつ自分勝手に行動した。冷静な思考というものが完全に欠けているではないか」

「厳《イエン》部長。阿飛《アーフェイ》は真面目に事件を追っています」

孟少飛《モン・シャオフェイ》の首を押さえていた手を緩めて、石大砲《シー・ダーパオ》は眉間にシワを寄せながら自分の部下を擁護した。

「真面目も方向性を間違えれば、ただの愚か者だ。君は彼の上司として、それがどれほど危険なことか、分からんはずがないだろう？」

オフィスのデスクにあるすべての物が、隙間なく几帳面《きちょうめん》に並べられているのと同じように、国際刑事部の部長である厳正強《イエン・ジェンチャン》もまた慎重かつ杓子定規《しゃくしじょうぎ》な性格であった。

「申し訳ありません。身勝手に動いたのは俺です。部長は関係ありません」

孟少飛《モン・シャオフェイ》はもう一度腰をかがめて謝罪した。自分の犯したミスで、部長が別の部署の人間から罵られる姿など見たくなかった。

「以前、君はタイの捜査線をぶち壊した。今回、我々のカンボジアでの仕事をまたもや君が台無しにしてくれた。これでは国際刑事部との合同捜査に対する偵査三部の誠意を疑わざるを得ない。いいか、石《シー》部長。行天盟《シンティエンモン》とカンボジアの麻薬組織の捜査は、いつでも別の部署と交代させられるんだぞ」

「それはだめです。我々の管轄区域である以上、我々が責任を持って捜査します」

厳正強《イエン・ジェンチャン》はそれを聞いて、目の前に立つ孟少飛《モン・シャオフェイ》を遠慮なく指差し、声のトーンを上げて怒鳴った。

「それなら君たちがやるべき仕事で成果を見せろ。特に彼によく言い聞かせろ！」

「分かりました。もう二度とミスはしません」

人に頭を下げることなどない石大砲《シー・ダーパオ》が、何度も腰をかがめて、国際刑事部部長に謝罪した。

「私も、そんな言葉を信じるのはこれで最後にする。行きたまえ」

「はい」

二人はオフィスを出て、通路に立ってお互いを見た。

孟少飛《モン・シャオフェイ》はいきなり腰をかがめ、石大砲《シー・ダーパオ》に謝った。

「部長、すみません」

「よく分かったか？」

「はい……」

落胆した様子の返事が、低く垂れた頭のほうから聞こえてきた。

「分かったのなら、今後は冷静に考えて動くんだ」

石大砲《シー・ダーパオ》は軽く頭を振りながらそう言った。そして孟少飛《モン・シャオフェイ》の腕を優しく叩き、心配そうに聞いた。

「傷口はどうだ？　医者は何て言ってる？」

「傷口はほとんど塞がったそうです。決められた通りに薬をきちんと飲めば大丈夫です。部長……」

「なんだ？」

「さっきは俺をかばってくれて、感謝しています」

毎日、偵査三部で誰かを怒鳴っているか、怒鳴る準備をしている石大砲《シー・ダーパオ》は何かを言いかけたが、何も言わず、最後は手を伸ばして孟少飛《モン・シャオフェイ》の頭をわしゃわしゃと撫《な》でると、不機嫌な表情を見せて言った。

「何が感謝だ？　気持ち悪い！　帰るぞ」

孟少飛《モン・シャオフェイ》はくしゃくしゃになった髪のまま、足早に歩いていく部長の後ろ姿を見た。気持ち悪いと言われた顔をほころばせ、大きく足を踏み出して部長を追いかけた。

＊　　＊　　＊

日本料理店――。

「ねえ阿飛《アーフェイ》。国際刑事部の人たちも捜査済みだろ？　どうしてまた来るのさ？」

孟少飛《モン・シャオフェイ》は自分が拉致される前、偶然唐毅《タン・イー》と居合わせた日本料理店にまた戻ってきた。趙立安《チャオ・リーアン》はその理由がまったく分からない。

孟少飛《モン・シャオフェイ》はここ数週間に予約をした客について、従業員に詳しく聞いた後、店の外に向かいながら説明した。

「何か見落としている手がかりはないか、確認したかったんだ。あの黒ずくめの男たちは、やっぱり陳文浩《チェン・ウェンハオ》の手下の可能性が高い。しかも唐毅《タン・イー》がこのレストランに突然現れたのも、陳文浩《チェン・ウェンハオ》と会うためのようだ……」

そう分析していると、突然どこかで見た顔が目に入った。その人物は手下をともなって、レストラン近くの駐車場に向かっていた。

「陳文浩《チェン・ウェンハオ》だ！」

孟少飛《モン・シャオフェイ》は驚いて叫び、すぐさま追いかけた。しかし、あと一歩及ばず、陳文浩《チェン・ウェンハオ》はすでに黒いワンボックスカーに乗り込み、目の前から走り去ってしまった。

「阿飛《アーフェイ》。本当に来たね。本当に陳文浩《チェン・ウェンハオ》だ」

後ろから追いついてきた趙立安《チャオ・リーアン》は、息を荒くしながら孟少飛《モン・シャオフェイ》の判断に感心した。

「陳文浩《チェン・ウェンハオ》……唐毅《タン・イー》……二人はどんな関係なんだ？」

ワンボックスカーが走り去った方向を睨みながら、孟少飛《モン・シャオフェイ》は自分だけに聞こえるくらいの小さな声で、ぶつぶつとつぶやいた。

第四章

間もなく開催される音楽フェスティバルは、前々から薬物取引の温床となっていた。

情報部員からの報告によれば、Ｋと呼ばれる薬物取引のボスが、ある有名なクラブで大口の取引を行なうとのことだった。この案件を担当する偵査三部のメンバーは、石大砲《シー・ダーパオ》の指示のもと、それぞれバーテンダー、客、掃除係に扮《ふん》して店内に潜伏し、機会をうかがってＫを逮捕する計画だった。

クラブでは、ダンスフロアにいる男女がリズムに乗って、激しいエレクトロニックミュージックに合わせて身体を揺らしている。ぎこちなく踊り、他の客と身体をこすらせている人も少なくなかった。

孟少飛《モン・シャオフェイ》は黄鈺琦《ホワン・ユーチー》とカップルを装うため、カエルがプリントされたペアルックのＴシャツを着せられていた。ぎこちないステップを踏みながら、孟少飛《モン・シャオフェイ》はクラブ内を隅々まで監視していた。

突然、孟少飛《モン・シャオフェイ》は動きを止めて、ダンスフロアの横のダーツエリアを睨《にら》んだ。

『見つけたか？』

「いや、いません」

今回の作戦の責任者である石大砲《シー・ダーパオ》は、メンバーが何かを見つけたのを察知して、通信用のイヤホンを通して尋ねた。

孟少飛《モン・シャオフェイ》は、ある美しい男性とテーブルの前に立って、ダーツを楽しんでいる行天盟《シンティエンモン》のボスを見つけたことを報告した。

ダーツエリアの二人は、親密そうに話し笑い合っていた。

「俺を襲ったやつが誰か知りたい」

「久しぶりに来てくれたと思ったら、お願いばかり。私に会いたかったからじゃないの？」

アンディは肌が透けて見える黒いシルクのシャツをセクシーに着て、胸元を惜しげもなく露出させていた。

彼は両手を唐毅《タン・イー》の首に回して、口を尖らせながら官能的な目つきでそう言った。

「そんなに俺に頻繁に通って欲しいのか？」

唐毅《タン・イー》はセクシーな表情を作り、怪しげな口調でそう聞いた。

アンディは唐毅《タン・イー》の胸を軽く叩き、甘えるように言った。

「やめとくわ。あなたが来る度に何かが起こるもの」

クラブの音楽が、急にスローテンポなジャズに変わった。魅惑的なサックスの音色が、ダンスフロアの中をより一層挑発的な雰囲気にした。

孟少飛《モン・シャオフェイ》に胸を軽く押さえつけた黃鈺琦《ホワン・ユーチー》は、ここぞとばかりに長年片思いをしてきた先輩に抱きつき、心から嬉《うれ》しそうに微笑《ほほえ》んでいた。

周りの怪しげな雰囲気を利用して、先輩に好きな人がいるかどうか聞き出すつもりでいたが、ダンスフロアの反対側にある人物が立っているのを見つけた。

互いの腰に手を回してスローダンスを踊る二人の男性を見て、黃鈺琦《ホワン・ユーチー》は驚いたように言った。

「あれは、唐毅《タン・イー》？　あの噂話《うわさ》、本当みたいですね」

「どんな噂？」

「唐毅《タン・イー》には恋人がたくさんいてモテモテだって。それに……」

黄鈺琦《ホワン・ユーチー》はかかとを上げて顔を孟少飛《モン・シャオフェイ》の耳元に近づけ、語気を強めた。

「性、別、不、問！」


ダンスフロアで、アンディはふとあることを思い出した。そこで唐毅《タン・イー》の胸にくっついて、低い声で言った。

「そういえば、陳文浩《チェン・ウェンハオ》がブローカーと会ってるわ」

「知ってる」

「知ってる？　誰が教えたのよ？」

肌を露出した装いのアンディは、明らかに一九〇センチはあろうかという長身だったが、女性よりもなまめかしかった。

微笑む唐毅《タン・イー》を見つめ、怒ったふりをしながら、アンディは唐毅《タン・イー》の右の耳たぶをぱくりと噛《か》んだ。

「移り気な男ね。今度は誰とくっついたの？　私よりも魅力的？」

「いいや、お前にはまったく及ばない」

唐毅《タン・イー》はアンディの肩越しに向こうを見やった。そこには女の子を抱き締めて、同じようにこちらを見ている孟少飛《モン・シャオフェイ》がいた。

「そいつは衝動的、頑固、パワフル……だけど、まあまあだ」

それを察したアンディは後ろを流し見て、眉を吊り上げた。

「あなたたちうまくいってるみたいね。何？　私を捨てる気？」

その一部始終をダンスフロアの隅からずっと見ていた孟少飛《モン・シャオフェイ》は、唐毅《タン・イー》の指が男性の腰を撫《な》でるのを見て、怒りがこみ上げた。そこで、負けてなるものかと、黄鈺琦《ホワン・ユーチー》を更にぐいっと抱き寄せ、男性と抱き合う唐毅《タン・イー》を挑発的な目で見た。

「ちょっと頼む」

孟少飛《モン・シャオフェイ》の感情を鋭く感じ取り、唐毅《タン・イー》は口角をくいと上げてそう言うと、すぐにアンディの首を引き寄せて、唇にキスをした。

不意打ちだったアンディは切れ長の目を一瞬細めたが、その行動の理由に気がついたらしく、演出に応じただけでなく、唐毅《タン・イー》の後頭部を押さえて、更に情熱的なキスをした。

「あいつ！」

「先輩、だめ！」

孟少飛《モン・シャオフェイ》は熱い口づけを交わす二人の男を引き離そうと、黄鈺琦《ホワン・ユーチー》を抱き締めた手を緩めて、そちらに突進しようとした。

しかし、また騒ぎを起こすのではと思った黄鈺琦《ホワン・ユーチー》にとっさに腕をつかまれ、カウンターまで連れ戻された。

アンディは想定外の熱いキスを堪能した後、自ら唐毅《タン・イー》を押しのけた。舌なめずりをして、物足りなさそうに言った。

「急にこんなに情熱的になっちゃって。何かあるのね？　一体何をたくらんでるの？　ん？」

唐毅《タン・イー》はラウンドテーブルに戻ってビールを手に取り、騒がしくなったボックス席のほうを瓶の口で指して、話題を変えた。

「何か起きたぞ」

「ちぇっ」

アンディは唐毅《タン・イー》が指した方向に視線を送り、それから横に立つ唐毅《タン・イー》に向き直って睨んだ。

「あなたが来ると、必ず何か起きるんだから」

長身のアンディは振り向いて、通路を抜けて監視カメラだらけの部屋に入った。部外者は進入禁止だったが、唐毅《タン・イー》も瓶を置いてアンディについて一緒に入った。

「見て！」

左下の隅にあるモニターを指して、アンディが言った。

モニターには、客やバーテンダーに変装した孟少飛《モン・シャオフェイ》とその他の偵査三部のメンバーが、別々の方向からあるボックス席に入っていく様子が映っていた。

それまで別の数人と話をしていた男は、にわかに異常を感じ取ると、テーブルを突き飛ばしてボックス席から逃げようとした。

それを孟少飛《モン・シャオフェイ》ともう一人の背の低い警官が、阿吽《あうん》の呼吸で押さえ込み、手錠を掛けた。

まるで酒に酔った友人を担いで帰るように、左右からその男を抱え上げた。こうしてその他の客を驚かせることもなく、クラブから今晩の標的を連行していった。

「お見事ね。眉ひとつ動かさないで麻薬の売人を逮捕しちゃった。この子たち気に入ったわ」

アンディは唇を撫でながら、薄笑いを浮かべてそう言った。そして話の矛先を変え、警察に逮捕された薬物取引のボスを見ながら、冷たく言い放った。

「こいつら、私のテリトリーでヤクを売るなんてね。命知らずだわ。でも、あなたはどうやってこのことを知ったの？　警察に知り合いでもいるの？」

「仲良しがいるよ」

アンディは唐毅《タン・イー》の首元のネクタイをつかんで、自分の顔の前まで引っ張り、笑いながら脅した。

「どうりで、さっきはあんなことしたのね。一体誰なの？　正直に答えなさい。じゃないと、今夜はここから帰さない」

「君に対する一時的な衝動だった、って言ったら？」

「ちぇっ。そんな見え透いた嘘《うそ》がよく言えるわね」

女性よりなまめかしい男は、それ以上問い詰めても無駄なことを悟ると、唐毅《タン・イー》をちらりと見て、つかんでいた黒いネクタイを緩めた。

唐毅《タン・イー》はにやりとして、アンディにつかまれてしわくちゃになったネクタイとワイシャツをきちんと直した。

*　　　　*　　　　*

翌日――。
李至徳《リー・ジーダー》は早くから階段の入り口に立って待っていた。唐毅《タン・イー》が階上から下りてくるのを見ると、すぐに駆け寄って歩調を合わせながら言った。

「ボス、ご一緒します」

「必要ない」

唐毅《タン・イー》はネイビーのぴったりとしたスポーツウェアを着ていた。何か慎重に考えなければいけないことがあると、彼はいつも早朝にランニングをしていた。

李至徳《リー・ジーダー》の申し出をはねつけて、そのまま玄関に向かったが、慌てて唐毅《タン・イー》の前に回り込んだ李至徳《リー・ジーダー》は手を広げて立ちはだかり、心配そうに言った。

「一人では危険すぎます。一緒に行かせてください！」

唐毅《タン・イー》は足を止めて聞いた。

「俺を襲ったやつは見つかったか？」

「まだです……」

「お前が今やるべき仕事は、相手が誰か調べることだ」

「ボス！　もしまたボスに何かあったら、俺は……」

「李至徳《リー・ジーダー》。自分の仕事に専念しろ。無意味な期待はするな」

何かを言いかけてためらった李至徳《リー・ジーダー》の言葉は途中で遮られた。唐毅《タン・イー》の目は、とうの昔に李至徳《リー・ジーダー》のことを鋭く見透かしていた。

「分かりました……」

バケツ一杯分の冷水でも浴びせられたように感じ、唐毅《タン・イー》からのつらい言葉を飲み込み、あってはならない感情をぐっと飲み込んだ。唐毅《タン・イー》を遮っていた両腕を下ろして、「部下」が立つべき位置まで戻り、苦渋の表情でそう言った。

＊　　＊　　＊

川の堤防で、ひんやりとしたそよ風が目鼻立ちのはっきりした顔を優しくかすめていた。

「よう！　早起きだな」

ランニングに集中していた唐毅《タン・イー》は、誰かが近づいてくるのを敏感に察知し、にわかに警戒心を強め、次の瞬間の反撃に備えてそっと拳を握りしめた。

だが相手の声を聞いた途端、こわばっていた感情はすぐにほぐれ、笑顔を見せて、冗談交じりに聞いた。

「仕事はサボりか？」

孟少飛《モン・シャオフェイ》は肩を並べて走り、唐毅《タン・イー》の右側で遠慮なく言い返した。

「誰がサボるかよ。今日は外勤だ」

「何を聞きに来た？」

四年の間に、どこからともなく孟少飛《モン・シャオフェイ》が現れるのには慣れてしまった。

ただ、前回の拉致事件から、孟少飛《モン・シャオフェイ》に対しては「嫌悪」と「利用」という感情以外に、また別の感覚が生まれたようだった。

「昨日クラブにいた男は誰だ？」

「友達だ」

「友達？　ウソつけ！　ただの友達とあんな、あんなに抱き合うのか？」

無意識に声のトーンが上がり、更には自分の腰を撫でて、昨晩唐毅《タン・イー》がその男にしていた動作を再現してみせた。

唐毅《タン・イー》は足を止めた。それに合わせて急ブレーキをかけた孟少飛《モン・シャオフェイ》のほうを見て、腕を広げておどけてみせた。

「お前も抱かれたいか？」

孟少飛《モン・シャオフェイ》は頬がぽっと熱くなり、視線をそらした。

「だ、誰がお前なんかと！」

「それで、一体何の用だ？」

左紅葉《ツォ・ホンイエ》の言う通り、ここ数年で孟少飛《モン・シャオフェイ》は彼のことを理解し、そして彼もまた、孟少飛《モン・シャオフェイ》のことを理解していた。だからアンディの件は、孟少飛《モン・シャオフェイ》がわざわざ早朝にここまで走ってくる理由にまでならないと、分かっていた。

案の定、孟少飛《モン・シャオフェイ》は唐毅《タン・イー》の目を真っ直ぐ見て、少しの間ためらった後、ごくりと唾を飲み込んでから言った。

「これまでの四年間はさておき、最近俺とお前には、いろんなことがあった。お前を助けたし、俺も助けてもらった。何と言うかその……半分友達ってことでいいよな？」

「ん」

唐毅《タン・イー》は鼻でわずかに唸《うな》り、足を大きく踏み出してランニングを再開した。

「『ん』ってどういう意味だ？　おい！　唐毅《タン・イー》！　唐毅《タン・イー》よ！」

孟少飛《モン・シャオフェイ》はすぐに追いついて、しつこく問いただしたが、唐毅《タン・イー》は話題をそらして質問した。

「一周走るか？」

「お前こそ行けるか？　二周でもいいぞ」

自信ありげに指を二本立てると、唐毅《タン・イー》の笑顔が一層きらめいた。

朝日の光線が輪郭の整った顔を照らした。こめかみから流れる汗が顔の曲線に沿って顎まで滑り、靴底で蹴った路面に落ちていく。熱い汗にまみれた肌に濡れたスポーツウェアがぴったりと張りついた。孟少飛《モン・シャオフェイ》はそのたくましい身体つきに、思わず羨望を覚えてしまった。

並んで走りながら、孟少飛《モン・シャオフェイ》はちらちらと唐毅《タン・イー》の横顔を見ていた。しかし、孟少飛《モン・シャオフェイ》が視線を外した隙に、その横顔の相手も火照った眼差しをこちらに向けていたことには気づかなかった。

単なるランニングが、相手に負けたくないという思いによって、男同士の競い合いとなった。次第に二人は前方だけに集中し、だんだんと速くなるスピードに合わせて自分の呼吸を調整した。

ついに孟少飛《モン・シャオフェイ》が息を切らし、うつむき気味に大きく息を吐いた時、唐毅《タン・イー》の靴紐がほどけていることに気づいた。それを結び直すよう声をかけたことで、ようやく朝日の中での勝負が終わった。

「ふう……ふう……お前もなかなかよく走るな……はあ……はあ……」

孟少飛《モン・シャオフェイ》は両手を腰に当て、呼吸を整えながら、芝生の脇で腰をかがめて靴紐を結ぶ唐毅《タン・イー》を見て言った。

その時突然、何かの反射光が目の前でちらりと光った。孟少飛《モン・シャオフェイ》がさっと光線の元をたどると、坂道の上方にある車道の欄干のそばに、ネイビーのキャップを被り、茶色のリュックを背負った怪しげな人物が立っているのが見えた。

パァン！

唐毅《タン・イー》に警告するよりも早く、銃弾の発射音が響いた。

とっさに唐毅《タン・イー》を芝生の上に押し倒し、孟少飛《モン・シャオフェイ》は腰の後ろから拳銃を引き抜いて、相手に向けて反撃の狙いを定めた。

襲撃者が二発目を狙っていたちょうどその時、早起きのランナーが遠くから走ってきた。襲撃者は仕方なくあきらめてリュックを背負い直し、車道の反対側へと逃げていった。

「追うな」

孟少飛《モン・シャオフェイ》は踏ん張っていた足を解いて追いかけようとしたが、唐毅《タン・イー》は左の腕を押さえながら、大きな声で制止した。

「恨みを買いすぎだろう。一体何人から狙われてるんだ？」

「慣れたよ」

孟少飛《モン・シャオフェイ》は拳銃をしまって、唐毅《タン・イー》の横に戻った。ふと見ると、唐毅《タン・イー》の腕からじわじわと血が滲《にじ》み出ていることに気づき、思わず息をのんだ。

「怪我してるじゃないか！」

「平気だ。まずここを離れるぞ」

血が流れ続ける傷口を押さえて、淡々とした口調でそう答えた。

「俺が守る」

「……」

「守る」と言った後、用心しながら自分の左側を歩き、四方に目を光らせている孟少飛《モン・シャオフェイ》を、唐毅《タン・イー》は驚いて見た。

初めて「守られている」感覚を覚えた。

＊　　　＊　　　＊

二日後――。

『部長、お願いがあります』

『いいぞ、何でも言ってくれ。お前への褒美《ほうび》にしよう』

薬物取引のボスKを逮捕することに成功した偵査三部の石大砲《シー・ダーパオ》部長は、珍しく大盤振る舞いで部署のメンバーにフライドチキンとピザをご馳走していた。

それに加え、孟少飛《モン・シャオフェイ》の申し出に対して、いつもならまず罵声を浴びせるところだが、珍しく素直に応じた。

『証人の護衛をすることに同意してください』

『任務に関係あることだな？　問題ないぞ。どの事件のことだ？　誰の護衛だ？』

『唐《タン》、毅《イー》です！』

「俺の護衛、だと？」

許可をもらうやいなや、スーツケースを転がし、リュックを背負って駆けつけた孟少飛《モン・シャオフェイ》を見て、この家の主である唐毅《タン・イー》はいぶかしげに聞いた。

「その通り。市民は即時に起こるまたは起こる可能性がある身の回りの危険を回避すべく、人民の奉仕者、すなわち警察、すなわち孟少飛《モン・シャオフェイ》刑事に護衛を申請することができる」

唐毅《タン・イー》は視線を戻して、陶器の湯呑みを持ち、茶柱が立っているお茶を味わった。

「俺は申請してない」

「お前は申請しないだろうから、俺が代わりにやっておいた」

「そう来ることは分かっていた」と言わんばかりの表情で、孟少飛《モン・シャオフェイ》はそう答えた。

横に立って聞いていた李至徳《リー・ジーダー》は、猛烈に怒鳴った。孟少飛《モン・シャオフェイ》がまるで自宅の裏庭のように出入りし、何かにつけて首を突っ込んでくることが我慢ならなかった。

「孟少飛《モン・シャオフェイ》！　どこまで俺たちをコケにしやがる？　ボスは警察の護衛などいらん！」

「お前のボスを守るだけじゃなくて、俺自身も守るのさ」

「でたらめなこと言うんじゃねぇ！」

「前回、山に逃げ込んだ時、俺も現場にいた。今回、路上で銃撃を受けた時も、タイミングよく、俺が現場にいた。当然標的は唐毅《タン・イー》だと思っていた。でも、こんなことが二回も続いてみると、もしかしてやつらの本当の標的は俺なのかもしれない」

「ふざけるな！」

孟少飛《モン・シャオフェイ》は眉をくいと上げて、顔を李至徳《リー・ジーダー》のほうに寄せて微笑んだ。

「お前らヤクザは恨みを買う稼業だろうが、俺も買った恨みは少なくない。特に行天盟《シンティエンモン》からはな」

唐毅《タン・イー》は陶器の湯呑みをテーブルに置き、冷ややかに答えた。

「警察が身近にいるのはごめんだ」

「そうはいかないぞ。俺たちは『半分友達』だろ？　友達は、助け合うもんだ」

「……」

「友達」という言葉を聞いて黙り込んだ唐毅《タン・イー》に李至徳《リー・ジーダー》は焦《あせ》って言った。

「ボス、もし警察と密接な関係にあると噂が立ったら、他の組織から睨まれます！」

「俺はそうは思いません」

少し離れた入り口のところで、腕組みをして立っていたジャックが、突然口を開いた。

「ボスを襲ったやつはいまだに見つかっていません。それに、孟《モン》刑事は自分もやつらの標的だと言い張っているのですから、その二人が一緒にいたほうが都合が良いでしょう。なぜならひとつには、孟《モン》刑事が我々に迷惑をかけるようなことはないし、もうひとつには、孟《モン》刑事の腕は立つ。ボスの安全を守る人間が多いに越したことはないでしょう」

「こいつ！」

何かにつけ自分に敵対するジャックを指差し、李至徳《リー・ジーダー》は指先がぶるぶる震えるほど怒った。

唐毅《タン・イー》は軽くうなずき、ジャックに言った。

「孟《モン》刑事を二階の客室に案内してくれ」

「はい、ボス」

「ちょっとボス！」

「すみませんね、通ります」

孟少飛《モン・シャオフェイ》は得意げに眉を上げて、スーツケースとリュックを持って李至徳《リー・ジーダー》の横まで来てそう言うと、そんな決定を下した唐毅《タン・イー》に驚いている李至徳《リー・ジーダー》を肩でどんと押しのけ、ジャックについて二階の部屋に向かった。

「さっきはありがとう」

客室に入った孟少飛《モン・シャオフェイ》は、荷物を脇のほうに放り投げて、無遠慮にベッドに寝転ぶと、赤髪の男に言った。

「どういたしまして。俺もあなたに頼みがあるから」

笑いながらベッドの近くまで来たジャックは孟少飛《モン・シャオフェイ》にしかできないあることを口にした。

＊　　＊　　＊

趙立安《チャオ・リーアン》の自宅――。

「自分で行くから署まで迎えに来なくてよかったのに」

趙立安《チャオ・リーアン》が孟少飛《モン・シャオフェイ》からの電話に出ると、「唐毅《タン・イー》宅のセキュリティシステム強化の応援に来てくれ」との用件だった。

それを承諾した後、同僚とタイ料理を食べに行こうとしていると、警察署の玄関から出たところにジャックが待ち受けていた。

ジャックは買ってきた食材を持ち上げて見せ、「前回のラーメンの埋め合わせだ」と言い、そこから半強制的に趙立安《チャオ・リーアン》の家まで連れ帰った。

「これ、女物だろ？」

ジャックはキッチンに立ち、冷蔵庫の横に掛けてあったグレーのクマが刺繍《ししゅう》してある赤いエプロンを手にとって、興味津々に聞いた。

趙立安《チャオ・リーアン》は卵の入ったパックを持って、ジャックが体にあてたエプロンを見ると、懐かしそうに言った。

「うん、それはばあちゃんの形見。だいぶ前に死んじゃったけど」

「形見なのに、大切にしまっておかないのか？」

「物はきちんと使ってあげるべきだ、使わないと無駄になるって、ばあちゃんが言ってた」

なかなか理屈に適った言葉だと思い、ジャックはうなずいた。そしてそのエプロンを着けて、ガスコンロの火をつけてインスタントラーメンを作り始めた。

「ラーメンのことはもう良かったのに。君がひっくり返したんじゃないし」

横の流し台に立って、趙立安《チャオ・リーアン》は袖をまくり、後で使う食材の準備を当たり前のように手伝った。

「言行一致が俺のモットーなんだ。今度埋め合わせると言ったら、何があってもそうする」

ジャックは卵を割ってお碗に入れ、それから箸で手早くかき混ぜた。そして横目で隣にいる趙立安《チャオ・リーアン》を見て、微笑みながらそう言った。

「いつもそんなにきっちりしてるの？　きっちりしすぎると疲れちゃうって、ばあちゃん言ってた。だから、そんなにきっちりしないほうが良いよ。そうすればきっと長生きできる！」

「……」

ジャックは卵をかき混ぜる右手の動きを止めた。

以前はただの天然キャラだと思っていたが、意外にも自分の本当の性格を見抜かれていて驚いた。趙立安《チャオ・リーアン》を見て、いくら探っても分からない神秘の生き物のようだと改めて思った。もっと近づいて、この人のことを知りたいという欲望が一層掻《か》き立てられた。

数分後、窓際にある木製の座卓に、見た目、香り、味すべてが完璧に前回と同じラーメンが置かれた。

趙立安《チャオ・リーアン》はあぐらをかいて座卓の前に座り、満面の笑みを見せて褒めたたえた。

「すごい！　この前のとまったく同じだ！」

「俺はその気になれば、何だって記憶できる」

ジャックも笑いながら聞いた。

「どうだ？　タイ料理と、どっちがうまい？」

「タイ料理」

ジャックは「ふん」と鼻を鳴らして、ムッとした様子でラーメンの入ったどんぶりを取り上げたが、一秒後には趙立安《チャオ・リーアン》に取り返されてしまった。まるで必死に食べ物を守る小動物のようだった。

「そりゃ、本物のタイ料理のほうがおいしいに決まってる。ラーメンはどれだけ上手に作っても限界があるよ。だからラーメンを責めないで」

「じゃあ……」

ジャックは目を細め、珍しく自分から譲歩してもう一度聞いた。

「タイ料理と比べなければ、うまいか？」

趙立安《チャオ・リーアン》はジャックを見て、力強くうなずき、輝くばかりの笑顔で答えた。

「うまい」

笑顔というのは、人を感化する最強の魔法だ。それを見た者も自然と反応してしまうのだ。

ジャックはおいしいものを真剣に味わって食べる趙立安《チャオ・リーアン》に、思わず顔を近づけた。あらゆるものと距離を置いて傍観することが癖になっているジャックだが、自分でも気づかぬうちに温かく優しい笑みを浮かべていた。

ジャックは部屋の中をぐるっと見回した。祖母の形見と写真以外は、おおよそ男子の部屋にあるものだった。そこで好奇心が湧いて二階に駆け上がった。

「二階はだめだって、散らかってるから。ちょっと！　ジャック！」

趙立安《チャオ・リーアン》は二階を見て回っているジャックに向かって叫んだ。この家の主である彼は、忙しくて何週間も家の中を片付けていなかった。

ジャックは一通り見て、ここで他の人間が生活している形跡がないことを確認した後、一階に戻ってきて、階段脇の壁に手を当てながら聞いた。

「一人暮らしか？」

「うん」

「食べるのが好きか？」

「うんうん」

「彼女は？」

「いない」

牛乳をひと口飲み、続けて答えた。

「童貞？」

「そうだけど……？」

ラーメンをもぐもぐしながら、あやふやに答えた。

「ほおっ！」

ジャックは目を見開いて、驚きの声を上げた。

趙立安《チャオ・リーアン》は箸を置いてジャックの前に行き、不機嫌そうに言った。

「僕は刑事だよ。捜査、偵察、逮捕で大忙しだ。部署の人手も足りてないし、一人で三人分は働いてる。毎日市民を守るために、忙しくて目が回りそうだよ。彼女を作る時間なんて、どこにあるの？」

「だから……」

赤髪の男は目を細めて、にやにやしてもう一度聞いた。

「本当に童貞？」

「だったら？　童貞の何がいけないの？　それどころかキスだってまださ。すごいだろ！」

ぷんぷんと怒る趙立安《チャオ・リーアン》を見て、ジャックは急いで親指を立てて慰めた。

「すごいすごい、君は大物だ」

「ふん！」

なんとか自分のメンツを少しだけ取り戻した趙立安《チャオ・リーアン》は、座卓の前に戻って、食べかけのおいしいラーメンを堪能しようとした。するとジャックが、こちらに向かって大きな声で言った。

「チビさん！」

「なんだよ？」

「今度、とっておきの美人を紹介する。どうだ？」

腰を下ろしかけていた趙立安《チャオ・リーアン》は、すぐさまジャックのほうに突進してきた。ジャックの腕をつかみ、興奮気味に言った。

「女の子を紹介してくれるの？　本当に？　信じていいんだね？」

「本当だって。誓うよ」

右手の指を三本立てて、真剣な顔で誓った。

「じゃあ連絡先を交換しようよ。僕に紹介してくれる女の子が見つかったら、連絡してよ！」

孟少飛《モン・シャオフェイ》から「永遠の童貞」と笑われたことがある趙立安《チャオ・リーアン》は、すぐさまジャケットのポケットから携帯電話を取り出した。そして、ディスプレイをスライドし、いつも使っている連絡アプリをタップした。

「いいよ」

ジャックもズボンの尻ポケットから自分の携帯電話を出して、個人アカウントのＱＲコードを表示させ、趙立安《チャオ・リーアン》に読み取らせた。

「へへっ、ありがと！」

連絡先を交換し、すっかり満足してテーブルに戻ると、アプリのメッセージの受信音が鳴った。二人のトークルームを開いてみると、ジャックから送られた「わお〜君ってホントにヤバい」というスタンプだった。

「バカみたい！」

携帯電話のディスプレイを見て、趙立安《チャオ・リーアン》は吹き出しながら悪態をつき、ご馳走の続きを食べ始めた。

ジャックは趙立安《チャオ・リーアン》に気づかれないように、左手を背中に持っていき、人差し指と中指をこっそりと交差させた……。

俺は誓う……。

さっきの誓いは、ノーカウント！

＊　　＊　　＊

イタリアンジェラート店――。

夜七時過ぎ、左紅葉《ツォ・ホンイエ》はイタリアンジェラートの冷凍ショーケースを覗《のぞ》き込んでいた。

孟少飛《モン・シャオフェイ》が唐國棟《タン・グオドン》の残してくれた家に転がり込んだことで、唐毅《タン・イー》と大喧嘩をしてきたのだった。あるフレーバーのジェラートを指で差そうとすると、横から先に注文されてしまった。

「チョコミント、あとパッションフルーツ」

左紅葉《ツォ・ホンイエ》は黒縁メガネをかけた堅物を睨んで、不機嫌そうに立ち上がった。

「私、そんなに怒ってる？　二種類も注文するなんて」

グレーのスーツを着た古道一《グー・ダオイー》は、穏やかに言った。

「お嬢様と長く一緒にいますから、今あなたがどんな気分なのか分かります。どんな味を食べたいのかも」

「それもそうね。良いことがあっても、悪いことがあっても、いつも私をここに連れてくる」

ガラスカップに盛った二つのジェラートを店員の手から受け取り、ガラスのドアを押し開けて、店外にある木製のダイニングテーブルに移動した。

天然素材で作られたジェラートをスプーンですくいながら、古道一《グー・ダオイー》は言った。

「いつもの決まりを忘れないでくださいよ。三個目はありませんので、ゆっくり味わってください」

「何個食べようが、私の勝手でしょ。ほっといて」

二十七歳になった世海《シーハイ》グループのCEOは、子どもの頃と同じように隣の人のジェラートを強引にすくい取って、口の中に入れた。

「怒りが静まりましたか？」

「全然。唐毅《タン・イー》から電話があるって言ってたのに、なんでまだかかってこないの？」

明らかにあのバカ刑事が疫病神みたいにつきまとっているせいで、唐毅《タン・イー》が襲われて怪我をしたのだ。なのに、その疫病神の護衛を受け入れるとはどういうことなのか？　更に憎たらしいのは、そいつが唐毅《タン・イー》のことを「半分友達」だと言っていることだ。

友達だって？

何の冗談？

一人はヤクザ、もう一人は警察。友達になれるわけないじゃない？

とにかく孟少飛《モン・シャオフェイ》のこととなると、唐毅《タン・イー》は急に態度がおかしくなる。特に最近、そう、山で二日間行方不明になったあの時から、すべてが変わった。

「ボスもいろいろとお忙しい身です。だから……」

唐毅《タン・イー》を援護しようとした古道一《グー・ダオイー》だが、お嬢様の機嫌を損ねてしまった。

「忙しい？　私だって忙しいわ。世海《シーハイ》グループの仕事だけでもくたくたなのよ。なのに、また孟少飛《モン・シャオフェイ》みたいな厄介者が増えるの？　それに、唐毅《タン・イー》は半分友達って認めるって？　わけが分からないわ。もう私に心配かけるようなことはしないって、ちゃんと約束したのに」

「ボスだってお嬢様が心配していることはよく分かっています。ボスがあなたを心配しているのと同じですから」

「あなたたちって、いつまでも私のことを子どもみたいに扱うのね」

「そんなことありません。あなたはもう立派な大人だ。自分で何でもできる」

左紅葉《ツオ・ホンイエ》はスプーンで自分より十四歳年上の古道一《グー・ダオイー》を指して、不服そうに言った。

「一番それを言う資格がないのは、あなたよ」

古道一《グー・ダオイー》は軽くため息をついた。

「國棟《グオドン》さんとの約束です。必ずお嬢様を守ると」

「お嬢様お嬢様って、バカみたい。いつまで経っても私の言うことより、國棟《グオドン》さんの言ったことのほうが大切なのね？」

「……」

その話題を続けたくなかった古道一《グー・ダオイー》は、体の向きを変えて、左紅葉《ツオ・ホンイエ》の質問に背を向けた。ところが彼女は後ろ向きになった古道一《グー・ダオイー》の肩をつかんで、自分のほうに顔を向けさせ、スプーンいっぱいにすくったパッションフルーツ味のジェラートを無理やり食べさせようとした。

「これは怒ってる時にぴったりなの。食べて」

古道一《グー・ダオイー》はすっかり大人になった左紅葉《ツオ・ホンイエ》をちらりと見て、こんもり盛られたジェラートを何も言わずに食べた。

そして自らの運転で、自分にとって一番大切な女性を無事に唐毅《タン・イー》の自宅へ送り届けた。

＊　＊　＊

唐毅《タン・イー》の自宅——。

「明日には出ていって」

孟少飛《モン・シャオフェイ》が流し台でカップを洗っていると、背後からいきなり声をかけられ、飛び上がって驚いた。声のほうを振り向くと、そこには腕組みをしてキッチンの入り口に立つ左紅葉《ツォ・ホンイエ》がいた。

「はあっ、こんな真夜中に驚かせるなよ。お前は自分の家があるんだろ？　なんで帰らないんだ？」

「私たちが警察から一体どんな恨みを買ったのかさっぱり分からないわ。あなたからも、そして四年前に死んだあの女からも」

孟少飛《モン・シャオフェイ》は動きを止めて、黙り込んだ。相手の痛いところをついたと確信した左紅葉《ツォ・ホンイエ》は、眉を上げて更に皮肉を言った。

「でもそうね。行天盟《シンティエンモン》と結託すれば、いろいろうまみもあるでしょうね。李麗真《リー・リーチェン》がどれだけ甘い汁を吸っていたのか知らないけど」

「左紅葉《ツォ・ホンイエ》。それ以上麗真《リーチェン》さんを侮辱するな」

孟少飛《モン・シャオフェイ》は李麗真《リー・リーチェン》のことになると、急に真面目な顔になった。鋭い目つきで、白いワイシャツ姿の左紅葉《ツォ・ホンイエ》を睨みつけた。

「何か間違ったこと言ってる？　さすがは李麗真《リー・リーチェン》の愛弟子ね。『半分友達』とかいう名目で、四年前のことを唐毅《タン・イー》から聞き出すつもりなんでしょ。どう？　彼女と同じように、行天盟《シンティエンモン》と仲良くする？」

「麗真《リーチェン》さんはそんなことしていない。あの人がお前らと結託するはずがない」

この四年間、そのような疑惑があることを何度も耳にしてきた。しかし、薬物を心から憎み、自分を厳しく育ててくれた麗真《リーチェン》さんが、ヤクザと不法な取引をするなど、絶対に信じられなかった。

「じゃなぜ彼女は國棟《グオドン》さんと一緒に死んだのよ？」

左紅葉《ツオ・ホンイエ》の声が孟少飛《モン・シャオフェイ》の鼓膜に鋭く突き刺さった。どれだけ信じていると言っても、左紅葉《ツオ・ホンイエ》の指摘した事実にかなわないことは分かっている。四年間捜査し続けても真相が分からず、証拠も見つからない。

「仕方ないと思うわ。警察の給料なんて、たかが知れてるものね。ちょっと欲が出ただけでしょう。おかしくないわ」

「左紅葉《ツオ・ホンイエ》、お前！」

自分を焚《た》きつける左紅葉《ツオ・ホンイエ》を押しのけ、外の空気を吸いに行こうとしたその時、その様子を見た唐毅《タン・イー》に突き飛ばされ、脇にあった椅子に激突した。

「孟少飛《モン・シャオフェイ》。お前をここにいさせてやってるが、俺の大切な人に手を出していいとは言ってない」

「な、お前！」

ただ左紅葉《ツオ・ホンイエ》を押しのけただけなのに、女性に暴力を振るったかのように言われた孟少飛《モン・シャオフェイ》は目を大きく見開いてあ然とした。自分にそのような汚名を着せた唐毅《タン・イー》のことが信じられなかった。

「こいつが何て言ったか、分かってるのか？」

「そんなことどうでもいい。彼女に触れるな！」

「……」

孟少飛《モン・シャオフェイ》は初めて唐毅《タン・イー》に会った時のように、憎しみに満ちた気持ちで唐毅《タン・イー》と対峙《たいじ》した。心臓のあたりがずきりと痛み、目の周りを真っ赤にしながら唐毅《タン・イー》を押しのけ、飛び出していった。

「大丈夫か？」

「ええ」

左紅葉《ツォ・ホンイエ》は何でもないと首を振り、唐毅《タン・イー》の懐《ふところ》にすがりつくと、勝ち誇った表情で笑みを浮かべた。

第五章

「腹黒い左紅葉《ツォ・ホンイエ》め！」

孟少飛《モン・シャオフェイ》は外に出て、気持ちを落ち着かせようとしていた。庭にあるブランコを蹴飛ばして、怒りをぶちまけた。

「どうして俺の言い分を聞かない？　どうして俺が怒らなきゃいけない？」

ブランコのチェーンが耳障《みみざわ》りな金属音を立てた。孟少飛《モン・シャオフェイ》はがたがたと揺れ続けるブランコを見ながら、独り言を言った。

唐毅《タン・イー》が、彼女をどれだけ大切にしているか、もちろん分かっている。唐毅《タン・イー》が誰を寵愛《ちょうあい》しようが、誰をえこひいきしようが、俺の知ったことじゃない。なのに、どうしてこんなに気分が悪い？

「ふん！」

とにかく、ムカつく！

ガッッ！

ブランコがまたも蹴飛ばされ、がっしゃんがっしゃんと悲鳴を上げた。

「孟《モン》刑事、何をそんなに怒ってるんです？」

暗闇からジャックがひょいと現れた。切れ味の良さそうなバタフライナイフを手に持ち、刃を開閉させて弄んでいた。

「左紅葉《ツォ・ホンイエ》は言葉に遠慮というものがないことは誰もが知ってます。それに、そもそも警察とヤクザは立場が違う。そんなに怒る必要はないんじゃないですか？」

常に笑みを浮かべているが、近寄りがたい雰囲気のジャックは、自分の言葉を聞いて、無意識に屋敷のほうを見て困惑の表情を浮かべている孟少飛《モン・シャオフェイ》を見て、続けた。

「どうやら、左紅葉《ツォ・ホンイエ》に腹を立てているというより、ボスのほうが気になってるみたいですね。孟《モン》刑事、ここに来た目的を忘れちゃいけませんん。あまり感情的になると、やり損ねますよ。おやすみなさい」

自分の話を終えたジャックは、眉をひそめる孟少飛《モン・シャオフェイ》を置いて、微笑《ほほえ》みながら広々とした庭を後にした。

＊　＊　＊

孟少飛《モン・シャオフェイ》は庭に立ち尽くしていた。真夜中を過ぎてようやくしびれ始めた足をひきずりながら二階の客室に戻った。ドアを開けて入ろうとした時、明かりが消えたままの部屋から、声が聞こえてきた。

「紅葉《ホンイエ》がどんなことを言ったか、分かってる。お前にとって李麗真《リー・リーチェン》が大切な人だってことも、分かってる。彼女の代わりに謝るよ」

一瞬緊張で身構えたが、声の主が誰か分かると、すぐに力が抜けた。壁のスイッチに手を伸ばして、天井の大きな明かりを点けた。ベッドの端に唐毅《タン・イー》が座っていた。どれだけ待っていたのか分からないが、孟少飛《モン・シャオフェイ》は手をぶんぶんと振って言った。

「もういい。当事者に間違っていたという自覚がなけりゃ、第三者のお前が謝っても意味ないだろ」

「紅葉《ホンイエ》は、俺にとって唯一心から信用できる人だ」

「眠いんだ、もういいか。ふぁ〜」

唐毅《タン・イー》が左紅葉《ツォ・ホンイエ》との絆《きずな》を強調すればするほど、苛《いら》立ちを覚えた。ベッドサイドまで行き布団をめくり上げて、唐毅《タン・イー》を追い返そうとした。心を苛立たせている張本人を目の前から消し去りたいと思った。

すると、突然手首をつかまれ、力ずくでぐいっと引っ張られた。

「何だよ！」

唐毅《タン・イー》はベッドにうつ伏せに倒れた孟少飛《モン・シャオフェイ》の上に馬乗りになり、更に背後から孟少飛《モン・シャオフェイ》の服を捲《まく》り上げた。驚いた孟少飛《モン・シャオフェイ》は頭を後ろに向けて言った。

唐毅《タン・イー》は手に打撲用の軟膏《なんこう》を持ち、孟少飛《モン・シャオフェイ》の目の前で揺らして見せた。

「塗ってやる」

「自分でやるよ」

「背中の傷にどうやって塗るんだ？　寝てろ」

孟少飛《モン・シャオフェイ》の肩を無理やり押さえつけて、ベッドに寝かせた。軟膏をつけた唐毅《タン・イー》の手の平が、孟少飛《モン・シャオフェイ》の後ろの腰にぴったりと張りつき、温かく優しくマッサージした。

そこには左紅葉《ツォ・ホンイエ》との言い争いの時に椅子にぶつかってできた青あざがあった。孟少飛《モン・シャオフェイ》はその心地よさに思わず目を細めた。軟膏のつんとするにおいの他に、唐毅《タン・イー》の体から発せられる香りも鼻先に感じた。

背中から臀部《でんぶ》に向かって、打撲の痕が真っ直ぐ伸びていた。唐毅《タン・イー》はそれを見て、ズボンのウエストゴムに指を掛け、太もものほうに引き下げた。

「ちょ、ちょっと!」

驚いて体を起こそうとしたが、さっきと同じように肩をつかまれ、ベッドに押しつけられた。

「いいから、寝てろ」

メンソールの香りがする軟膏が、ひきしまった臀部に均一に塗り込まれた。そんなふうに他人に尻を撫《な》でられたことがなかった孟少飛《モン・シャオフェイ》は、気恥ずかしくてすぐに顔を真っ赤にした。

思わず顔を枕に沈めたが、背後の様子が見えなくなるほど、指で触れられる感覚を頼りに、大脳がいかがわしい映像を描き出した。

「ん……」

「気持ちいいか?」

無意識に出てしまった声を聞いて、唐毅《タン・イー》は優しく微笑んだ。

「あ、まあまあだ、う……」

孟少飛《モン・シャオフェイ》は強がってそう答えたが、心から漏れる声が抑えられなかった。

くそ! こいつの薬を塗る手つきのなんと色っぽいことか。

「いい感じなら、もう少し」

臀部を揉んでいた指先が脊椎の末端に移動し、臀部の割れ目に差し込まれ、尾椎とプライベートな箇所の間にある場所を押圧《おうあつ》した。

「……」

孟少飛《モン・シャオフェイ》は顔を枕に当てたまま、体をぐっとこわばらせた。その反応を察知した唐毅《タン・イー》は、痛がらせてしまったと思い、気遣って聞いた。

「大丈夫か？」

孟少飛《モン・シャオフェイ》は突然上半身を起こした。真っ赤な顔のまま、自分の太ももに馬乗りになっている唐毅《タン・イー》を押しのけた。そして、腰をかがめて、奇妙な姿勢で唐毅《タン・イー》をドアから押し出した。

「もういいよ。これくらいで。おやすみ！」

バタン！

客室のドアが荒々しく閉められ、中から鍵がかけられた。

「……」

行天盟《シンティエンモン》のボスともあろう自分が、形無しの状態で他人から追い払われるのは、初めての経験だった。唐毅《タン・イー》は手に軟膏を握りしめたまま廊下に立ち尽くし、しっかりと閉められたドアを呆然と眺めた。

「ふう……ふう……ふう……」

ドアにもたれて深呼吸をした後、すでに半分下ろされていたズボンの前を引っ張ると、そこには生理的反応を起こしている下半身があった。

孟少飛《モン・シャオフェイ》は思わず自分の顔を平手打ちした。

「孟少飛《モン・シャオフェイ》！　どうかしたのか？」

ほんの少し撫でられただけで、硬くなったのか？

「相手は男だぞ。それだけじゃない、警察と敵対するヤクザのボスだ。まさか、本当に惚れたのか……あいつに？」

自分の言い放った言葉の意味にはっと気づき、ドアにもたれたまま床にずるずると座り込んでしまった。床は氷のように冷たかった。目を見開いてベッドの上の乱れた布団をじっと見つめた。

ちょっと待て。さっき何て言ったんだ？

惚れた？　唐毅《タン・イー》に？　まさかそんな……。

心の中の声に反論しようとすると、以前趙立安《チャオ・リーアン》とした話を思い出した……。

『四年もしつこく追い回してたら、君をよく知らない人から見ると、唐毅《タン・イー》に気があるんじゃないかって誤解されるかもよ』

『警察がヤクザに密《ひそ》かな片思いってか？　たいした想像力だな』

『でもさ、言い切れないだろ。神様は波瀾万丈が大好きだよ』

『あり得ないって言ったらあり得ない』

「くそったれ……」

孟少飛《モン・シャオフェイ》は顔を拭い、低い声で罵った。

あの日、クラブで唐毅《タン・イー》が誰かとキスした時の不快感、そしてさっき、唐毅《タン・イー》が自分よりも左紅葉《ツォ・ホンイエ》を信じる姿を見た時の憤慨。それらの感情が結局のところ何だったのか、とうとう理解してしまった。

「なんで……こんなこと……」

服の左胸部分をぎゅっとつかみ、みぞおちにズキンズキンと走る痛みをこらえた。

追いかけていた人間が、愛のトラップに落ちた。一人の男を好きになり、しかもその男は、ヤクザのボスだった。そして、相手から見て、自分はそもそも「友達」の位置にもいない。
「果たして神様は、波瀾万丈が大好きだった。はは……はは……は……」
孟少飛《モン・シャオフェイ》はドアにもたれて自嘲した。目を閉じて天を仰いだ。苦しみで溢《あふ》れ出る涙が、目尻から流れて耳元に吸い込まれていった。

＊　＊　＊

歩道橋の下――。

歩道橋の下の影になった場所に、黒いワンボックスカーが停まっていた。そこに一人の男が、ブリーフケースを持って歩いてきた。両腕を横に上げるると、ドアの横にいた子分がボディーチェックをした。武器を携帯していないことが確認できると、ドアが開かれ、男は車に乗り込んだ。

後部座席に座ると、男はタブレットパソコンを取り出した。そのモニターに行天盟《シンティエンモン》の主要な組員が表示された。そこには唐毅《タン・イー》、ジャック、左紅葉《ツォ・ホンイエ》、古道一《グー・ダオイー》などとともに重要な幹部の個人データが含まれていた。男が口を開いた。

「文浩《ウェンハオ》さん。王坤成《ワン・クンチェン》は突然殺されてしまいましたが、数年もかけて築いてきた基盤をここで失ってしまうわけにはいきません。唐毅《タン・イー》は打開策を示してくれません。我々はあなたにしたがいます」

男と並んで後部座席に座っていた陳文浩《チェン・ウェンハオ》は、ボトルを持って高濃度のウイスキーを一口飲んだ。そして、手の甲で男の横顔をはたき、見下すように言った。

「そんなもの、俺が手に入れられないと思うか？　俺が欲しいのは、行天盟《シンティエンモン》の表と裏の両方、つまりすべての資料と情報だ。俺と仕事がしたいなら、誠意を見せろ。分かったか？」

「文浩《ウェンハオ》さん。行天盟《シンティエンモン》は國棟《グオドン》さんの生前から……」

「國棟《グオドン》さん？　いつまでその呼び方なんだ？」

陳文浩《チェン・ウェンハオ》がちょっと眉を上げると、相手はすぐに言い方を改め、それから話を続けた。

「唐國棟《タン・グオドン》の生前から組織の改革を始めていましたが、それでも組員たちが稼げるよう、ある程度の余地は残していました。しかし、唐毅《タン・イー》のやつが引き継いでからは、着実にすべての薬物取引から手を引いていきました。仲間たちは皆表向き何も言いませんが、陰では非常に不満を感じています。俺も組員たちも、あのやり方に納得がいかず、こうして文浩《ウェンハオ》さんに頼っているのです。だから文浩《ウェンハオ》さん、俺たちは……」

陳文浩《チェン・ウェンハオ》はぐだぐだと続く余計な話を遮って、聞いた。

「唐國棟《タン・グオドン》と唐毅《タン・イー》は、結局どんな関係なんだ？」

男は今後の取引を約束通りに実行してもらえるか、急いで確認したかったが、その質問に答えないわけにもいかなかった。

「俺たちもよく知らないんです。当時唐國棟《タン・グオドン》が唐毅《タン・イー》と左紅葉《ツォ・ホンイエ》を連れて帰ってきた時、唐毅《タン・イー》だけ改姓しています」

「何年もの間、お前たちは唐毅《タン・イー》の来歴を調べなかったのか？」

「文浩《ウェンハオ》さん、俺たちには聞けないんですよ。ただ、彼らは実の親子のように仲良くしていましたし、唐國棟《タン・グオドン》の死後は、遺言で唐毅《タン・イー》を後継者に指名しています。だからこそ唐毅《タン・イー》が行天盟《シンティエンモン》を取り仕切ることに異議を唱えられる人はいません」

「くそっ！」

陳文浩《チェン・ウェンハオ》はボトルを荒々しく置くと、憤慨して大声で怒鳴った。

「……」

横にいる男はごくりと唾を飲み込み、何も言えなくなった。耳元に聞こえたのは、通気口からひゅうひゅうと吹き出す冷房の音と、陳文浩《チェン・ウェンハオ》が歯ぎしりしながら、恨みを込めて吐き出した二文字だけだった。

「息子！」

＊　＊　＊

唐毅《タン・イー》の自宅――。

趙立安《チャオ・リーアン》は工具を詰めた大きな袋を背負い、渋々行天盟《シンティエンモン》のボスの家にやってきた。孟少飛《モン・シャオフェイ》から、この場所のセキュリティシステムの点検と強化を頼まれたからだ。

「チビさん」

「やあ！」

「おお！　俺に対しても容赦なしとはな！」

趙立安《チャオ・リーアン》の姿を見つけると、ジャックはすぐに近づいてきたが、趙立安《チャオ・リーアン》から重たい袋を投げてよこされた。

誰からも「ジャック兄貴」と敬意を表されているこの家で、このチビさんだけがジャックに対して礼儀を知らなかった。

「何が？」

自分がどれだけ無礼なことをしているか、まったく自覚のない趙立安《チャオ・リーアン》は、ジャックを不思議そうに見た。

ジャックに対して警戒の必要性を感じないのだ。

「何でもない。でも、お前にこんなことができるなんて意外だな」

趙立安《チャオ・リーアン》は顎をしゃくって、自慢げに言った。

「バカにするなよ。もしお金があったら、バンブルビー[4]を組み立ててプレゼントしてもいいよ。もちろん変形できるタイプのやつ！」

ジャックは感心してヒューと口笛を鳴らし、親指を立ててにっこりした。

「それはすごいな」

「そういえば！　女の子を紹介してくれるって、いつ頃になりそう？」

「女の子？」

「この前、紹介してくれるって言ったでしょ」

そのために、わざわざ連絡先を交換したのだ。

「ああ、あれね。今度な。まだ君に合いそうな子が見つかってないんだ」

「そっか。じゃあ、見つかったら絶対連絡してよね」

「おう」

趙立安《チャオ・リーアン》はがっかりして肩を落としたが、袋の中から工具をいくつか取り出して、庭にある一台の監視カメラのほうに歩き出した。

「ちっ、覚えてやがった」

4　バンブルビー：「トランスフォーマー」シリーズに登場するキャラクターのひとつ。

ジャックは忌々《いまいま》しそうに舌打ちをした。視線の先では趙立安《チャオ・リーアン》が行天盟《シンティエンモン》の子分の一人をベタベタと触っていた。

マッチョな体格のその子分は、ジャックのところに来て、野太い声で不快そうに言った。

「あのバカ刑事は何してるんです？　時間の無駄です」

脚立を趙立安《チャオ・リーアン》に渡しに行っただけなのに、セクハラのように触られたのだ。

「あの動きをよく見てみろ」

数歩歩いては足を止めている趙立安《チャオ・リーアン》を指して、ジャックが続けた。

「あいつが立ち止まった場所は全部監視カメラの死角だ。おそらくすべての死角を洗い出して、それから監視カメラのレンズの向きを調整したり追加したりするんだろう。さすが孟少飛《モン・シャオフェイ》の相棒だけあって、大した腕だよ」

面白い！

こんなに俺が興味を掻《か》き立てられたのは、趙立安《チャオ・リーアン》、お前が初めてだ。

「しかし、警察にこの場所のセキュリティシステムを触らせて、本当に大丈夫でしょうか？　何か手を加えられたりしませんか？」

「俺が後でチェックしておくよ。心配ない」

脚立を調整している趙立安《チャオ・リーアン》を見ながら、ジャックは笑って子分の肩を叩いた。

「俺は何よりサツが嫌いです。ちょっと近寄られただけで、全身が痒《かゆ》くなる」

「さっきあいつに触られただろ？　痒くないのか？」

ついさっき趙立安《チャオ・リーアン》にベタベタ触られながらも、きっぱり拒否しなかった子分に対して、嫉妬混じりの口調でそう聞き返した。

「ものすごく拳がむずむずしてましたよ」

体格の良いその子分は拳をぐっと握ってそれだけ言うと、バカ刑事から少しでも離れようとさっさと立ち去った。

ジャックはそれを冷ややかに笑って見送り、脚立のそばに行った。

「手伝おうか？」

「大丈夫。でも、ここのやつらはケチだなあ。ちょっとしか触らせてくれないなんて」

「お前、筋肉フェチか？」

「そこまでじゃないけど」

趙立安《チャオ・リーアン》は鼻にシワを寄せて笑い、自分の胸を撫でながら言った。

「僕って、どれだけ鍛えてもふにゃふにゃのまま、筋肉がつかないんだ。いつもみんなに『白切鶏《バイチエジー》（鶏肉の塩茹で）』って笑われる」

ジャックは右の手の平を開いて、趙立安《チャオ・リーアン》を見た。

「手！」

「は？」

ジャックは説明するのが面倒になり、趙立安《チャオ・リーアン》の両手をつかむと、そのまま引っ張って自分の胸を触らせ、趙立安《チャオ・リーアン》に好きなだけセクハラのごとくつまんだり、つねったりさせた。

「わあ〜、君の胸筋、立派だね。それにカチカチだ！　君ってさ、着痩せするけど、脱いだらすごいっていう、いわゆる細マッチョっていうやつ？」

「今度、自分でチェックしてみろよ」

「ほんと？　でも、いざその時になったら恥ずかしくなって、言い訳して逃げないでよ」

ジャックは魅惑的な笑顔を趙立安《チャオ・リーアン》に近づけて、意味深な言い方をした。

「いざその時に恥ずかしがるのは、お前のほうじゃないのか」

趙立安《チャオ・リーアン》は話をしながら、工具を手に取って脚立を登った。

「ちぇっ、男の裸なんて何とも思わないよ。警察学校の時は同級生や先輩たちのお尻丸出しだって見てるんだから！」

「刑事なんて危険な仕事、どうして選んだんだ？」

「警察学校は学費がいらなかったし、生活手当もあったからね。ばあちゃんは苦労して育ててくれて、長年僕に投資してくれたから、少しでも早く利益を出して元手を取り戻したかった。でも、警察学校の二年生の時に死んじゃった。元手を取り戻すのにも間に合わなかったよ……」

趙立安《チャオ・リーアン》は脚立の上に座って、感傷的になってそう言った。

ジャックは唇を噛《か》み、何気なく振った話題で、チビさんのつらい思い出を掘り返してしまったことを自ら責めた。そこでわざと軽い口調で、冗談めかして言った。

「ばあちゃんは大損したと思ったかもな」

「僕もそう思う！　でも、そう言ったのは、君が二人目だ」

「一人目は？」

上を仰ぎ見ているジャックは、目を細めて不愉快そうに聞いた。

自分が趙立安《チャオ・リーアン》と出会う前、すでに同じような冗談で彼を元気づけていた人物がいた。

「阿飛《アーフェイ》！」

趙立安《チャオ・リーアン》は脚立に跨《また》がったまま言った。

「ばあちゃんが死んじゃって、泣いて泣いて落ち込んでた時に、阿飛《アーフェイ》が同じことを言ってくれてさ。そしたら笑っちゃった」

「……」

その瞬間、ジャックは孟少飛《モン・シャオフェイ》をやっつけてやりたいという思いが湧いた。

「できた！」

もともと死角だった場所に新しい監視カメラを取りつけると、趙立安《チャオ・リーアン》は手のほこりをぱんぱんと払った。意気揚々と脚立から降りようとしたその時、突然脚立の重心がずれて、そのまま右にぐらりと傾いた。

「危ない！」

素早く反応したジャックが、すぐさま腕を広げて脚立から落っこちてくる趙立安《チャオ・リーアン》を抱きとめた。だが、後ろ向きに落ちる勢いまでは止めきれず、その体勢のまま建物の横にある屋外プールに、二人揃《そろ》ってどぼんと落ちてしまった。

「はぁっ、僕まだ生きてる？」

目をぎゅっと閉じていた趙立安《チャオ・リーアン》は、まぶたを少しだけ開き、たくましい胸で自分を抱っこしているジャックを見た。

「あの程度の高さから落ちたくらいで死ねるわけないだろ？」

「わあ～」

自分が何ともないことを確信して目をしっかり開けると、ジャックが身につけている白いTシャツが目に入った。それは水に濡れて、乳首が透けて突き出ているのが分かった。

ジャックは頭を下に傾けて、自分を虎視眈々《こしたんたん》と狙っているチビさんを見た。そして泣くにも泣けず、笑うに笑えない心境で言った。

「まさかお前、ここで俺の体を『チェック』しようとしてるのか？」

「……」

ごくり！

趙立安《チャオ・リーアン》の喉元から、唾を飲み込む音がはっきりと聞こえた。「虎視眈々」と狙われている人は、「オオカミに睨《にら》まれたウサギ」が一体どんな感覚なのか、にわかに理解することができた。

＊　＊　＊

世海《シーハイ》グループのビル内――。

「全部チェックしたか？」

唐毅《タン・イー》はデスクに置かれた資料にざっと目を通し、傍《かたわ》らで恭《うやうや》しく立つ古道一《グー・ダオイー》にそう聞いた。

「社長、ここ数年の取り組みで、会計の七割がクリーンになりました。還流した資金は、来月のD82の入札案件に回します。このBOTは、業界でもかなり注目されている案件です」

左紅葉《ツォ・ホンイエ》はソファーに座り、湯呑みを手に取って、唐毅《タン・イー》が入れてくれた高山烏龍茶を一口飲んで言った。

「唐毅《タン・イー》。Ｄ82だけど、私はその価格では足りないと思う。入札までにまだ数日あるから、何人か貸してくれない？　もう一度査定して、最終評価するわ」

「じゃあ名前をあげといてくれ。手伝うよう指示しておく」

「分かった」

左紅葉《ツォ・ホンイエ》は微笑んでうなずき、ソファーから立ち上がってオフィスを出ようとした。その時ちょうど、コーヒーを淹《い》れている孟少飛《モン・シャオフェイ》が目に入った。左紅葉《ツォ・ホンイエ》はそっちを指差して言った。

「唐毅《タン・イー》。私買い物に行きたいから、この人に付き添うように言って」

「俺が？」

孟少飛《モン・シャオフェイ》は自分の鼻先を指差して、問い返した。

「お嬢様。私が……」

古道一《グー・ダオイー》はそちらに近寄っていったが、左紅葉《ツォ・ホンイエ》に完全に無視された。自分にとって疎《うと》ましい存在の孟少飛《モン・シャオフェイ》を見て、左紅葉《ツォ・ホンイエ》は眉をくいと上げながら言った。

「孟《モン》刑事の腕は一流よね。だけど、ここでカップを洗ったり、コーヒーを淹れたりしていたら、それこそ宝の持ち腐れじゃない？　私の護衛をしてもらって、腕前を披露する機会をあげましょう」

「紅葉《ホンイエ》ＣＥＯの評価に感謝します。俺の腕は確かに非凡ですよ」

称賛された孟少飛《モン・シャオフェイ》は得意げにうなずき、左紅葉《ツォ・ホンイエ》の話に同調した。

「いいだろう。孟少飛《モン・シャオフェイ》、すまんが紅葉《ホンイエ》の護衛を頼む」

「いやちょっと待て。俺が護衛するのはお前で、彼女じゃない」

「彼女の護衛は、俺のよりも重要なんだ」

孟少飛《モン・シャオフェイ》は真剣な表情の唐毅《タン・イー》を見た。気分は良くないが、以前のことはもう水に流そう。仕方ない。なぜなら麗真《リーチェン》刑事も言っていた。

「どんなことがあろうとも、まず女性と子どもを守りなさい」と。

「ＯＫ！　じゃあ行くか！　紅葉《ホンイエ》ＣＥＯ、どこへ行きたい？」

「たっくさんあるわ。覚悟しておきなさい」

「はは、俺ともあろうものが恐れると思うか。体力は最強だ！」

「そのセリフ覚えておくわ。後で吠え面かかないでね。孟《モン》刑事さん！」

「レディーファースト。どうぞ」

孟少飛《モン・シャオフェイ》はそう言いながら、一歩下がって道を譲った。ハイヒールをカツカツ鳴らして左紅葉《ツォ・ホンイエ》が前を歩き、両手をポケットに突っ込んだ孟少飛《モン・シャオフェイ》が後に続いた。これからショッピングに向かうはずの二人が、ケンカする気満々の様子を見て、唐毅《タン・イー》は思わず微笑んだ。

「彼女の気持ちを受け入れられないなら、無礼な態度は許してやれ」

寂しそうでやるせない表情の古道一《グー・ダオイー》を見て、唐毅《タン・イー》は珍しく古道一《グー・ダオイー》と左紅葉《ツォ・ホンイエ》との関係に口を出した。

「受け入れたくないのではなく、私に資格がないのです」

グレーのタートルネックを着た古道一《グー・ダオイー》は、自分の手首を握り、苦しそうにそう答えた。

「資格じゃない、気持ちの問題だ。考えすぎると、お互いを傷つけることになる」

唐毅《タン・イー》は古道一《グー・ダオイー》の肩をぽんぽんと叩き、オフィスを後にした。複雑な感情が行き来するのを感じながら、古道一《グー・ダオイー》はその場に一人取り残された。

＊　＊　＊

デパートの駐車場——。

「満足したわ。あなたもお疲れのようね、後でジェラートおごるわ」

「それは……どうも……紅葉《ホンイエ》……さ……」

ショッピングの戦利品七、八袋を手に提げた孟少飛《モン・シャオフェイ》は、それらを車のトランクに入れて、ぐったりしながらそう答えた。

「ドア開けて」

「はい……」

白目をむきながらも、甘やかされて育った紅葉《ホンイエ》お嬢様のためにドアを開けようとしたその時、ふとバックミラーを見ると、駐車場に停められた別の車の助手席の窓が不気味に下ろされ、中から黒い拳銃が突き出されるのが見えた。

「左紅葉《ツォ・ホンイエ》！」

孟少飛《モン・シャオフェイ》は本能的にそちらに飛びかかった。すると急に腹部に激痛が走り、目の前が暗転したかと思うと、意識を失ってしまった。

第六章

病院――。

唐毅《タン・イー》と古道一《グー・ダオイー》が緊急治療室に駆け込むと、ちょうど江勁堂《ジャン・ジンタン》医師が、左紅葉《ツォ・ホンイエ》の傷口に包帯を巻いているところだった。

「紅葉《ホンイエ》！」

「唐毅《タン・イー》？」

唐毅《タン・イー》は急いで駆け寄り、ベッドに座る左紅葉《ツォ・ホンイエ》を抱き締めた。

「怪我は？」

江勁堂《ジャン・ジンタン》は傷口の処置をしながら、現状を説明した。

「すり傷が数箇所。処方箋はもう出した。頭を打ってるから、脳のＣＴ検査もしておいた。結果の報告待ちだ」

左紅葉《ツォ・ホンイエ》が大事に至らなかったことを確認できると、二人は同時にほっと息をついた。古道一《グー・ダオイー》が体の横で強く握りしめていた拳からも、ゆっくりと力が抜けた。

「拳銃がこんなふうにこっちに向いて……私、怖くて怖くて頭の中が真っ白に……」

一人の看護師が急ぎ足で江勁堂《ジャン・ジンタン》のところに来て、慌ただしい様子で言った。

「江《ジャン》先生、もう一人の患者さんは手術室に搬送しました。鄭《ジェン》先生が至急来てほしいと」

「分かった。すぐに行く」

江勁堂《ジャン・ジンタン》は顔色を曇らせ、体の向きを変えてそこを離れようとした時、唐毅《タン・イー》に腕をつかまれた。

「孟少飛《モン・シャオフェイ》か？」

「腹部を撃たれた。意識レベルは3」

白衣を着た江勁堂《ジャン・ジンタン》は、それだけ言うと、唐毅《タン・イー》の手を振り払って、看護師とともに急いで手術室に向かった。


緊急治療室のガラスドアがもう一度開き、石大砲《シー・ダーパオ》と偵査三部のメンバーが入ってきた。孟少飛《モン・シャオフェイ》が撃たれて負傷したという知らせを聞いて、駆けつけたのだ。彼らの表情には苛《いら》立ちと心配が滲《にじ》み出ていた。黄鈺琦《ホワン・ユーチー》に至っては、ここに来る途中で何度も泣いたのであろう、目の周りが赤くなっていた。

石大砲《シー・ダーパオ》は当直室に駆け寄り、一番近くにいた看護師を捕まえて問いただした。

「孟少飛《モン・シャオフェイ》、孟《モン》刑事はどこですか？」

「孟《モン》刑事は腹部を撃たれて、手術中です」

隣にいた趙立安《チャオ・リーアン》も苛立ちを隠せない様子で聞いた。

「どうして撃たれたの？」

「それは私たちには分かりません。すみませんが、そちらでお待ちください。緊急治療室の通路を塞がないようにお願いします」

そう言われて、石大砲《シー・ダーパオ》は頭を上げ、空いている場所を見つけて座ろうとすると、待合室にいるある人物が目に留まった。

その人物の顔が分かると、猛然とそちらに向かっていき、何も言葉を発することなく、その勢いのまま相手の顔を思い切り一発ぶん殴った。

「唐毅《タン・イー》！　俺は阿飛《アーフェイ》にお前の護衛をさせた。だがな、鉄砲玉の盾にするためじゃないぞ！　どうしてこんなことが起きた？　言え！」

深く自責の念にさいなまれていた唐毅《タン・イー》は、何も逆らわず、真っ直ぐ前を見たまま石大砲《シー・ダーパオ》のほうに目を向けることさえなく、その表情はまるで部外者のような冷淡なものだった。

彼の性格をよく理解している左紅葉《ツォ・ホンイエ》と古道一《グー・ダオイー》だけは唐毅《タン・イー》が今まさに、怒りの頂点に達している状態であることが分かっていた。

「唐毅《タン・イー》、よく聞け！　せいぜい少飛《シャオフェイ》の無事を祈っておけ！　もし何かあったら、俺は必ずお前を捕まえて警察に放り込んでやる！　容赦はしない！」

「部長、落ち着いて！　部長！」

趙立安《チャオ・リーアン》と盧俊偉《ルー・ジュンウェイ》は、左右両側から部長の腕を必死で押さえた。怒りの収まらない部長を連れて、その他の患者や家族もいる緊急治療室から出た。

一番後ろについていた周冠志《ジョウ・グァンジー》は、緊急治療室のガラスドアから出る前に、ちらりと李至徳《リー・ジーダー》のほうを振り返った。李至徳《リー・ジーダー》はそっと首を振り、すぐに視線を戻した。そして、尚もプラスチック製の椅子に座ったまま、真っ直ぐ前を向いている唐毅《タン・イー》のほうを見た。

＊　＊　＊

唐毅《タン・イー》の自宅――。

病院から唐毅《タン・イー》の自宅に戻った李至徳《リー・ジーダー》は、唐毅《タン・イー》の後にぴったりついて二階に上がった。そこで待ちわびていたジャックは、唐毅《タン・イー》の姿が見えると自ら進み出た。

「ボス」

「どこだ？」

「奥にいます」

唐毅《タン・イー》は歩みを止めることなく、自分の着ていたスーツのジャケットを怒りの表情で脱ぐと、地面に投げ捨てた。李至徳《リー・ジーダー》はジャケットを拾って、肘に掛けた。その表情には緊張と不安が滲んでいた。

部屋のドアを開けると、そこには左紅葉《ツォ・ホンイエ》と孟少飛《モン・シャオフェイ》を襲撃した男が椅子に縛り付けられ、口には丸めた布切れが詰められていた。その男は唐毅《タン・イー》の表情を一目見た途端、恐怖で「ううっ、ううっ」とわめいて懸命にもがいた。

「出てろ」

唐毅《タン・イー》が自ら手を下すと分かり、李至徳《リー・ジーダー》はすぐさま唐毅《タン・イー》の前に立って言った。

「ボス、俺がやります。手が汚れます」

「出てろ」

さっきよりも軽く言ったが、背筋がぞっとするような声が、喉元の深いところから響いた。

「こんな些細《ささい》なことは、俺で十分……」

話が終わらぬうちに、唐毅《タン・イー》は李至徳《リー・ジーダー》を乱暴に壁に押しやった。そして、何度も自分のことを邪魔する李至徳《リー・ジーダー》を、陰険で残忍な顔で睨《にら》んだ。

「俺の大切な人を襲ったことが、些細なことだと？　じゃあ、どんなことだったら重大なんだ？」

「すみません、俺が間違ってました。すぐ出ていきます」

唐毅《タン・イー》に付いて長いが、これだけ恐ろしい表情を見るのは二回目だった。一回目は、四年前に集中治療室で目を覚まして、唐國棟《タン・グオドン》が死んだことを知らされた時だった。

それ以上話をする余地はないことが分かると、李至徳《リー・ジーダー》は腕に掛けたジャケットを抱え、取り乱した感情を抱いたまま部屋から出た。

凶暴な表情は、まるで大鎌を振り下ろそうとしている死神のそれだった。唐毅《タン・イー》は男の顎を乱暴につかむと、冷たく微笑《ほほえ》んで見せた。

「気を失うんじゃないぞ。今からお前に、肋骨が一本ずつ折れる音をじっくり聞かせてやる」

棘《とげ》付きのメリケンサックを利き手である右手にはめた。椅子に縛りつけられた男は、もうすでに恐怖で失禁しており、股間には恥辱的で不快なにおいが漂っていた。

「監禁室」の外では、李至徳《リー・ジーダー》が落ち着かない様子で、ドアの前を行ったり来たりしている。中の状況を気にしながら、誰かの返信を待っているかのように時々ちらりと携帯電話を見た。

ジャックは悠然として、手に持ったバタフライナイフの刃を開閉させながら、口を開いた。

「心配ないさ、殺しはしない。それくらいの道理はボスもわきまえてる」

殴り殺せば、手がかりを聞き出せなくなってしまう。相手に次の瞬間には死んでしまうかもしれないと思わせつつも、生存の望みもほんのわずかに感じさせる時、初めて本当の答えを聞き出すことができるのだ。

これはジャックが戦場で学んだことだ。逆に自分が捕虜となって拷問を受けた場合も、たとえ痛みが限界に達しても決して口を割ってはならない。なぜなら、真相を口にしてしまえば利用価値がなくなるからだ。利用価値がない人間に待つのは死だけだ。

「俺があんなチンピラの心配を？」

「ほぉ、じゃあ俺の誤解かな。あんまり気にかけてるから、知り合いなのかと思った」

「どういう意味だ？　俺がやつと知り合いだと？　俺があんな雑魚《ざこ》と知り合いなわけがないだろう？」

急に顔色を変えた李至徳《リー・ジーダー》を見て、ジャックは笑いながら言った。

「兄貴、そんなに怒っちゃいけない。俺がでまかせに言ったことだから、あなたも適当に聞き流せばいい」

李至徳《リー・ジーダー》はジャックが弄《もてあそ》んでいたバタフライナイフを不意につかみ、険しい顔で警告した。

「聞き流せないこともあるぞ。それと、ナイフに気をつけろ」

その時、音沙汰のなかった携帯電話からショートメッセージの受信音が鳴った。李至徳《リー・ジーダー》はすぐに携帯電話を取り出して、慌てて出ていった。

数分後、ジャックはナイフをしまって窓の近くに行き、車に乗って邸宅から出ていこうとする人物を笑っているともとれる眼差しで見つめていた。

＊　＊　＊

レストランのボックス席――。

「返信が遅すぎます。やつがボスの手に渡ってしまいました」

李至徳《リー・ジーダー》はドアを開けてボックス席に入り、すでにその中で待っていた人物に向かってそう言った。

ボックス席に入るなり急いでドアを閉めた李至徳《リー・ジーダー》を、左紅葉《ツォ・ホンイエ》は冷たい目で見た。

「李至徳《リー・ジーダー》。ほんとに私を殺す気だったんじゃない？」

「とんでもない！　あの時紅葉《ホンイエ》さんに話した計画通りです。入札相手の同業者が脅しを仕向けたように装うと。それに俺は、護衛は無理だと思わせるようバットか何かで孟少飛《モン・シャオフェイ》を怯えさせるだけでいいと指示しました」

左紅葉《ツォ・ホンイエ》は赤ワインのグラスを手に、鋭い目つきでつぶさに相手の挙動を観察していた。

「バット？　でもやつらは拳銃を持ってたわ。孟少飛《モン・シャオフェイ》を追い出せる方法があると言うから、私もしぶしぶ協力したのよ。なのに、とんだ即興劇になったわね。あなた……何か別の企みがあるんじゃない？」

「紅葉《ホンイエ》さん。俺がそんなことを考えると思いますか？　どうしてこんなことになったのか、俺にも分からないんです。電話で確認もしましたが、俺の手下が駐車場に到着する前に、襲撃は起きていたんです。そいつらは俺が送り込んだやつらじゃない。

こんなチンピラが起こしたことなんか、俺が処理すればいいと思ってました。でも、ボスが自ら手を下すと言うんです。孟少飛《モン・シャオフェイ》の怪我で、ボスがあんなに激しく怒るなんて、思ってもみませんでした……」

最後の言葉は、歯ぎしりしながら絞り出した。

李至徳《リー・ジーダー》のその言葉で、ブルーチーズを切っていたフォークが止まった。左紅葉《ツォ・ホンイエ》は深く息を吸うと、ソファーに置いていたレザーのバッグを持って立ち上がった。そして、眉をくいと上げて李至徳《リー・ジーダー》に言った。

「とにかく、今回の劇は終幕よ。あのチンピラから唐毅《タン・イー》が何か聞き出したら、あなたが自分で対処することね」

「紅葉《ホンイエ》さん！　紅葉《ホンイエ》さん！」

李至徳《リー・ジーダー》は取り乱しながら叫んだが、左紅葉《ツォ・ホンイエ》は振り向きもせず、ボックス席から出ていった。

＊　　＊　　＊

唐毅《タン・イー》宅のベランダ——。

タバコのにおいを嫌悪する唐毅《タン・イー》が珍しくタバコを吸っていた。腕まくりした袖はまだ乾き切っていない血で汚れていた。

ジャックがベランダに来て報告した。

「やつは江《ジャン》医師のところへ送りました。ボス、誰が仕向けたか分かっているのでは？」

「……」

殺意に満ちた獰猛《どうもう》な視線が赤髪の男に向けられた。男は肩をすくめて微笑んだ。

「ただの好奇心です。ボスの大切な人を狙うなんて、どこの命知らずですかね」

唐毅《タン・イー》はすぐには答えなかった。タバコの箱を手に取り、もう一本取り出してライターで火をつけた。漂う白い煙の輪を見つめて、憎しみのこもった低い声で一人の名前を吐き出した。

「陳文浩《チェン・ウェンハオ》！」

「やはりやつですか」

ジャックはそれを聞いて室内に視線を戻し、テーブルに置かれた血がこびりついたメリケンサックを見ながら、自分の計画を密《ひそ》かに思案した。

＊　＊　＊

レストランの駐車場――。

車を停めた場所に左紅葉《ツォ・ホンイエ》が歩いていくと、古道一《グー・ダオイー》が車の横に立って待っていた。

「何しに来たの？」

「襲撃を指示した相手が分かりました」

「そう」

自分と李至徳《リー・ジーダー》の計画を気づかれたくなかった左紅葉《ツォ・ホンイエ》は、顔をこわばらせながら運転席に向かうと、思ってもみなかった答えが耳に入った。

「陳文浩《チェンウェンハオ》です」

左紅葉《ツォ・ホンイエ》は密かにほっとして、落ち着きを装った。

「あの悪者には気をつけてって、前から唐毅《タン・イー》に言ってたのに」

「お嬢様。今回は大事に至らなくて、本当に幸いでした。あなたがボスのことを守りたい気持ちは分かります。しかし、手下を使って自分を襲わせるなんて、万が一でも何か起きたら、私たちはやり切れません」

古道一《グー・ダオイー》にすべてを察知されていることが分かると、左紅葉《ツォ・ホンイエ》はそれ以上芝居はしなかった。そのようなことを計画した理由を、ありのまま話した。

「あいつが唐毅《タン・イー》の前に現れてから、何も良いことがないの。私は私なりの方法で彼を守ってるの。何の権利があって私を責めるの？」

古道一《グー・ダオイー》は小さくため息をつき、静かな口調で言った。

「孟少飛《モン・シャオフェイ》に対するボスの反応を、あなたも見たでしょう。ボスのためを思うなら、孟少飛《モン・シャオフェイ》との関係はボス自身に任せたほうがいい。私は、あなたが傷つけられるのを見たくない」

「私が傷つけられるのが嫌なの？」

左紅葉《ツォ・ホンイエ》は苦しそうな表情で古道一《グー・ダオイー》を見た。

「誰よりも私を傷つけてるのは、一体誰？　あなたよ。古道一《グー・ダオイー》！」

「送ります」

古道一《グー・ダオイー》は視線をそらして、しばらく黙り込んだが、一番大切な人を無事に家まで送り届けようと足を踏み出して車の左側まで移動した。ドアを開けようとした時、左紅葉《ツォ・ホンイエ》に荒々しく手をはたかれた。左紅葉《ツォ・ホンイエ》は涙を流しながら、叫ぶように言った。

「この話をしようとすると、いつも逃げてばかり。どうして私の気持ちに向き合ってくれないの？　私はただ、あなたが好きなの。左紅葉《ツォ・ホンイエ》は古道一《グー・ダオイー》が好きなの！」

「お嬢様。私は長年あなたをお守りしてきました。お嬢様は、私がいることに慣れ、私への依存心を愛情だと勘違いしているのでしょう」

「違うわ。ずっと好きだった。ずっとあなたを見てた。あなたに何度も気持ちを伝えたわ。勘違いなわけないじゃない」

「お嬢様……」

「でもそうね。あなたの言う通り、慣れなのかもしれないわ。あなたが私に尽くしてくれ、私を守ってくれ、身の回りのことを助けてくれるのに慣れてしまって、それを愛だと思い込んだ……いいわ、分かったわ……」

プライドの高い彼女は何度思いが打ち砕かれても、それに耐えてきたが、尚もこれほど耐え難い場面が待ち受けていようとは。左紅葉《ツオ・ホンイエ》は気持ちを切り替えるように上を仰ぎ見て、大きく深呼吸をしてから口を開いた。

「結局あなたが私に尽くしてくれるのは國棟《グオドン》さんの言いつけだからよね。じゃあもうここまでにしましょう。長い間ありがとう……道一《ダオイー》さん」

ドアの横にいる古道一《グー・ダオイー》を押しのけて運転席に乗り込むと、荒々しくドアを閉めた。サファイアブルーの車にエンジンがかかり、レストランの駐車場から走り去っていった。

「……」

古道一《グー・ダオイー》は駐車場に立ったまま、左紅葉《ツオ・ホンイエ》の運転する車が遠く離れていくのを見送っていた。

*　　*　　*

病院の廊下――。

「歯ブラシ、シャンプー、コップ、あと保温ボトル、あ！　保温ボトル忘れちゃったな……阿飛《アーフェイ》、起きたかな？」

趙立安《チャオ・リーアン》は着替えと日用品を入れた袋を提げて、病室の前まで来た。ドアを開けて中を覗《のぞ》くと、その場でぽかんとしてしまった。

病室の中には、麻酔が効いているためまだ意識のない孟少飛《モン・シャオフェイ》のベッドの横に、唐毅《タン・イー》が立っている。入り口に向けられた唐毅《タン・イー》の視線は氷のように冷たく、趙立安《チャオ・リーアン》は思わず身震いした。びくびくしながら病室から出て、ドアを閉めた。

趙立安《チャオ・リーアン》はドアの外に立ち、胸を叩いて自分を落ち着かせた。

「びっくりした。なんであいつがここにいるの？　僕は……もう少し後にしよう……」

そこで袋を抱えたまま、まず病院の近くで食事をして、少し散歩してから阿飛《アーフェイ》のお見舞いをしようと決めた。


病室内では、孟少飛《モン・シャオフェイ》の点滴を受けていないほうの手を、唐毅《タン・イー》がそっと握っていた。見つめる先の顔は、出血多量のために青白い。

「孟少飛《モン・シャオフェイ》……」

抑えた声ですでに心の中の大事な部分を占めてしまっている人の名をそっと呼んだ。

すると唐毅《タン・イー》の手の平に包まれた指が、ぴくりと動いた。病床に横たわる孟少飛《モン・シャオフェイ》の目がゆっくりと開き、目の前のぼんやりとした、しかしなじみのある顔を見ると思わず微笑んだ。

「無表情のドクロ」

笑ってそれだけ言うと、孟少飛《モン・シャオフェイ》は安心したように目を閉じて、もう一度眠りに落ちた。

『見ろ！　表情がないところがそっくりだろ。遠慮せずに受け取れよ』

二人の会話を思い出して、唐毅《タン・イー》は思わずふっと笑った。そしてスーツのポケットから白いドクロのストラップを出した。

激情のままに襲撃者を半殺しにして江勁堂《ジャン・ジンタン》の病院に送り込んで以来、國棟《グォドン》さんのライターと一緒に肌身離さず持ち歩いていた。そして、そのドクロのストラップの贈り主を長い間じっと見つめていた。

＊　　＊　　＊

病院の外——。

唐毅《タン・イー》が病院の正門から出ると同時に、目の前に一台のワンボックスカーが急ブレーキをかけて止まり、行く手を阻《はば》んだ。

病室を出てからしっかりと後ろについていたジャックが、素早く反応して唐毅《タン・イー》の前に立ちはだかり、ボディーガードとしていつでも反撃できるよう身構えた。

車から男が一人降りてきて、車のドアの前で、静かな表情のまま「こちらへどうぞ」と招待するような動作を見せて、丁寧な言葉遣いで言った。

「唐毅《タン・イー》様。文浩《ウェンハオ》さんがお呼びです」

ジャックの手がバタフライナイフに伸びると同時に、もう一人の手下がスーツの下に潜ませていた銃をジャックの腰の後ろに当てた。その機敏でスムーズな動きはジャックもなじみがある。明らかに軍隊で鍛え上げられたものだ。

「ちょうどいい。俺も文浩《ウェンハオ》さんに聞きたいことがある」

唐毅《タン・イー》はジャックに反撃しないよう目配せすると、さっさと後部座席に乗り込んだ。陳文浩《チェン・ウェンハオ》の手下は、唐毅《タン・イー》を郊外の中国式茶館に連れていった。

*　*　*

茶館の中——。

「やっと会えたな」

カンボジアの薬物ルートを束ねる麻薬組織の大ボスは、ごく普通の年長者と変わらない様子で、「招待」されてきた行天盟《シンティエンモン》の若きボスを微笑んで迎え入れた。

「率直に話してください。回りくどい話は好きじゃありません」

唐毅《タン・イー》は茶館に敷かれた畳に正座し、無表情のまま返した。

「そうだな」

陳文浩《チェン・ウェンハオ》は唐毅《タン・イー》の態度が気に入った様子だ。

「礼を受けたら、礼で返す、が俺たち極道の掟《おきて》だ。お前が俺の部下の王坤成《ワン・クンチェン》を殺《や》った。だから俺は左紅葉《ツォ・ホンイエ》で返礼した。だが、左紅葉《ツォ・ホンイエ》は無事だった。俺のほうが損をしているよ」

「何が言いたいんです？」

「お前は唐國棟《タン・グオドン》に育てられ、実の子同然に可愛がられたそうだな」

陳文浩《チェン・ウェンハオ》は何気ない調子で話し、私生児ではないかという噂《うわさ》が事実なのか探ろうとした。しかし、唐毅《タン・イー》はその話にまったく反応を見せなかった。陳文浩《チェン・ウェンハオ》は湯呑みを持ってひと口飲み、話を続けた。

「俺は唐國棟《タン・グオドン》を家族だと思っていた。あいつのためならと、代わりに刑務所にも入った。だから、息子ができたことを俺に知らせないなんて思いもしなかったよ。それはともかく、行天盟《シンティエンモン》の中の序列通りに言うなら、お前には『おじさん』と呼ばれなきゃいけないな」

「それはもちろん。行天盟《シンティエンモン》の恩人なら、俺にとっては家族です。でも、行天盟《シンティエンモン》を裏切った者は、たとえ誰であろうと、必ず代償を払わせます」

唐毅《タン・イー》は口元だけで笑い、唐國棟《タン・グオドン》のことに妙にこだわる陳文浩《チェン・ウェンハオ》の話に答えた。

「では、家族であるからには、取引といこうか」

唐國棟《タン・グォドン》との関係についてそれとなくほのめかしても、唐毅《タン・イー》は一向に感情の起伏を見せなかった。陳文浩《チェン・ウェンハオ》はそれ以上聞き出そうとするのはやめ、話題を変えて本題に入った。

「俺は行天盟《シンティエンモン》と争うつもりはない。ここは所詮俺の縄張りではないからな。とにかく金を稼ぐことが最優先だ。王坤成《ワン・クンチェン》のことやそれ以前のことは、雨降って地固まるとでも思って水に流してもいい。今後一切、俺は行天盟《シンティエンモン》との仕事は受けない。俺は自分の商売をする。お前は組織の改革でもすればいい。互いの縄張りには手出ししない。どうだ？」

テーブルの上を滑らせて、茶を注いだ湯呑みを唐毅《タン・イー》の前に置いた。

「取引成立」

唐毅《タン・イー》は湯呑みを持ち、陳文浩《チェン・ウェンハオ》に向かって乾杯のように上げて見せた。陳文浩《チェン・ウェンハオ》も同じように自分の前の湯呑みを上げて見せた。そして、二人とも一気に飲み干すと、湯呑みの底を相手に向け、茶が一滴も残っていないことを示して見せた。

陳文浩《チェン・ウェンハオ》は目を細めて、唐毅《タン・イー》を見据えながら大きな声で言った。

「よし！　日を改めて、お前にある人物を引き合わせてやる。組織の改革に役立つだろう」

「ありがとう、文浩《ウェンハオ》さん」

唐毅《タン・イー》は湯呑みをテーブルに置き、長年画策して、ようやくここまで引き戻した目の前の年長者に笑顔でうなずいた。

＊　　　　＊　　　　＊

病院の屋上――。

「ああもう！　息が詰まりそうだ！」

車椅子を唐毅《タン・イー》に押してもらい、屋上に外の空気を吸いに来た孟少飛《モン・シャオフェイ》は、空に向かって思い切り大声で叫んだ。

唐毅《タン・イー》は屋上から遠くの風景を眺めていた。

「紅葉《ホンイエ》を助けてくれて、ありがとう」

「何言ってんだ。俺は警察だぞ！　やるべき仕事をしたまでだ」

「だが……」

唐毅《タン・イー》は視線を戻し、眉をひそめて隣の孟少飛《モン・シャオフェイ》を見た。

「もうこんなことは二度とごめんだ」

「え？」

「友達を失いたくない」

「おっ！　俺のランク、上がったのか？　半分友達から友達に昇格？　やっ、あっ、痛たたた……」

地獄の入り口の手前まで行き、回れ右をして帰ってきた孟少飛《モン・シャオフェイ》は、喜んだかと思うと傷口に障《さわ》って悲鳴を上げた。

「大丈夫か？　戻って医者に見てもらおう」

腹を押さえて痛がる孟少飛《モン・シャオフェイ》を見て唐毅《タン・イー》は焦《あせ》り、心配そうな顔でそう言った。

孟少飛《モン・シャオフェイ》は腰をかがめて傷口に響く部分を手で押さえたまま、哀れな様子で泣きついた。

「出てきたばかりなのに、もう戻れっていうのか？　頼むからもう少し外の空気を吸わせてくれ。頼む」

唐毅《タン・イー》は笑いながら頭を振った。そして孟少飛《モン・シャオフェイ》の目をじっと見つめ、真剣な面持ちで言った。

「孟少飛《モン・シャオフェイ》。生きていてくれて本当に良かった。この四年間ずっと対立してきたが、血の気のない意識不明のお前を手術室の外から見た時、初めて気がついた。俺は、お前を失いたくない」

「……」

孟少飛《モン・シャオフェイ》はそれを聞きながら、唐毅《タン・イー》に対する自分の気持ちに気づいたあの夜、苦しくて流した涙を思い出した。自分は「友達」にも達していないと思っていたが、唐毅《タン・イー》から「お前を失いたくない」という告白を聞くことができた。

「お前は俺の日々を一変させ、俺にぬくもりを思い出させてくれた。だから、しっかり生き続けてほしい。たとえ俺の……」

孟少飛《モン・シャオフェイ》がすでに目を真っ赤にして、瞳を潤ませていることに気づかず、話し続けていた唐毅《タン・イー》は、突然相手に首を引き寄せられ、唇にキスをされた。

息が続かなくなりそうになり、孟少飛《モン・シャオフェイ》はやっと唇を離した。そして、体を支えながら車椅子から立ち上がると、屋上のフェンスまで歩いていき、晴れ上がった空を見た。そしてくるりと振り返り、複雑な表情を浮かべている唐毅《タン・イー》に向かって真剣に言った。

「唐毅《タン・イー》！　必ずお前を捕まえる！」

孟少飛《モン・シャオフェイ》はすでに心を決めていた。彼はドラマに出てくるような、もじもじと思い悩んで花びらを数え、幸せを目の前にしてもたもたと前に踏み出せないヒロインではなかった。

この孟少飛《モン・シャオフェイ》が誰を好きになろうと、他人に口は挟ませない。

好きになった相手が男であっても、行天盟《シンティエンモン》のボスであっても関係ない。ヤクザと警察で住む世界が違っていても関係ない。孟少飛《モン・シャオフェイ》はただ唐毅《タン・イー》を捕まえ、唐毅《タン・イー》の心に縄を掛けたいと思った。

そして……。

決して後悔はしない！

＊　　＊　　＊

唐毅《タン・イー》の自宅――。

唐毅《タン・イー》は卓上ライトを一つだけ点けたデスクの前に座っていた。デスクに置いたライターとドクロのストラップを見ながら、唐國棟《タン・グオドン》が自分に言った言葉を思い出した……。

『約束してくれ。もしもいつの日か、自分を取るか行天盟《シンティエンモン》を取るか、どちらかを選ばなければいけなくなったら、迷わず自分を取れ』

『俺はもう覚悟を決めて……』

『俺にはその覚悟があっていいが、お前にはいらない。行天盟《シンティエンモン》は俺と俺の仲間たちで作ったものだ。俺たちには存亡をともにする義務がある。だが、お前にはない』

『俺に資格がないから？』

『そうじゃない。お前には未来があるからだ』

唐國棟《タン・グオドン》は笑って唐毅《タン・イー》の頭を撫《な》でた。

『強情なバカ息子め！　追い求めるべきものが、人生にはまだたくさんある。分かるか？』

『たとえば？』

『愛だ。恋愛をしたことがあるか？　愛を知らなかったら本当に生きたことにはならない』

唐國棟《タン・グオドン》が伸ばした指が、唐毅《タン・イー》の胸をちょんちょんとつついた。

『人は生まれつき肋骨が一本欠けている。そして、その肋骨はお前が好きになる人が持っているんだ。今のお前にはどうでもいい話かもしれん。でも、理解できる日が来ることを願っている。一人の人を愛することが、どれほど幸せかってことを。その日が来たら、その肋骨の持ち主がどんな人か俺に見せてくれ。できれば、お前に似てないほうがいいな。仏頂面は一人で十分だ……』

唐毅《タン・イー》は自分の胸を触り、あの時唐國棟《タン・グオドン》の指がつついた場所を押さえた。そしてこの四年間、孟少飛《モン・シャオフェイ》との間に起きたことを思い返した。それから白いドクロのストラップを手に取り、心を決めた。

*　　*　　*

病院——。

すでに退院手続きを済ませた孟少飛《モン・シャオフェイ》のために、趙立安《チャオ・リーアン》と黄鈺琦《ホワン・ユーチー》がいそいそと荷物を片付けていると、突然、病室に入ってくる唐毅《タン・イー》の姿が目に入った。

黄鈺琦《ホワン・ユーチー》は勇気を振り絞り、腕を広げて相手の行く手を阻んだ。

「何しに来たんですか？　ここはあなたの来る場所じゃありません！」

唐毅《タン・イー》が何の用で来たのかは分からないが、とにかくこの人を先輩に近づかせてはいけない。先輩に何か起こる時は、必ずこの人が関わっている。

「唐毅《タン・イー》？　どうしてここに？」

「答えを言いに来た」

「答えって何のこと？」

趙立安《チャオ・リーアン》はぽかんとして、唐毅《タン・イー》について病室に入ってきたジャックに向かって後頭部を掻《か》きながら聞いた。

ジャックはそれには答えず、にこにこと笑いながら、趙立安《チャオ・リーアン》の頬をきゅっとつまんだ。

「……」

孟少飛《モン・シャオフェイ》は、どきどきしながら自分のほうに歩いてくる唐毅《タン・イー》を見ていた。どんな答えがもらえるのか、分からなかった。

次の瞬間、唐毅《タン・イー》はあの時屋上で孟少飛《モン・シャオフェイ》がやったことを再現するかのように、孟少飛《モン・シャオフェイ》のうなじに手を掛けて自分のほうに引き寄せた。そして、他の三人が見ている目の前で、孟少飛《モン・シャオフェイ》の唇にキスをした。

「……」

趙立安《チャオ・リーアン》と黄鈺琦《ホワン・ユーチー》は驚きのあまり息をのんだ。二人は目の前で起きていることを見て呆気《あっけ》にとられ、しばらく口を開くことができなかった。脇に立って腕組みをしていたジャックだけは、とても興味深そうにその一幕を見ていた。

「孟少飛《モン・シャオフェイ》。俺はお前を手に入れる」

「どっちが先に捕まえるか、勝負だな！」

横暴な愛の告白をした唐毅《タン・イー》に、孟少飛《モン・シャオフェイ》は一歩も譲らず、顎を突き出し、眉を吊り上げながら言い返した。

第七章

孟少飛《モン・シャオフェイ》の自宅──。

玄関から入るやいなや、横の壁に行天盟《シンティエンモン》の幹部と関連資料が隙間なく貼りつけられたボードが目に入った。更にある人の手描きの指名手配書もあり、身長まではっきり書かれていた。

「唐毅《タン・イー》、二十八歳、身長一八二センチ、でも……俺はこんなに不細工か？」

当の本人が手描きの指名手配書を指差して笑った。

「そのっ、あっ！」

少し遅れて部屋に入った孟少飛《モン・シャオフェイ》は慌てて駆け寄り、「唐毅《タン・イー》」に関する資料や似顔絵の前に立って、体で隠そうとした。

「今更何だよ。にしても……」

取り乱しながら必死に隠す孟少飛《モン・シャオフェイ》に、唐毅《タン・イー》はわざと密着するほど近寄り、その耳元でささやいた。

「本当によく俺のことを理解してる」

身長、体重、利き手は右、よく行く場所、接触した人物などの基本データから、本人でさえ気にも留めないような細かい事柄まで、孟少飛《モン・シャオフェイ》は一つひとつ事細かにボードに書き出していた。

「話題を変えるなよ。さっき下で何て言った？　もう一度言ってくれ」

唐毅《タン・イー》の強い眼差しに臆することなく、孟少飛《モン・シャオフェイ》は病院で自分に口づけしたその男の目を真っ直ぐ見据えた。

唐毅《タン・イー》はスーツのジャケットを脱いで腕に掛け、さっきの話を繰り返した。

「お前に対する自分の気持ちはまだはっきり分からない。でも試してみてもいい、と言った」

「待てよ。お前が病院でしたことをみんな見てるんだぞ。今になって分からないって、どういうことだよ？ 俺の気持ちを弄《もてあそ》ぼうとでも言うんじゃないだろうな？」

「そういうつもりはないからこそ、先にきちんと話してるんだ」

唐毅《タン・イー》の温かい手の平が孟少飛《モン・シャオフェイ》の顔に優しく触れた。

そして、真剣な表情で言った。

「俺をこんな気持ちにさせたのは、お前が初めてだ」

もともと自分の生涯はそんな感情とは無縁で、國棟《グォドン》さんの言っていたもう一本の肋骨など見つかるはずがないと思っていた。

なのに心の中の一番大切な場所に、この男がいるのだ。

心配で、気になって仕方がない。

「やっぱり先に好きになったほうが負けってことだな。まあいいさ、俺がお前を好きになった気持ちは、俺の問題だ。お前が俺を好きになるかどうかは俺には関係ない」

孟少飛《モン・シャオフェイ》は手を払うように振ってから、自信満々な表情で唐毅《タン・イー》を見下ろすように言った。

「ただ、俺はこの通りイケメンだからな。好きにならずにはいられないだろうがな」

「どうかな」

唐毅《タン・イー》はにっこり微笑んだ。そして、両腕を大きく広げ、半歩下がって言った。

「それなら、俺を誘惑してみるか？」

「お、俺ができないとでも思ってるのか？　お前こそ、し、尻込みするなよ」

話が急にそちらに流れたことに面食らったが、孟少飛《モン・シャオフェイ》は唾を飲み込みながら、胸を張って強がった。

「ほう？　じゃ、やってみようか」

「よおし、やってやろうじゃねぇか。男同士でぺちゃくちゃしゃべってても始まらない。やってみるってことだな」

「それもそうだ。じゃあ……」

そう言うと、唐毅《タン・イー》は不意に行動を起こした。孟少飛《モン・シャオフェイ》の腰をつかんで体の向きを変えると、壁に押し当てた。

そして、孟少飛《モン・シャオフェイ》が着ていたジャケットを脱がせると、自分のワイシャツのボタンを外して、精悍《せいかん》でたくましい胸筋を露出させた。

「ビビってるのか？」

孟少飛《モン・シャオフェイ》は顎を上げて、どもりながら答えた。

「ま、まさか。悪くないな。つ、続けていいぞ！」

そう言いながらも、あまりにも曖昧すぎる動きに反応して頬はすでに真っ赤に染まり、耳まで赤く染まりそうになっていることに自分で気づいていなかった。

唐毅《タン・イー》のすらりと伸びた指が孟少飛《モン・シャオフェイ》の胸元に迫り、シャツのボタンをひとつまたひとつとゆっくりと外していった。

彼は自分の動きに反応して、孟少飛《モン・シャオフェイ》の息がせわしくなっていくのを微笑みながら楽しんでいた。

「最後のひとつだ」

情欲を含んだ息遣いが、孟少飛《モン・シャオフェイ》の耳をふわりとくすぐった。

唐毅《タン・イー》はさっきの言葉の通り、孟少飛《モン・シャオフェイ》に対する自分の気持ちが一体何なのか、はっきりとは分からなかった。

でも、ひとつだけ確実に言い切れることがあった。

それは、自分が心から孟少飛《モン・シャオフェイ》を渇望しているということだ。

この、孟少飛《モン・シャオフェイ》が欲しい。

すでに真っ赤に染まった耳に乾いた唇を寄せて、その柔らかな耳たぶに強く噛《か》みついた。

「痛っ！」

孟少飛《モン・シャオフェイ》が抗議するよりも早く、濡れた舌先がひりひり痛む耳たぶに触れ、優しく舐められた。痛みで眉間に寄っていたシワが、別の感覚によって一層深くなった。

「唐《タン》……唐毅《タン・イー》……」

「ん？」

耳の愛撫《あいぶ》に集中していた唐毅《タン・イー》は、気だるそうな鼻声で答えた。

そして身体を少し下に滑らせて、病院の消毒薬の匂いがわずかに残る孟少飛《モン・シャオフェイ》の首筋の匂いを嗅ぎ、首にキスをした。

「はあ……はあっ……はあ……」

身体の熱が、急激に高まった。

郵 便 は が き

(切手をお貼り下さい)

170-0013

(受取人)

東京都豊島区東池袋3-9-7
東池袋織本ビル4F
㈱すばる舎 行

この度は、本書をお買い上げいただきまして誠にありがとうございました。お手数ですが、今後の出版の参考のために各項目にご記入のうえ、弊社までご返送ください。

お名前《ふりがな》	男・女	才
ご住所 〒		
ご職業	E-mail	

今後、新刊に関する情報、新企画へのアンケート、セミナー等のご案内を郵送またはEメールでお送りさせていただいてもよろしいでしょうか?

□はい □いいえ

ご返送いただいた方の中から抽選で毎月3名様に
3,000円分の図書カードをプレゼントさせていただきます。

当選の発表はプレゼントの発送をもって代えさせていただきます。
※ご記入いただいた個人情報はプレゼントの発送以外に利用することはありません。
※本書へのご意見・ご感想に関しては、匿名にて広告等の文面に掲載させていただくことがございます。

◎タイトル：

◎書店名（ネット書店名）：

◎本書へのご意見・ご感想をお聞かせください。

ご協力ありがとうございました。

唐毅《タン・イー》は孟少飛《モン・シャオフェイ》の引き締まった胸筋をつかむと手の平で揉み、撫で続けた。二人は速まっていく互いの心拍音が聞こえるほど密着し、情欲を求めるリズムに更にはまり込んでいった。

突然、すべての動きが止まった。

「……」

床にしゃがみ込み、ガーゼで何重も覆われた傷口を見て、唐毅《タン・イー》がつらそうに顔をしかめていた。

唐毅《タン・イー》の視線の先が自分の左脇腹にあることに気づき、孟少飛《モン・シャオフェイ》は安心させるように言った。

「心配いらない。見た目ほどひどくはないんだ。あのヘボ医者の処置が大げさすぎるだけだ」

「……」

唐毅《タン・イー》は床に片膝をつくと、いきなりガーゼを剥がし取った。

そこには左紅葉《ツォ・ホンイエ》をかばって受けた銃弾の傷痕があった。それは自分から大切な人を奪い去ろうとした傷だ。

唐毅《タン・イー》は指先でそっと傷口に触れ、それから優しくキスをした。

「何して……う……」

まだ完全に塞がっていない傷口付近は、軽く触れただけで刺すように痛むが、しかし、そこに触れているのが唐毅《タン・イー》の唇であるため、痛みの他に言葉にしがたい感覚があった。

「こんなことは二度とごめんだ。どうにかなりそうになる」

病院の屋上で聞いた唐毅《タン・イー》の言葉が、また孟少飛《モン・シャオフェイ》の耳に聞こえてきた。

「ちょっと、トイレ」

焼けるような熱い視線が、全身のぼせ上がった孟少飛《モン・シャオフェイ》に注がれていた。目の前にひざまずく唐毅《タン・イー》を押しのけて、それだけ言い放つと、浴室に駆け込んでドアの内側から鍵をかけてしまった。

ついさっき、やってやろうじゃねぇか、と大見得を切った孟少飛《モン・シャオフェイ》だったが、狼狽《ろうばい》していた。

「何だよ！　あの野郎、本当に手慣れてやがる」

孟少飛《モン・シャオフェイ》は息をつきながらジーンズのファスナーを下ろした。硬くなっている下半身を確認すると、額をぴしゃりと叩き、更に顔を赤くして自分に言った。

「孟少飛《モン・シャオフェイ》。お前は純情すぎる！」

押されて尻もちをついた唐毅《タン・イー》は、数秒間ぽかんとしていた。ようやく我に返ると、膝に手をついてゆっくりと立ち上がり、孟少飛《モン・シャオフェイ》が内側から閉めたドアを見てふっと笑った。

そして、乾いた口元をぺろりと舐めた。

＊　　＊　　＊

「料理できるのか？」

「國棟《グオドン》さんに教わった」

唐毅《タン・イー》は箸を孟少飛《モン・シャオフェイ》に渡した。二人はテーブルの両側に向かい合って座り、出来たての家庭料理を食べていた。

「お前は偵査三部に戻ったほうがいい。俺のところより安全だ」

唐毅《タン・イー》は出し抜けにそう言った。孟少飛《モン・シャオフェイ》は箸を止め、いぶかしげな表情で聞いた。

「どうしてだ？」

「相手のターゲットは俺だ」

唐毅《タン・イー》はアルミ缶のプルタブを開けて、二人のコップにコーラを注いだ。孟少飛《モン・シャオフェイ》との距離が縮まってから、一番変化があったものは何かと言えば、気持ちの部分を除くと、食べ物の嗜好《しこう》かもしれない。

「てことは、相手が誰か知ってるんだな？」

唐毅《タン・イー》の向かいに座る孟少飛《モン・シャオフェイ》は、コーラの入ったコップを自然な手つきで取り、数口飲んでから、そう聞いた。

「この件にはもう関わるな。俺が片付ける」

「警察官への銃撃は重大な刑事事件だ。お前たちが勝手に片付けるのを見過ごせるわけないだろ」

「……」

唐毅《タン・イー》はそれには答えず、そのまま食事を続けた。

「唐毅《タン・イー》、教えてくれ。陳文浩《チェン・ウェンハオ》との間に他にも何かあるんじゃないか？」


長年にわたりすでに組織の変革を進めてきた唐毅《タン・イー》が、なぜ今になって、わざわざ後戻りしてカンボジアの麻薬組織の薬物流通ルートを断ち切る必要があるのか、いくら考えても、理由が分からなかった。

金のため？

単に金のためなら、薬物の取引を続けることこそが最大の利益を上げる方法だ。

縄張り争い？

カンボジアと台湾はそれぞれ離れた場所にあり、行天盟《シンティエンモン》が本当に陳文浩《チェン・ウェンハオ》が持つカンボジアの縄張りを奪ったとして、将来的にその扱いと管理を誰に託すのかという点で、また別の問題が出てきてしまう。

このふたつの理由でないならば、残る可能性はただひとつ……。

陳文浩《チェン・ウェンハオ》は、四年前の真相と何か関係がある！

「この件に関わらないと約束できるなら、教えてやる。できないなら、もう聞くな」

少しも譲らないという唐毅《タン・イー》の表情を、孟少飛《モン・シャオフェイ》は呆れたように見て、ため息をついた。

「四年前に一体何が起きたんだ？　何が何でも隠し通さなきゃいけないほどのことなのか？」

すでに糸口をつかんでいる孟少飛《モン・シャオフェイ》を見て、唐毅《タン・イー》は手を止めて食器を置いた。そこには以前問い詰められた時に見せたような怒りや苛立ちはなく、柔らかい口調で、ゆっくりと話し始めた。

「お前は今まで、世界中の誰一人として自分を気に留めないような孤独を味わったことがあるか？」

「……」

孟少飛《モン・シャオフェイ》は向かい側で話す唐毅《タン・イー》を静かに見つめ、話の続きを待った。

「俺は子どもの頃、そんな孤独の世界にいた。誰も愛してくれない、気にかけてもくれない。誰からも見えない透明人間のようだった。養父はいたが、目の前を通っても、何の反応もしてくれない人だった。國棟《グォドン》さんに偶然出会うまで、ずっとそうだった。

國棟《グォドン》さんは俺にも愛してくれる人がいることを分からせてくれた。でも、四年前のあの日、俺の目の前で、自分の血にまみれながら死んだ……」

まるで他人の出来事を話すように落ち着いた口調だったが、話が進むうち、そこには徐々に殺意が宿り始めた。

「自分がやっとの思いで手に入れたものを、他の誰かに何もかも壊されてしまったらどうする？　教えてくれ孟少飛《モン・シャオフェイ》、そいつを許しておけるか？」

最後の言葉は、歯ぎしりしながら絞り出された。

孟少飛《モン・シャオフェイ》は深く息を吸い、しばらく黙っていた。そして、テーブルの上に置かれた唐毅《タン・イー》のきつく握りしめられた手を握った。

「だからこの四年間、お前があの事件について何の手がかりも話そうとしなかったのは、つまり自分で復讐するためか？」

「俺が話せるのはここまでだ。それ以上のことは聞いても無駄だ」

「でもな、唐毅《タン・イー》。きちんと復讐するなら、法律で犯人を裁くべきだ。私刑《リンチ》なんてしちゃいけない」

「だめだ！」

唐毅《タン・イー》は孟少飛《モン・シャオフェイ》に握られていた手を振り払い、椅子を跳ね飛ばして猛然と立ち上がった。

「やつは誰にも渡さない！」

沈黙が二人の間を漂った。

孟少飛《モン・シャオフェイ》は目のふちを赤くして立ち上がり、復讐の決意を曲げようとしない唐毅《タン・イー》を真っ直ぐ見た。

「でも、唐毅《タン・イー》……お前がどうしても自分で手を下すなら、俺は警察として、法律にしたがって処理するしかないんだ」

「お前は自分の責任を果たせばいい。俺もやるべきことをやる」

唐毅《タン・イー》はテーブルの上の食器をキッチンの流し台に運び、孟少飛《モン・シャオフェイ》に背を向けたままそう言った。

＊　＊　＊

趙立安《チャオ・リーアン》の自宅――。

「送ってくれなくても良かったのに」

「送らなかったら、家に入る口実がないじゃないか」

ジャックは袋を手に提げ、趙立安《チャオ・リーアン》の後について一緒に家に入った。

「来たい時は直接連絡してくれれば良いよ。阿飛《アーフェイ》たちだって、よく泊まりに来るんだ」

話の中に別の意味が含まれていることに気づかない趙立安《チャオ・リーアン》は、深く考えずに返事をした。

ジャックの手から袋を受け取り、その中から汚れた服を取り出した。そして、洗濯機の前に行くと、服を放り込みながらぶつぶつ言った。

「阿飛《アーフェイ》のやつったら、汚れた服の洗濯を僕に押しつけるなんて」

手を動かしながら文句を言う趙立安《チャオ・リーアン》を、ジャックは微笑みながら後ろで見ていた。

「やりたくないなら、断ればいいだろ？」

「阿飛《アーフェイ》は怪我人だよ。もし傷に響いたら大変だろ？　親友のためだから、嫌でも洗ってあげないと」

「自分が矛盾してると思わないか？」

「矛盾？　どこが？」

「頭の中さ」

趙立安《チャオ・リーアン》は振り向いてジャックをじろりと睨んだ。ジャックは微笑んだまま肩をすくめて、話題を変えた。

「チビさん。うちのボスと君の親友の関係、どう思う？」

「どういう意味？」

「つまりさ、彼らは男同士だぞ。同じ性別の人を好きになるってことは……」

「僕の親友をバカにしてるの？」

趙立安《チャオ・リーアン》はジャックのその言葉を聞くと、洗濯機を操作する手を止めた。

そして、敵意に満ちた眼差しでジャックを睨んだ。ジャックがこの時、もし嫌悪するような表情を見せていたら、すぐさま彼をそこから追い出しそうな迫力だった。

「阿飛《アーフェイ》が誰を好きになろうとも、僕は阿飛《アーフェイ》の味方だ。阿飛《アーフェイ》のことを侮辱するなら、君とはもう絶交だ」

普段あんなに温和なウサギさんでも、これほど激怒することもあるのかとジャックは驚いた。

ジャックは突然手を伸ばすと、趙立安《チャオ・リーアン》の手首をつかんだ。

その両手を頭の上まで上げて、浴室脇の壁に押しつけ、それから自分の身体ごと密着させた。知り合ってから新鮮な感覚を与え続けてくれる趙立安《チャオ・リーアン》を、怪しげな眼差しで見つめた。

「腹が減った。食べていいか？」

「は？」

何が起きているのか、趙立安《チャオ・リーアン》にはさっぱり分からず、ただ目を丸くして、うろたえながら相手を見た。

「お、お腹空いたなら、キッチンにラーメンあるから、食べていいよ……」

「俺が食べたいのは、お前だ」

ここまで来れば、どれだけ鈍感な頭の持ち主でも理解できた。

「き、き、君、何する気？」

ジャックはにやにやしながら趙立安《チャオ・リーアン》にすごんだ。

「男を好きになった孟少飛《モン・シャオフェイ》の味方なんだろ？　やつの味方をするなら、俺のことも味方してくれ。こんなにも俺をその気にさせたんだから、責任を取ってくれ！」

「阿飛《アーフェイ》の味方はするけど、自分も同じだとは言ってないよ！」

胸筋と壁で自分を挟んでくるジャックを力いっぱい押しのけて、自分の尻をいかがわしい目で追いかけているジャックから逃げ出した。

「ふっ！」

ジャックはにやりとして冷ややかに笑い、家の中を右往左往して逃げ回るチビさんを早足で追いかけた。

そして数分後、オオカミはウサギさんの捕獲に成功し、獲物を肩に担ぎ上げて寝室まで運んだ。

ようやく手に入れた獲物をベッドに放り投げ、身体全体で覆いかぶさって、趙立安《チャオ・リーアン》の息が切れ、抵抗する力がなくなるまでキスをした。

それから両足とも力の抜けた趙立安《チャオ・リーアン》を抱き上げて、下の階に戻り、豪華な夕食を作って趙立安《チャオ・リーアン》に食べさせた。お腹がいっぱいになったウサギさんは、その後オオカミに「お腹いっぱい食べられる」ことになった。

＊　　＊　　＊

高級レストラン――。

「思った通り、趙《チャオ》社長はお若くて将来有望ね。唐毅《タン・イー》が評価するだけのことはあるわ」

趙仁光《チャオ・レングァン》は、三十一歳で鵬程《ポンチョン》建設の社長を務めていた。左紅葉《ツォ・ホンイエ》はグラスを持ち上げ、微笑《ほほえ》んだ。

もうひとつのテーブルでは、古道一《グー・ダオイー》がコーヒーを飲みながら、左紅葉《ツォ・ホンイエ》のテーブルの様子に注意を向けていた。

「あの人は気にしなくていいわ。道一《ダオイー》さんは私の護衛で来ているだけだから」

趙仁光《チャオ・レングアン》はそれにうなずいて、言った。

「本当のところ、こうして紅葉《ホンイエ》さんと食事をするのはビジネスの話のためだけではなく、あなたとお近づきになれればと思ったんです」

「そうなんですか？」

左紅葉《ツオ・ホンイエ》は鮮やかな赤いリップを塗った唇を少し曲げて微笑んだ。

「私はビジネスの場で勇気ある決断を下す紅葉《ホンイエ》さんのことを評価していました。そこで以前パーティーで唐《タン》社長にお会いした時、紅葉《ホンイエ》さんと食事をする機会をいただけないかと、厚かましくもお願いしたのです」

「私のことを気に入っていただいてるみたいだけど、私のバックグラウンドを聞くと、ほとんどの男性は私を敬遠するのよ。趙仁光《チャオ・レングアン》、あなたは怖くないの？」

左紅葉《ツオ・ホンイエ》が敬称を付けずに自分の名前を呼ぶのを聞くと、趙仁光《チャオ・レングアン》は思い切って自分の気持ちをありのまま打ち明けることにした。

「紅葉《ホンイエ》さん。あなたのことが好きなんです。結婚を前提に交際してくれませんか」

突然の告白を聞いて左紅葉《ツオ・ホンイエ》は驚きの表情を見せたが、隣のテーブルに座る古道一《グー・ダオイー》も、すぐに顔を上げて左紅葉《ツオ・ホンイエ》のほうを見た。

左紅葉《ツオ・ホンイエ》は手に持ったグラスを持ち上げ、趙仁光《チャオ・レングアン》のグラスとカチンと合わせて、思い切りよく回答した。

「気に入ったわ。率直に物を言う人って好きよ。お受けするわ。結婚を前提にお付き合いしましょう」

食事を終えて会社に戻る車中で、後部座席に座った左紅葉《ツオ・ホンイエ》は窓の外の風景を無表情で眺めていた。

「お嬢様。その場の勢いで物事を決めてはいけません」

ルームミラー越しに左紅葉《ツォ・ホンイエ》の様子をちらちら見ていた古道一《グー・ダオイー》が、ようやく沈黙を破って口を開いた。

「私は、世海《シーハイ》グループにとって一番有利な選択をしただけよ。それに趙仁光《チャオ・レングァン》は事業に成功してるし、歳も私と近い。何よりも、彼は私のことが好きなのよ」

「でも……あなたはそうじゃない……」

「それがどうしたの？　私を愛してくれない男にしつこく付きまとうより、私のことを好きな人を選んだほうがましよ。そのほうが楽じゃない。だから、私を祝福してね。道一《ダオイー》さん」

「……」

会話の始めから終わりまで、左紅葉《ツォ・ホンイエ》の視線は一度も古道一《グー・ダオイー》に向けられなかった。

古道一《グー・ダオイー》は複雑な心情のまま車を走らせ、何と言えばいいか分からなかった。

＊　＊　＊

偵査三部のオフィス内はいつも通り、せわしなかった。

「ちょっと出てくる」

周冠志《ジョウ・グァンジー》は何かが入った茶色い紙袋を手に持ち、打ち合わせをしている同僚の横を通り過ぎた。他の二人は「行ってらっしゃい」と返した後、話していた件の続きを始めた。

周冠志《ジョウ・グァンジー》はフルフェイスのヘルメットで顔を完全に隠し、オートバイで大通りや狭い路地を走り抜けた。

まるで何かを探しているかのように、たびたび周囲を見回し、更には自分の足取りを捉えられないよう防犯カメラのある位置をしきりに確認した。誰にも追跡されていないことを確認すると、オートバイをとあるビルの脇の駐車スペースに停めた。

そして、ヘルメットを脱いで着ている服のフードを引き上げ、ビルに入っていった。

ビル内のコインロッカーの前まで来て、誰にもつけられていないことを確認すると、そのうちのひとつのロッカーに茶色い紙袋を入れた。そして、十元硬貨を二枚投入して鍵をかけた後、外した鍵をあらかじめ用意しておいた封筒の中に入れて置き、その場を立ち去った。


数時間後、たくましい身体つきの一人の男が、ついさっき鍵をかけられたロッカーの前に姿を現した。封筒の中の鍵を取り出し、鍵穴に差し込んだ。

ロッカーを開け、中に入っていた茶色い紙袋を取り出すと自分のジャケットの内側に隠し、振り向いてその場から離れていった。

「ふんっ！」

赤髪の男が、身を隠していた隅から出てきた。そして、撮影した一部始終の写真をある人物に送信した。

＊　＊　＊

唐毅《タン・イー》の自宅――。

「誕生日おめでとう！」

孟少飛《モン・シャオフェイ》が、ケーキを持って書斎に入ってきた。お祝いの主役は、ちょうど思い出の品を眺めているところだった。

音痴の孟少飛《モン・シャオフェイ》が、心からの祝福を込めて真剣にバースデーソングを中国語で一回、英語でもう一回歌い上げた後、六本のろうそくに火をつけたケーキをテーブルに置いた。

「そんなに感動するなよ。四年も追いかけてれば、今日がお前の誕生日ってことくらい知ってるさ。十月二十一日、天秤座。この日に生まれた人は、性格だけでなく、ものの見方も人並み外れている。特にプライベートなことでは、態度がより強硬になり、自己主張が強い。すごい、当たってるな！　そのまんま！」

孟少飛《モン・シャオフェイ》は携帯電話を取り出して、その日に生まれた人の性格をネットで調べて読み上げ、唐毅《タン・イー》を茶化した。

「……」

唐毅《タン・イー》は目のふちを潤ませながら孟少飛《モン・シャオフェイ》を見つめた。

部屋に入った時は気づかなかったが、唐毅《タン・イー》の前には箱がひとつ置かれていた。その中にはバースデーハット、料理本、飛行機の模型、更に独特な造型のオルゴールがあった。

孟少飛《モン・シャオフェイ》はそのオルゴールを指差して言った。

「麗真《リーチェン》刑事もそれと似たようなオルゴールを持ってた。偶然だな」

「そうか。これは母親が唯一、俺に残してくれたものだ」

「……」

触れてはいけないところに話題を持っていってしまった自分を心の中で叱った。急いで話題を変えようと、ふたつあったバースデーハットを手に取り、ひとつを自分の頭に載せて、もうひとつを唐毅《タン・イー》に渡した。

「ほら、被った被った」

唐毅《タン・イー》は手渡された子どもサイズのバースデーハットを見て、苦笑いした。

「ガキの頃被ってたやつだ」

「被って見せてくれよ！　一年に一回だけだろ」

普段は厳格な唐毅《タン・イー》でも、恋人のお願いには勝てず、子どもっぽさ満点の帽子を仕方なく頭に載せた。それからケーキに立ててあるろうそくを前に、目を閉じて願いごとをした。

「唐毅《タン・イー》」

「ん？」

「俺もひとつ願いごとしていいか？」

「どうぞ」

唐毅《タン・イー》は目を開けて、急にそんな提案をした孟少飛《モン・シャオフェイ》を見た。すると、孟少飛《モン・シャオフェイ》はすでに両手の指を組んで、揺らめくろうそくの炎を見つめていた。

「どうか、これからも一緒に誕生日を過ごせますように。孤独にならないよう、そばにいてあげられますように」

それから腰をかがめて、ろうそくを全部吹き消した。

「孟少飛《モン・シャオフェイ》……」

「何だ……んっ……う……ん……」

唐毅《タン・イー》は目を真っ赤にして、すすり泣きながら孟少飛《モン・シャオフェイ》の名前をそっと呼んだ。

明かりをひとつだけ点けた部屋で、孟少飛《モン・シャオフェイ》の腰を引き寄せ、その唇にひとつまたひとつと吐息の混ざった熱い口づけをした。

「なん……まっ……は…はあ……すると、俺また……」

「またどうなる？」

唐毅《タン・イー》は口づけで赤く腫れた唇を離して、孟少飛《モン・シャオフェイ》の目を見ながら分かっていることをわざと訊ねた。

「硬くなっちゃうだろ！　このバカ！」

いたって正常な男である孟少飛《モン・シャオフェイ》は自分の好きな人の熱い愛情を前に、生理的反応が起きないわけがなかった。

唐毅《タン・イー》は大きく息を吸って、吐き出しながら聞いた。

「抜糸はいつ頃になるか、江勁堂《ジャン・ジンタン》から聞いてるか？」

孟少飛《モン・シャオフェイ》の腹部に癒えていない傷口があることを心配しなくて良いなら、とっくに二人の関係を最後の一歩まで進めていただろう。

「来月だそうだ」

「抜糸が済んだら、もう逃がさん」

孟少飛《モン・シャオフェイ》の頬は、体温の上昇で赤く染まっていた。

唐毅《タン・イー》は欲望を押さえつけた本気の目つきでそれを見て、荒々しくそう言った。

「おう」

孟少飛《モン・シャオフェイ》はうなずいてにっこり笑い、今日の主役にキスした。

「……」

カーテンには二人の影が映っていた。階下に立つ李至徳《リー・ジーダー》はそれを見て、恨めしそうに拳をぐっと握った。

＊　　＊　　＊

運転席の李至徳《リー・ジーダー》はルームミラー越しに、しきりに唐毅《タン・イー》の挙動をうかがっていた。何度か危うく視線がぶつかりそうになると、慌てて視線を外した。

忙しそうに仕事をしていた唐毅《タン・イー》が、手に持っていたタブレットPCを置き、後部座席の収納ボックスからミネラルウォーターを取り出した。ハンドルを握る李至徳《リー・ジーダー》の両手ににわかに力が入った。信号機のランプが切り替わったのに気づかず、後ろの車の運転手が苛《いら》立ったようにクラクションを鳴らすと、ようやくルームミラーから視線を戻して、発進のアクセルを踏んだ。

唐毅《タン・イー》はボトルを置くと、目を細めて李至徳《リー・ジーダー》の後ろ姿を見た。携帯電話を取り出してメッセージを送信すると、突然指示を出した。

「会社にまだ用事があるのを思い出した。会社に戻ってくれ」

「はい」

数分後、ルームミラー越しに後部座席を覗《のぞ》き見ていた李至徳《リー・ジーダー》は、ボスが目を閉じて熟睡しているのを確認した。すると、急に目つきが変わり、ハンドルをぐるりと一回転させて、会社とは逆の方向に向かって横道に入った。

「ボス？　ボス？」

李至徳《リー・ジーダー》は車を人気のない道路の脇に寄せて停めた。車を降りて後部ドアに回り込み、車内に乗り込んだ。唐毅《タン・イー》の腕を軽く揺すって、ミネラルウォーターに混ぜた薬で眠っていることを確認すると、ついに大胆に唐毅《タン・イー》の唇を撫《な》で、自分の気持ちを打ち明けた。

「長年あなたに仕えてきて、ようやく……こんなにも近く……隙間もないほど……」

彼は唐毅《タン・イー》を愛していた。愛して心を痛め、苦しんできた。

ほぼ二十四時間常に待機してきたのは、ボディーガードを務めるためだけではなく、それ以上に、心から望んでのことだった。

はじめは李至徳《リー・ジーダー》自身も他の若い組員と同じように、なぜ、こいつは國棟《グォドン》さんにこれほどまで大切にされるのかと不愉快で、気に入らなかった。しかし、ともに過ごす時間が長くなるほど、唐毅《タン・イー》はその位置にいるべき人物だと思うようになっていった。なぜなら、それだけの実力を備えていることが分かったからだ。

純粋な崇拝や兄弟間の義理人情の他に、口に出して言えない感情が次第に混ざり込んできた。しかし、それを何度も抑えつけて、本当の気持ちを心の中に閉じ込めるしかなかった。

「あなたが好きになるのは女だけだと思っていたが、まさか、男も好きだとは」

唐毅《タン・イー》の首元のネクタイを引き剥がして車外の地面に投げ捨て、ジャケットを大きく開けて、ワイシャツのボタンを外しにかかった。

突然、唐毅《タン・イー》のジャケットのポケットに入っている携帯電話から着信音が鳴った。李至徳《リー・ジーダー》が携帯電話を手に取って画面を見ると、ジャックからの着信を示す文字が表示されていた。うっとうしそうに電話を切ると、唐毅《タン・イー》の胸にへばりつき、唐毅《タン・イー》の首に何度も何度もキスをした。

「でもなぜ孟少飛《モン・シャオフェイ》なんだ？　どうして俺じゃない？　どうして！」

涙声で激しく問い詰める李至徳《リー・ジーダー》の目に狂気の色がちらついた。

この人のためにあらゆる努力をしてきた。自分こそが唐毅《タン・イー》のそばに立つ資格を持つ者であるべきなのに、少しも尽くしていないあの忌々《いまいま》しい刑事が、どうしてボスの心を全部横取りするのか。

「なんでお前じゃないといけないんだ？」

冷ややかな低い声に、李至徳《リー・ジーダー》は一瞬呆気にとられた。びくびくしながら見ると、八時間眠りから覚めないはずのボスが、蔑んだ眼差しで自分を見ていた。

「こんなにも愛してるんです。私のどこが孟少飛《モン・シャオフェイ》より劣るんですか？」

李至徳《リー・ジーダー》はそう叫んで、唐毅《タン・イー》の首を絞めた。更には自分が昼夜恋焦がれるその唇に無理やりキスしようと唐毅《タン・イー》に飛びかかった。

しかし、唐毅《タン・イー》は左足を引き寄せると、膝で李至徳《リー・ジーダー》の下半身を思い切り蹴り上げた。痛みのあまり、李至徳《リー・ジーダー》は首をつかんだ両手を緩めるほかなかった。

「ああっ！」

「李至徳《リー・ジーダー》！　血迷ったか！」

「そうだ！　とっくに血迷ってる。あなたへの愛に気づいた日から、俺は血迷っているんだ！」

下半身の激痛に耐えながら、再度唐毅《タン・イー》に飛びかかった。唐毅《タン・イー》は眠っているように装っていたが、ミネラルウォーターに何かあることを察知し、少し飲んでやめていた。

薬が効き始める前に、後部座席の左側のシートベルトを引き出して、李至徳《リー・ジーダー》の首に巻きつけた。そして、その首を容赦なく締めつけ、顔色が紫色に変わるとようやくシートベルトを緩めて、窒息寸前の李至徳《リー・ジーダー》を車外に蹴り飛ばした。

さっき着信を切られたばかりの携帯電話がジャックからの着信表示で再び鳴った。唐毅《タン・イー》の近くで一番長く仕えてきた李至徳《リー・ジーダー》は、切れ者のジャックがすぐ近くまで来ていることを察知し、首に巻きついたシートベルトを外すと、うろたえながら逃走した。

*　　　*　　　*

唐毅《タン・イー》の自宅――。

八時間後、李至徳《リー・ジーダー》は行天盟《シンティエンモン》の組員に顔中血だらけになるまで殴られ、唐毅《タン・イー》の自宅に護送されてきた。以前左紅葉《ツォ・ホンイエ》と孟少飛《モン・シャオフェイ》を襲った襲撃者の時と同じ椅子に座らされ、ロープできつく縛りつけられていた。

「俺に隠れてヤクを売ったり、俺を暗殺するよう指示しただけじゃなく、外部の人間とグルになって警察を襲うとは、本当にいい度胸だな」

李至徳《リー・ジーダー》は視線をそらして、唇を震わせながら言った。

「お、俺じゃない……違います……」

コンコン！

突然、ドアをノックする音が響いた。

「入れ」

外の見張りを担当する手下がドアを開けると、ジャックが一人の男を取り押さえた状態で部屋に入ってきた。

ジャックは笑いながら李至徳《リー・ジーダー》をちらりと眺め、言った。

「ボス、こいつは賀航《ハー・ハン》の手下です。賀航《ハー・ハン》の代わりにブツの受け渡しもしてますが、手下を引き連れて孟《モン》刑事と紅葉《ホンイエ》さんを襲ったのもこいつです」

「……」

捕らえられてきたその男を見て、李至徳《リー・ジーダー》は恐怖でぞくりとした。

確かに、この男は賀航《ハー・ハン》の手下だ。行天盟《シンティエンモン》の主要幹部のデータや表と裏の取引内容についても、彼を通じて賀航《ハー・ハン》に渡り、そこから陳文浩《チェン・ウェンハオ》の手に渡っていた。

「李至徳《リー・ジーダー》。俺の行き先を漏らしたのは、やはりお前か」

拉致されて山で過ごしたあの日から身内に内通者がいることを疑っていたので、ジャックに調べるよう指示していたが、まさか自分に最も近い人間が裏切り者だったとは思わなかった。

「違います！　賀航《ハー・ハン》にあなたを殺させるなんて！　愛する人にそんなことしますか？　俺のやったことはすべてあなたと行天盟《シンティエンモン》のためなんです！」

「もういい！」

独りよがりな弁解を乱暴に遮り、椅子の前に来て李至徳《リー・ジーダー》の襟元をつかんで引き寄せ、怒鳴った。

「お前には何度もチャンスをやった。でもお前はことごとく期待を裏切った。李至徳《リー・ジーダー》。俺をボスとして見ているのか？」

「ボス……」

李至徳《リー・ジーダー》は血まみれの顔を上げて、苦しそうに言った。

「ボスが國棟《グォドン》さんの残した願いを叶えるために、薬物ルートを元からひとつずつ断ち切ってきたことは理解してます。でも、そこに頼って生活してるやつらがどれだけいるか、知ってますか？　俺はあなたのためを思って他のやつらをなだめてきました。組員たちがあなたに仕返ししないか心配もしてきました。そんな俺の気持ちを考えたことありますか？

そう、確かに俺は孟少飛《モン・シャオフェイ》を殺してやりたい。でも、あなたに手を下すなんて考えたこともない。俺はただ悔しかった。あなたのために陰でこんなに尽くしてるのに、あなたの心に俺の居場所が少しもないことが！」

「……」

孟少飛《モン・シャオフェイ》は開いたままのドアの入り口に黙って立ち、椅子に縛りつけられている李至徳《リー・ジーダー》を複雑な心情で見ていた。

その李至徳《リー・ジーダー》も、脇ですべてを見ている孟少飛《モン・シャオフェイ》に気づき、全身の力を振り絞ってもがくように叫んだ。

「孟《モン》、少《シャオ》、飛《フェイ》！　どうしてお前なんだ！　お前さえ現れなければ、ボスはいつか俺を受け入れてくれた、俺の愛を！」

唐毅《タン・イー》が再び李至徳《リー・ジーダー》を殴ろうとするのを見て、孟少飛《モン・シャオフェイ》はすぐに駆け寄って止めた。

「唐毅《タン・イー》、やつらは警察に引き渡して処理するんだ！」

それでも唐毅《タン・イー》は孟少飛《モン・シャオフェイ》を乱暴に押しのけ、李至徳《リー・ジーダー》のほうに突進して、一発、更に一発と力のこもった拳を振り下ろした。左紅葉《ツォ・ホンイエ》と孟少飛《モン・シャオフェイ》を襲ったこの裏切り者が殺したいほど憎いのだ。

「唐毅《タン・イー》！　もういい！」

怒りで理性を失っている唐毅《タン・イー》を孟少飛《モン・シャオフェイ》はとにかく必死に抱き留め、そのまま強引に部屋から引きずり出した。

「なんで邪魔する！」

監禁部屋の外で、唐毅《タン・イー》は孟少飛《モン・シャオフェイ》の制止を振り払い、自分が一番気にかけているその人に向かって怒鳴った。

「俺は警察だ。お前がリンチするのを見過ごすわけにはいかない」

「これは行天盟《シンティエンモン》の事情だ。お前ら警察には関係ない」

「あっ、つ……」

言い争いの途中で、孟少飛《モン・シャオフェイ》は突然腰をかがめて左脇腹を押さえた。午後に同じく襲撃を受けており、その上ついさっき唐毅《タン・イー》を制止した時に力を入れてしまったため、まだ癒えていない傷口にまで響いたのだ。

「大丈夫か？　傷口が開いたか？」

異状に気づいた唐毅《タン・イー》は、一瞬で正気に戻り、すぐに孟少飛《モン・シャオフェイ》の前で膝をつくと、服を引っ張り上げて確認した。

孟少飛《モン・シャオフェイ》は大きく息を吸い、手の平を唐毅《タン・イー》の顔に当てて、穏やかな口調で言った。

「大丈夫だ。約束してくれ。この二人は俺に任せると」

「……」

明らかに被害者であるのに尚も法律に則って行動することを譲らない孟少飛《モン・シャオフェイ》を仰ぎ見て、唐毅《タン・イー》は黙った。

＊　　＊　　＊

世海《シーハイ》グループのビル内にある地下駐車場――。

李至徳《リー・ジーダー》の件以降、行天盟《シンティエンモン》では組織の改革に対する賛成派と反対派が対立する構図が浮かび上がった。

左紅葉《ツォ・ホンイエ》の身の安全を守るため、唐毅《タン・イー》は彼女を一時的に台湾から出国させ、海外に避難させることを決めた。

左紅葉《ツオ・ホンイエ》はどんなに抵抗しても唐毅《タン・イー》の考えを変えられないと悟り、台湾から避難することに同意した。そして、趙仁光《チャオ・レングァン》からの誘いを受けて彼と一緒にヘルシンキに向かうことになった。

「護衛はいらないから、ヘルシンキ行きの航空券は一枚でいいわ」

左紅葉《ツオ・ホンイエ》はエレベーターを降りて、車を停めた場所へと歩き出した。

「お嬢様。私は父親同様にお嬢様に付き添い、お嬢様を守ると國棟《グォドン》さんに約束したんです」

古道一《グー・ダオイー》はうろたえて足を止めた。左紅葉《ツオ・ホンイエ》はそこから数歩進んだところで足を止め、振り返って古道一《グー・ダオイー》を見た。

「私はもう子どもじゃないの。一人で行くわ。あなたはここに残って、別の仕事で唐毅《タン・イー》を手伝ってあげて」

常に温和で他人に感情を見せない古道一《グー・ダオイー》だったが、感情が高ぶった様子で左紅葉《ツオ・ホンイエ》の立つ場所まで駆け寄ると、決然と言い切った。

「あなたのそばから離れません」

パチン！

「私にどうしろと言うの？」

力のこもった平手が古道一《グー・ダオイー》の頬を打った。左紅葉《ツオ・ホンイエ》は憤《いきどお》りで目を充血させて、自分の前に立つ古道一《グー・ダオイー》に向かって怒鳴った。

「私はあなたに告白した。でもあなたは、私の気持ちがただの錯覚だと言ったわね。だからあきらめて別の人と交際するって、やっと決心したのよ。なのに、あなたは私のそばを離れないって。

古道一《グー・ダオイー》。あなたのことをあきらめられそうになる度に、どうして私に希望を見せるの？　それが私にとってどれだけ残酷なことか、分かってるの？　あなたがそうする度に、私がどれだけつらい思いをしてるのか、分かってるの？　ねえ、分かってるの？」

「……」

古道一《グー・ダオイー》は目を閉じて、眉を寄せた。昔も今も左紅葉《ツォ・ホンイエ》の涙を見ると、いつも心が痛んだ。

左紅葉《ツォ・ホンイエ》は鼻をすすり、自分をあざけるように言った。

「もういいの。あなたにとって私は永遠に子どもで、恋愛の対象ではない。古道一《グー・ダオイー》。もうここまでにするわ。二度と告白しないし、つきまとったりもしない。だから、あなたも私を自由にして。毎回当てが外れるだけの期待を抱かせないで、私を幸せにしてくれる人を選ばせて」

そう言うと左紅葉《ツォ・ホンイエ》は古道一《グー・ダオイー》に背中を見せた。しかし、半歩踏み出したところで、背中から力強く抱き締められた。

「すまない。あなたがもっとふさわしい男と一緒になるところを見守ってあげられると思っていた。あなたを守るだけの役目を受け入れられると思っていた……でも間違っていた。この手を離すことができない。離れていくのを見たくない。あなたに別の誰かを好きになってほしくない。もうこれ以上……紅葉《ホンイエ》、愛してる。ずっと、あなたを愛している」

「……」

抑えられない涙が溢《あふ》れ、左紅葉《ツォ・ホンイエ》の頬を伝った。左紅葉《ツォ・ホンイエ》は胸の前にある古道一《グー・ダオイー》の両手をほどくと、ようやく自分の気持ちを受け入れた古道一《グー・ダオイー》のほうに振り向き、その襟をつかむと、強い口調で言った。

「古道一《グー・ダオイー》！　今回もまた私をからかうなら、あなたを殺してやるわ。本気よ！」

古道一《グー・ダオイー》はいつもの穏やかな表情のまま、何も答えなかった。左紅葉《ツォ・ホンイエ》の頬を伝う涙を指先で優しく拭き、口づけをした。

一人の男として、心から愛する……女性に。

＊　＊　＊

偵査三部――。

孟少飛《モン・シャオフェイ》はオフィスで四年前の事件の記録を読み直していた。

陳文浩《チェン・ウェンハオ》と唐國棟《タン・グオドン》が深い友情で結ばれていたことは、刑務所の面会記録から見て取れた。そうでなければ、行天盟《シンティエンモン》のボス自らが毎週のように訪ねてくることはないだろう。しかし、そのような面会記録は二年目以降突然途絶え、その後面会記録の署名欄に唐國棟《タン・グオドン》の名前が現れることはなかった。

更に不可解なことに、後の一九九〇年の面会記録には麗真《リーチェン》刑事と唐國棟《タン・グオドン》の名前が並び、面会を申請した対象は、どちらも陳文浩《チェン・ウェンハオ》になっていた。

「確かに麗真《リーチェン》刑事の筆跡だ……」

孟少飛《モン・シャオフェイ》はそこにある筆跡を何度も確認し、李麗真《リー・リーチェン》本人が署名したものに間違いないと確信した。

「まさか、あの噂《うわさ》は本当？」

李麗真《リー・リーチェン》が行天盟《シンティエンモン》と結託して薬物の取引に関与していたという噂はずっと絶えなかったが、その確実な証拠は誰も示せていなかった。

孟少飛《モン・シャオフェイ》が麗真《リーチェン》刑事を信じていたのも、その根拠はただ彼女に対する信頼というだけで、噂に反論できるだけの確たる証拠はなかった。

「ああっ！」

突然、当時の事情を知るかもしれない人間がもう一人いることに思い当たり、椅子から跳び上がって男子トイレに猛然と駆け込んだ。

「部長！」

「あっ！　何だ、騒がしい！　びっくりして引っ込んじゃうじゃないか」

ちょうど小便器で用を足していた石大砲《シー・ダーパオ》はびくんと驚いて、孟少飛《モン・シャオフェイ》のほうを振り向いて怒鳴った。

孟少飛《モン・シャオフェイ》は部長の横まで駆け寄り、部長の腕をつかんで問いただした。

「部長に聞きたいことが。麗真《リーチェン》刑事は陳文浩《チェン・ウェンハオ》と面識はありましたか？」

「陳文浩《チェン・ウェンハオ》？」

「部長、よく思い出してください。麗真《リーチェン》刑事と陳文浩《チェン・ウェンハオ》との間には何かあったのでは？」

石大砲《シー・ダーパオ》はしばらく考えて、口を開いた。

「麗真《リーチェン》が偵査三部に異動してきた時、陳文浩《チェン・ウェンハオ》はすでに刑務所の中だ。面識はないはずだ」

「でも、刑務所の面会記録に麗真《リーチェン》刑事の署名がありました。間違いなく麗真《リーチェン》刑事の筆跡です。俺も確認しました。しかも、彼女は唐國棟《タン・グオドン》と一緒に陳文浩《チェン・ウェンハオ》を訪ねています」

「ちょっと待て。それはいつの記録だ？」

「一九九〇年です」

石大砲《シー・ダーパオ》はファスナーを引っ張り上げ、洗面台で手を洗った。鏡越しに孟少飛《モン・シャオフェイ》を見るその目つきは、相手の知っていることを探ろうとするかのようだった。

そんな異状に気づいていない孟少飛《モン・シャオフェイ》は、眉を寄せながら一人で話し続けた。

「部長も不思議だと思いませんか？　この三人が知り合いだなんて。これも四年前の事件と関係あるんじゃないですか？」

立て続けに質問してくる孟少飛《モン・シャオフェイ》の問いかけるような視線を慌てて避け、手についた水滴を振り払って、平静を装いながら訊ねた。

「他に何か分かったことはあるか？」

「ありません」

「何か分かったり、証拠が見つかったら、報告を忘れるな」

「はい！」

孟少飛《モン・シャオフェイ》はうなずいて出ていった。石大砲《シー・ダーパオ》は洗面台の前に立ったまま、何か思うところがあるかのように眉をひそめ、その後ろ姿を見送った。

第八章

李至徳《リー・ジーダー》を警察に引き渡すという行為には、行天盟《シンティエンモン》内部でも少なからず疑問の声が上がった。もともと組織の改革に賛成していた数名の古株ですら続々と中立に回り、進めていた入札案件の手を緩めた。

ジャックが車を停めた場所に向かって歩いていると、突然柱の陰から人が現れ、行く手を阻《はば》んだ。

「文浩《ウェンハオ》さんがお呼びだ」

冷ややかにちらりと見て、相手の車に乗り込むと、車はある茶館の入り口で停まった。ジャックが店内に入ると、そこには右の頬骨に刀傷が一本入った陳文浩《チェン・ウェンハオ》がいた。

「文浩《ウェンハオ》さんが俺を招待してくれるとは、意外でした」

「有能な人材には三顧の礼を尽くしても決して惜しくはない」

陳文浩《チェン・ウェンハオ》は茶を注いで、ジャックに出した。ジャックは湯呑みを持ち上げ、乾杯のしぐさをしてから飲み干した。

「亮典《リャンディエン》よ。お前のその才能と知恵があるなら、自分で組織を持ったほうがいい」

「……」

ジャックは心の中で一瞬ぎくりとしたが、表情を変えることなく目の前の陳文浩《チェン・ウェンハオ》を見据えていた。

方亮典《ファン・リャンディエン》はジャックの本名である。その名前を知っている者の大部分はすでにこの世にはいない。陳文浩《チェン・ウェンハオ》は何らかの手段を講じて、この情報を入手したのだ。

「何を言っているのか分かりません」

口角を上げてにやりと笑い、急須の取っ手を持って、自分で二杯目の茶を注いだ。

「唐毅《タン・イー》は道義に反して自分の配下の者を警察に渡した。そんなやつに仕える価値があるのか？　お前は第二の李至徳《リー・ジーダー》になりたいのか？」

陳文浩《チェン・ウェンハオ》はある取引リストを取り出し、テーブルの上を滑らせてジャックの前に置いた。

「これは王坤成《ワン・クンチェン》が台湾で仕切っていた仕事だ。これをお前にやってもいい」

ジャックは手にはめた黒い革の指ぬきグローブを弄びながら、リストの内容を見ることもなく聞き返した。

「膨大な利益を生む仕事だ。では、文浩《ウェンハオ》さん……交換条件は何ですか？」

「思った通り、面白いやつだな」

向かいに座るジャックを、称賛するような眼差しでじっくり眺めながら陳文浩《チェン・ウェンハオ》は答えた。

「行天盟《シンティエンモン》と世海《シーハイ》グループのすべての資金の流れ、取引先リスト、それと進行中の入札案件について知りたい。できるだけ詳しくな」

「そこまでのデータだと唐毅《タン・イー》と左紅葉《ツォ・ホンイエ》を除けば、古道一《グー・ダオイー》でさえ把握していない。文浩《ウェンハオ》さん、対価が王坤成《ワン・クンチェン》の台湾の組織だけというのは、誠意に欠けると思いませんか？」

ジャックは片眉を上げて、いかにも退屈そうにポケットからバタフライナイフを取り出し、手でくるくる回した。傍《かたわ》らでその様子を見ていた子分がすぐさま進み出てやめさせようとしたが、陳文浩《チェン・ウェンハオ》に制止された。

「俺の前でその態度とはいい度胸だな。いつでも消せるんだぞ？」

「文浩《ウェンハオ》さん。有能な人材をどうしても手に入れたいと言うのであれば、劉備《りゅうび》のように三顧の礼をもって自らへりくだることができるはずでしょう」

陳文浩《チェン・ウェンハオ》はそれを聞いて、荒々しくテーブルを叩き、一喝するように大きな声を出した。

「気に入った！　俺の見立て通りだ！　亮典《リャンディエン》よ。お前には行天盟《シンティエンモン》は小さすぎる。カンボジアの話をしよう」

「いいでしょう」

弄んでいたバタフライナイフの動きが止まり、ジャックは微笑《ほほえ》んだ。

＊　　＊　　＊

偵査三部――。

趙立安《チャオ・リーアン》と一緒に当直に当たっていた孟少飛《モン・シャオフェイ》は、一人でガラスドアを閉めたオフィス内に立ち、デスクに置いた段ボール箱を開けて中身をひとつずつ取り出していた。

段ボール箱の中にしまってあるのは李麗真《リー・リーチェン》の遺品で、表彰メダル、警察官証明書、それに偵査三部のメンバーとの集合写真……。

『部長、よく思い出してください。麗真《リーチェン》刑事と陳文浩《チェン・ウェンハオ》との間には何かあったのでは？』

『麗真《リーチェン》が偵査三部に異動してきた時、陳文浩《チェン・ウェンハオ》はすでに刑務所の中だ。面識はないはずだ』

『でも、刑務所の面会記録に麗真《リーチェン》刑事の署名がありました。間違いなく麗真《リーチェン》刑事の筆跡だと確認しました。しかも、彼女は唐國棟《タン・グォドン》と一緒に陳文浩《チェン・ウェンハオ》を訪ねています』

『ちょっと待て。それはいつの記録だ？』

『一九九〇年です』

孟少飛《モン・シャオフェイ》は李麗真《リー・リーチェン》が残した物を眺めながら、以前石大砲《シー・ダーパオ》と交わした会話を思い出していた。

「麗真《リーチェン》刑事が偵査三部に異動になった時、陳文浩《チェン・ウェンハオ》はもう刑務所にいたと部長は言っていたから、陳文浩《チェン・ウェンハオ》に面会したのは、捜査のためとしか考えられない。でも、捜査だとしたら、どうして唐國棟《タン・グォドン》と一緒に陳文浩《チェン・ウェンハオ》を訪ねる必要があったんだ？　彼ら三人は一体どんな関係なんだ？　そして、麗真《リーチェン》刑事はどうして唐國棟《タン・グォドン》と同じ場所で死んだんだ？」

警察学校の卒業証書が入っている筒を開けてみたが、卒業証書以外の物は見つからなかった。箱の中に残った本もぱらぱらめくってみたが、ページの間にも手がかりになる物は挟まれていなかった。

「ああっもう！」

孟少飛《モン・シャオフェイ》はいらいらして、自分の髪をぐしゃぐしゃと掻《か》きながらうめいた。

違う！

何か他に見逃している手がかりがあるはずだ。

麗真《リーチェン》刑事が行天盟《シンティエンモン》と結託していたなどあり得ない。だから事件が起こる前に唐國棟《タン・グォドン》と会っていた目的も、内部情報を漏らすためであるはずがない。

絶対に別の理由があるはずだ。麗真《リーチェン》刑事が唐國棟《タン・グォドン》と連絡を取らなければならなかった理由が、絶対にある！

パズルのピースを揃《そろ》える手がかりは一体どこにある？　一体どこにあるんだ？

「くそっ！」

孟少飛《モン・シャオフェイ》は憤慨するあまり李麗真《リー・リーチェン》の遺品を撒《ま》き散らしてしまい、次の瞬間には深く反省した。

頭を抱えて深呼吸をして、懸命に苛立ちを鎮め、デスクに置いてある麗真《リーチェン》刑事と一緒に撮った写真を見ながら、自分が偵査三部に入ったばかりの頃を思い出した。

向こう見ずな性格はその頃から同じで、麗真《リーチェン》刑事にもたくさん迷惑をかけてしまった。でも、麗真《リーチェン》刑事はそんな自分を咎《とが》めることはなく、それどころか多くのことを惜しみなく教えてくれた。

「麗真《リーチェン》さん……」

写真の中には制服姿で、わざと寄り目にして李麗真《リー・リーチェン》の隣に立つ自分がいた。それを感傷的な気持ちで見ながら、段ボール箱の底に入れられたオルゴールを取り出した。底板のネジを回して蓋を開け、繰り返し流れる音楽を聞いた。

ふと、内張りの層の間から紙切れの一部のようなものがはみ出しているのが見えた。すでに黄ばんでしまっている紙切れを注意深く指先でつまんで引き出し、開いてみた。

孟少飛《モン・シャオフェイ》はその信じがたい内容に目を見張った。黄ばんだ紙切れは、なんと陳文浩《チェン・ウェンハオ》が麗真《リーチェン》刑事に贈った……

ラブレター？

間違いだらけの人生　唯一正しかったのは　お前を愛したことだけ——
文浩《ウェンハオ》

「嘘《うそ》だろ！」

孟少飛《モン・シャオフェイ》は自分の目を疑った。オルゴールの中をもう一度隅々まで探してみた。するともう一枚出てきた。

それは病院が発行した出生証明書だった。そこに書かれている内容は、

産婦氏名：李麗真《リー・リーチエン》

産婦の配偶者氏名：不詳

出生日時：一九九〇年十月二十一日

新生児性別：単胎、男、一名

「麗真《リーチエン》刑事に子どもが？　出生日時が一九九〇年十月二十一日？」

変だぞ、この数字、なぜだかとても見慣れた感じがする。

ちょっと待て！

『そんなに感動するなよ。四年も追いかけてれば、今日がお前の誕生日ってことくらい知ってるさ。

十月二十一日、天秤座。性格だけでなく、ものの見方も人並み外れている。特にプライベートなことでは、

態度がより強硬になり、自己主張が強い。

すごい、当たってるな！　そのまんま！』

一九九〇年十月二十一日？

唐毅《タン・イー》の誕生日じゃないか？

しかも、だ……。

『偶然だな。麗真《リーチエン》刑事もそれと似たようなオルゴール持ってたぞ』

『そうか。これは母親が唯一、俺に残してくれたものだ』

「まさか？」

ひとつの考えが孟少飛《モン・シャオフェイ》の脳裏を駆け巡った。

ジャケットをひっつかんでオフィスを飛び出したところで、ちょうど夜食の買い出しから戻ってきた趙立安《チャオ・リーアン》とぶつかりそうになった。

「え？　阿飛《アーフェイ》、どこ行くの？　ねえ！　阿飛《アーフェイ》ってば」

孟少飛《モン・シャオフェイ》は思考が混乱したまま車のハンドルを握り、大通りを勢いよく走らせた。

突然、助手席に置いた携帯電話の着信音が鳴った。顔を傾けてちらりと見ると、唐毅《タン・イー》からの電話だった。

「今捜査中なんだ。また後で」

スピーカーボタンを押して、一言だけ急いで話してすぐに電話を切った。そして、アクセルを踏み込んで、ある場所へと向かった。

「……」

自宅でデスクの前に座った唐毅《タン・イー》は、通話を切られた携帯電話をぽかんと見た。

自分との電話を切ってしまえる人間がいるとは。

「まぁいい」

唐毅《タン・イー》は大きく息を吸い、暗い画面に切り替わった携帯電話の画面を仕方がないといった表情で見て、やり残した仕事を続けた。

＊　＊　＊

翌日、偵査三部——。

盧俊偉《ルー・ジュンウェイ》が慌ただしくオフィスに飛び込んできた。部長の姿を見つけると、すぐに駆け寄って言った。

「大変です！　李至徳《リー・ジーダー》が地検の留置場で死にました！」

石大砲《シー・ダーバオ》は盧俊偉《ルー・ジュンウェイ》のワイシャツをつかんで引っ張り、慌てふためいて聞いた。

「どういうことだ？　どうしてこんな突然？」

「よく分かりません。検察が調査中としか」

石大砲《シー・ダーバオ》は、夜半過ぎに盧俊偉《ルー・ジュンウェイ》と一緒に李至徳《リー・ジーダー》の取り調べをした趙立安《チャオ・リーアン》のほうを振り向いて聞いた。

「昨晩の取り調べの時に何か異状はなかったか？」

「特にありません。冠志《グァンジー》さんが来てくれたおかげで、完全黙秘にはならなかったけど、李至徳《リー・ジーダー》は一向に話してくれませんでした」

「周冠志《ジョウ・グァンジー》？　なんであいつが一緒に取り調べしたんだ？」

異常なほど怒る部長を見て、趙立安《チャオ・リーアン》は後頭部を掻きながら説明した。

「李至徳《リー・ジーダー》があんまり扱いにくいから、冠志《グァンジー》さんが手伝ってやるって」

バサッ！

石大砲《シー・ダーバオ》は手に持っていた資料を勢いよく放ると、足早に偵査三部から出ていってしまった。数名のメンバーは急に出ていく部長を見て、互いに顔を見合わせて、不安そうな表情を浮かべた。

＊　＊　＊

唐毅《タン・イー》の自宅――。

「至徳《ジーダー》の急死には何かある。手を下したやつを必ず見つけ出せ」

唐毅《タン・イー》はネクタイを緩めながら家に入り、険しい表情でジャックに指示した。

「はい、ボス」

「それと行天盟《シンティエンモン》の内部勢力の反応をつぶさに見て、こちら側の勢力を落ち着かせてくれ。結局のところ李至徳《リー・ジーダー》を警察に渡したのは俺だ。うまく処理しないと紅葉《ホンイエ》が進めている案件に影響するかもしれない」

「分かりました。すぐ取り掛かります」

ジャックがその場を離れると、唐毅《タン・イー》は携帯電話を出して再び孟少飛《モン・シャオフェイ》に電話をかけた。しかしやはり応答はなく、留守番電話に切り替わった。

『はい孟少飛《モン・シャオフェイ》です。メッセージをどうぞ。なければお切りください。よろしく！』

「孟少飛《モン・シャオフェイ》、一体どこにいる？」

丸一日電話に出ず、メッセージの返信もないだと？

苛立ちながら書斎に向かいドアを押し開けると、なんとそこには連絡が途絶えてから三十時間余り経とうとしているその人が立っていた。

得意げな笑みを浮かべて、携帯電話のスピーカーボタンを押した。すると、連絡が途絶えている間に残された伝言が再生された。

『孟少飛《モン・シャオフェイ》。俺の電話に出ないやつも、俺にメッセージを返さないやつもお前が初めてだ！』

『一体どこにいる？　どうして電話に出ない？』

『少飛《シャオフェイ》、もう丸一日だ。電話に出なくてもいいから、せめてメッセージで無事を知らせてくれ。お願いだ』

『少飛《シャオフェイ》、心配している。頼むから電話をくれないか？　お前の声を聞かせてくれ……』

孟少飛《モン・シャオフェイ》は唐毅《タン・イー》の顔が恥ずかしそうな表情から怒りに変わっていくのを見て、微笑んだ。

「着信が五十九件と、メッセージが十五件。そんなに俺のことが心配だったのか？」

唐毅《タン・イー》は孟少飛《モン・シャオフェイ》を睨《にら》み、腹が立って嫌みを込めて言った。

「孟《モン》刑事は蒸発して、この世から消えたのかと思ったよ」

孟少飛《モン・シャオフェイ》は唐毅《タン・イー》に近づき、しっかりと抱き締めて謝った。

「携帯が車のシートの下に落ちてて、しかも電源が切れてることに気づかなかったんだ。悪かった。こんなにも心配かけて」

唐毅《タン・イー》はいつも自分らしさを失わせる恋人の背中に手を回して、ため息をついた。

「今度失踪騒ぎを起こしたら、お前の体にＧＰＳを埋め込むからな。携帯を持ってないことに気づかないほどって、そんな重要な事件だったのか？」

「……」

孟少飛《モン・シャオフェイ》は唐毅《タン・イー》を見つめ、自分が調べてきたことを教えるべきかどうか、ためらっていた。

「どうした？」

唐毅《タン・イー》は何となく様子のおかしい孟少飛《モン・シャオフェイ》の反応を敏感に感じ取り、そう聞いた。

「唐毅《タン・イー》。お前の養父母の名前、覚えてるか？」

「何如玉《ホー・ルーユイ》、李守信《リー・ショウシン》」

この二人のことには触れたくないといった様子で、唐毅《タン・イー》は眉を寄せた。

孟少飛《モン・シャオフェイ》は記録用にいつも持ち歩いているノートを出して、その中の一ページを開き、唐毅《タン・イー》に確認させた。

「ここに書いてある住所、お前が子どもの頃過ごした場所じゃないか？」

「どうして俺の過去を調べた？」

警戒と困惑の入り混じった目で真っ直ぐ孟少飛《モン・シャオフェイ》を見て、そう訊ねた。

「お前を調べたわけじゃないんだ。もともと別の事件の追跡調査で、偶然お前に関係がある手がかりが見つかったんだ」

「俺に関係する手がかり？」

「うん」

うなずいて深呼吸をしてから、ゆっくりと説明した。

「唐毅《タン・イー》。お前の母親、実の母親が見つかった」

話し終わらないうちに、携帯電話の着信音が鳴り響いた。唐毅《タン・イー》は驚いた表情で孟少飛《モン・シャオフェイ》をちらりと見てから、古道一《グー・ダオイー》からの電話に出た。

『ボス、お嬢様が賀航《ハー・ハン》に連れ去られました。賀航《ハー・ハン》はボス自ら取り返しに来いと』

「賀航《ハー・ハン》！」

唐毅《タン・イー》は歯ぎしりしながら相手の名を吐き捨てるように口にすると、自分を抱き締めていた孟少飛《モン・シャオフェイ》を押しのけて、書斎から飛び出した。

「唐毅《タン・イー》！　待て！」

孟少飛《モン・シャオフェイ》は心配になり、その後を追った。そして、唐毅《タン・イー》が止めようとするのを無視して助手席に乗り込み、全身から殺気をみなぎらせた唐毅《タン・イー》とともに賀航《ハー・ハン》の指定した場所へ向かった。

＊　　＊　　＊

偵査三部の踊り場——。

ドンッ！

周冠志《ジョウ・グァンジー》は石大砲《シー・ダーパオ》に襟元をつかまれ、踊り場の壁に乱暴に叩きつけられた。

「ゴホッ……ゴッ……」

背中から壁に打ちつけられた周冠志《ジョウ・グァンジー》は、その衝撃の強さに激しく咳き込んだ。

「李至徳《リー・ジーダー》の件はお前の仕業か？」

「あいつは地検で死んだんだ。俺は関係ない」

周冠志《ジョウ・グァンジー》は石大砲《シー・ダーパオ》を振り切って、立ち去ろうとしたが、すぐさま引き戻された。

「お前の仕業じゃないなら、李至徳《リー・ジーダー》が死んだことをなぜ知ってる？　しかも、どこで死んだのかまで、なぜ分かる？」

石大砲《シー・ダーパオ》はさっき故意に「李至徳《リー・ジーダー》の件」と言い、「死んだ」とは言わなかった。もし本当に周冠志《ジョウ・グァンジー》がこの件に関係していなければ、偵査三部のその他メンバーと同様、驚き、慌てるはずで、とっくに知っていたという態度にはならない。

更に、李至徳《リー・ジーダー》が夜中に地検の留置場に移送されたという非常に具体的な状況まで把握していた。

「あいつがお前のことを供述するのを恐れて、手を下したんじゃないか？」

「それはもちろん怖いですよ。でも部長、あなたは怖くないんですか？」

石大砲《シー・ダーパオ》は視線を泳がせて、言い返した。

「やったのはお前だから、俺は関係ない」

「関係ないでは済まされませんよ？　事件の調査を阿飛《アーフェイ》に許可したのも部長、唐毅《タン・イー》に張りついて護衛することを認めたのも部長です。最後は李至徳《リー・ジーダー》を警察に連れ帰るはめになって、俺がこうして口封じするのも当然でしょう？　そうしないと、もしやつが全部自白してしまったら、俺たち二人ともおしまいですよ」

周冠志《ジョウ・グァンジー》は凶悪な鋭い目つきになり、手の甲で部長の頬をぴしゃぴしゃと叩いてせせら笑った。

「実際、部長は俺がしていたことを全部知ってた。でも、この四年間で一度でも俺のことを止めたりしましたか？　部長の黙認のもと、警察が押収した薬物を部下が盗んで暴利を得ていたんですよ。石大砲《シー・ダーパオ》。これでも自分とは無関係と言い切れますか？」

「……」

石大砲《シー・ダーパオ》は言葉に詰まって何も言い返せず、自分に対する周冠志《ジョウ・グァンジー》の非難を聞くしかなかった。

「それに、四年前の件もそうだ。部長はことが起こるのを傍観してただけじゃないんですか？　李麗真《リー・リーチェン》と部長がどんなよしみだったのか知りませんが、部長は、彼女と行天盟《シンティエンモン》との結託の噂《うわさ》が警察の中で広まるのも放置したまま、彼女の冤罪《えんざい》を晴らそうともしなかった。関係ないなんて虫がよすぎる。部長も完全に共犯者だ。金のために命を見捨てた、共、犯！」

「共犯」の二文字で、石大砲《シー・ダー・パオ》は最後に残った気力も打ちのめされた。階段に座り込み、深く恥じ入って顔を押さえ、弱々しい口調で言った。

「なぜ手を引かなかった？　すべて四年前で終わらせればよかったんじゃないのか？　冠志《グァンジー》、もう何年も稼いできたんだろう。十分じゃないか。もうやめろ！」

「十分？」

部長の言葉を聞いて周冠志《ジョウ・グァンジー》は首を持ち上げ、皮肉めいた顔でそう言い、せせら笑った。

「警察官は毎日命の危険に晒《さら》されながら働いてるのに、あんな薄給じゃ全然足りませんよ。どうやって借金を返せというんです？　あんまり高潔を気取っちゃいけない。あなたと俺は何も違わない」

石大砲《シー・ダー・パオ》は顔を覆っていた両手を放し、次第に激情に駆られていく周冠志《ジョウ・グァンジー》を見て、首を振った。

「お前はギャンブルの借金。身から出たサビじゃないか。俺は娘を救うためだった。この四年間、俺は一日たりとも安眠できたことはない。毎日、恐怖と後悔の中で生きてきた」

周冠志《ジョウ・グァンジー》は横目で部長を見て、にやりと笑った。

「部長。金を受け取ったら、もう手は汚れているんです。身から出たサビだろうがやむを得ない事情だろうが、汚れたものは汚れている。

娘さんが今まで生きてこれたのも、幸せそうに結婚の準備ができるのも、あの時受け取った金のおかげでしょう？　いずれにせよ、四年前の件を蒸し返すやつがいたら、それが誰であっても俺は放っておかない！」

「冠志《グァンジー》、やめるんだ！　これ以上深みにはまってはいかん！」

周冠志《ジョウ・グァンジー》の示唆する相手が、四年前の事件に異常に執着する孟少飛《モン・シャオフェイ》であると悟った石大砲《シー・ダーパオ》は立ち上がり、その襟をつかんで引っ張って激しい口調で制止した。

「大丈夫です、部長。ちゃんと隠密にやりますから、見つかることはありません。あなたと俺さえ口を割らなければ、いずれ時間が経って、この件はみんなの記憶からだんだんと薄れていきます」

周冠志《ジョウ・グァンジー》は襟をつかむ両手を乱暴にはたき落とし、石大砲《シー・ダーパオ》に背を向けて、そう言った。

「冠志《グァンジー》！　俺は自首して、お前のことを全部暴露することもできるんだぞ」

「この！」

猛然と振り向いた眼光は、その場で石大砲《シー・ダーパオ》を絞め殺したい衝動にかられたものだったが、いかんせん相手もおとなしくやられるはずはなく、本当にやり合ったら自分に有利とはいかない。

そこで、この自分と同じ船に乗った上司に対して、口調を和らげ手を変えて説得することにした。

「部長、思いつめちゃいけない。娘さんの結婚も控えてる。ここまでどれだけ苦労してきたか。その娘が幸せそうに嫁いでいく姿を、世界一綺麗な花嫁姿を見届けてあげないと」

「……」

弱いところを突かれた石大砲《シー・ダーパオ》は、目に涙をためて黙り込んでしまった。

もくろみ通りに反応した石大砲《シー・ダーパオ》を見て、周冠志《ジョウ・グァンジー》はにやりと笑い、ジャケットのポケットに手を突っ込んで口笛を吹きながら悠然と踊り場を後にした。

＊　＊　＊

廃工場の中――。

陳文浩《チェン・ウェンハオ》は椅子に座り、その脇に手下が二人立っていた。

もうひとつの椅子には左紅葉《ツォ・ホンイエ》が両手を後ろ手に縛られて、口はタオルで塞がれた状態で座らされていた。

それでもまったく怯えた様子を見せず、彼女のこめかみに銃を当てている賀航《ハー・ハン》を睨みつけていた。

唐毅《タン・イー》についてきた孟少飛《モン・シャオフェイ》は、先に着いて唐毅《タン・イー》の到着を待ちわびていた古道一《グー・ダオイー》に軽くうなずいた。そして、サビのにおいに満ちた廃工場の中に三人で入っていった。

「来てやったぞ。紅葉《ホンイエ》を放せ」

「いいだろう。ターゲットは彼女じゃない。賀航《ハー・ハン》、お嬢様を放してやれ」

「ボス、こんなに簡単に左紅葉《ツォ・ホンイエ》を放したら、あいつに得をさせるだけじゃないですか」

賀航《ハー・ハン》は、左紅葉《ツォ・ホンイエ》を拘束したロープを解くことを拒み、唐毅《タン・イー》を睨んだ。

「唐毅《タン・イー》！　俺は行天盟《シンティエンモン》で長年やってきたのに、なんで唐國棟《タン・グオドン》はお前を後継者にしたのか。行天盟《シンティエンモン》は俺らの世界でも一大勢力になったんだ。なのに、組織の改革だと？　組員たちの儲《もう》け口を奪っただけじゃない。仲間を警察に渡しやがって。いっそのこと、ここでお前を片付けて、俺たちの邪魔者を消してやる」

左紅葉《ツォ・ホンイエ》の頭に当てていた銃口の方向をさっと変えて、唐毅《タン・イー》に向けた。しかし、唐毅《タン・イー》はそれを見て、蔑むようにせせら笑った。

「お前ごときが？　俺を何度も暗殺しようとして全部しくじった役立たずが？」

「こいつ！　この引き金でおしまいにしてやろうか？」

「賀航《ハー・ハン》よ。俺がここにいるのを忘れるな。ここでお前の出番はないはずだ」

「う、文浩《ウェンハオ》さん……しかし……」

「左紅葉《ツォ・ホンイエ》を放すんだ。下がれ！」

語気は軽かったが、聞いた人間の背筋をぞくっとさせる警告がこもっていた。賀航《ハー・ハン》は首をすくめて、それ以上何も言えなくなった。

「は、はい。文浩《ウェンハオ》さん……」

賀航《ハー・ハン》は全身に冷や汗をかきながら、すぐに銃をしまった。そして、左紅葉《ツォ・ホンイエ》を縛ったロープを解き、唐毅《タン・イー》のほうに押しやった。

唐毅《タン・イー》は左紅葉《ツォ・ホンイエ》を抱き止めて、心配そうに聞いた。

「怪我はしてないか？」

「大丈夫よ」

「道一《ダオイー》、紅葉《ホンイエ》を送ってくれ」

「はい、ボス」

相手が急に考えを変え、攻撃してきた時に備え、古道一《グー・ダオイー》はさりげなく賀航《ハー・ハン》と左紅葉《ツォ・ホンイエ》の間に立った。

「嫌よ。私もここで一緒に戦う」

「もしお前が怪我したら、俺は自分を一生恨むことになる。だから、行くんだ！」

唐毅《タン・イー》は左紅葉《ツォ・ホンイエ》の腕を強く握り、低い声でそう言った。

「分かった。お願い、気をつけてね」

左紅葉《ツォ・ホンイエ》は唇を噛《か》みながらそう言うと、目のふちを赤くして古道一《グー・ダオイー》に守られながら古い廃工場から出ていった。

陳文浩《チェン・ウェンハオ》が椅子から立ち上がった。まるで獲物を弄ぶ狩猟者のように、唐毅《タン・イー》の周りをゆっくり歩きながら、言った。

「今日お前をここに呼び出した理由が分かるか？　お前が王坤成《ワン・クンチェン》を殺《や》ったから？　お前のせいで船何艘分もの損害が出たから？　お前が俺の仲間を何人も刑務所送りにしたから？　それとも……」

陳文浩《チェン・ウェンハオ》は唐毅《タン・イー》の前で急に足を止めて、目を真っ直ぐ睨んだ。

「四年前、俺が唐國棟《タン・グォドン》と李麗真《リー・リーチェン》の事件現場にいたことを、お前に目撃されたから？」

「……」

唐毅《タン・イー》の目つきが一瞬で怒りに変わり、半歩踏み出したところで、相手の手下に銃で制止された。

「そうじゃない！　全部違う。お前を呼んだ理由はお前が唐國棟《タン・グォドン》の息子だからだ。唐國棟《タン・グォドン》は俺の女を奪った。俺と李麗真《リー・リーチェン》の子どもを死なせた。刑務所にまで人を差し向けて痛めつけ、二十四年もの間俺を監獄に閉じ込めた。二十四年だ！」

「……」

孟少飛《モン・シャオフェイ》は驚いて陳文浩《チェン・ウェンハオ》を見つめ、ついこの間見た出生証明書を思い出した。

産婦氏名：李麗真《リー・リーチェン》

産婦の配偶者氏名：不詳

麗真《リーチェン》刑事の子どもは、陳文浩《チェン・ウェンハオ》の？　唐毅《タン・イー》の実の母は、麗真《リーチェン》刑事？　ということは、陳文浩《チェン・ウェンハオ》は唐毅《タン・イー》の本当の、本当の……。

孟少飛《モン・シャオフェイ》の顔色がみるみる変わった。陳文浩《チェン・ウェンハオ》はそんな様子に気づくことなく、話を続けた。

「俺が出所した後、行天盟《シンティエンモン》はなぜかお前のものになっていた。なんの冗談だ？　どういうわけで唐國棟《タン・グォドン》はすべてを手にして、俺は家族も失い、一切合切なくしてしまったんだ？　間違ってる。こんなの公平じゃない。そうだろ？」

しばらくの沈黙を置き、陳文浩《チェン・ウェンハオ》は凶悪な笑みを浮かべて、最後の言葉を吐き出した。

「だから、お前を……殺す！」

工場の外で見張っていた手下が、たちまち唐毅《タン・イー》と孟少飛《モン・シャオフェイ》の背後に駆け寄った。二人は両手を上げて、投降するふりをするしかなかった。孟少飛《モン・シャオフェイ》は足を半歩踏み出して、口を開いた。

「陳文浩《チェン・ウェンハオ》。唐毅《タン・イー》は……」

「黙れ！　ここはお前の出る幕じゃねぇ」

その時、突然唐毅《タン・イー》はしゃがんで銃口の位置から体を外し、それと同時に足払いをして自分に銃を向けていた手下を蹴り倒した。その手下が倒れると、すぐにその銃を奪って振り返り、陳文浩《チェン・ウェンハオ》に銃口を向けた。

それとまったく同時に、陳文浩《チェン・ウェンハオ》も銃を出して唐毅《タン・イー》に向けた。

「陳文浩《チェン・ウェンハオ》。丸四年かかった俺の計画は、お前をカンボジアから台湾に引き戻して、國棟《グォドン》さんの復讐をするためだ。お前が國棟《グォドン》さんを殺したからだ！」

「違う！　唐國棟《タン・グォドン》を殺ったのは俺じゃない！」

「黙れ！　國棟《グォドン》さんに命で償え！」

「唐毅《タン・イー》！」

「邪魔するな！」

にわかに収拾不可能な状況となり、孟少飛《モン・シャオフェイ》はあれこれ考える間もなく、とっさに当時の真相を言ってしまった。

「撃つな！　陳文浩《チェン・ウェンハオ》はお前の父親だ！」

第九章

廃工場の中――。

互いに銃を向け合っていた陳文浩《チェン・ウェンハオ》と唐毅《タン・イー》は、「陳文浩《チェン・ウェンハオ》はお前の父親だ」と言った孟少飛《モン・シャオフェイ》のほうを驚いて同時に見た。

「落ち着いてくれ。ポケットに証拠がある」

孟少飛《モン・シャオフェイ》は片手を上げたまま、もう片方の手をゆっくりジャケットのポケットに滑り込ませ、半分に折った二枚の紙を出して、唐毅《タン・イー》と陳文浩《チェン・ウェンハオ》に見せた。

「一枚は病院の出生証明。もう一枚はあなたが麗真《リーチェン》刑事に宛てた手紙だ」

陳文浩《チェン・ウェンハオ》の表情が一変し、振り向いて手下に大声で指示した。

「全員外に出て待機してろ」

「はい、文浩《ウェンハオ》さん」

陳文浩《チェン・ウェンハオ》の周りで護衛していた手下たちは、武器をしまうと、工場の外にある空地に歩いていった。

「銃が暴発しないよう、二人ともまず銃を下ろすんだ。それから俺の話を最後まで聞いてほしい。お願いだ」

対峙《たいじ》していた二人は互いに目を合わせて、同時に銃をしまった。

孟少飛《モン・シャオフェイ》は一息つくと、説明を続けた。

「この二枚の紙は麗真《リーチェン》刑事の遺品の中から見つけたものだ。唐毅《タン・イー》の養父にも会って確認してもらった。唐毅《タン・イー》。お前は一九九〇年十月二十一日生まれ。陳文浩《チェン・ウェンハオ》、あなたは一九九〇年二月に刑務所に入って服役してる。そして、麗真《リーチェン》刑事が刑務所に面会に行った日は、一九九〇年五月十七日」

すでにその説明の予測がついた陳文浩《チェン・ウェンハオ》は、目を見開き、ぶつぶつつぶやいた。

「嘘《うそ》だ……そんなわけない……麗真《リーチェン》は中絶したと言ったんだ、だからそんなこと……」

着床後三ヶ月目から妊婦につわりの症状が出始め、一般的な出産予定日は妊娠した日から起算して二六六日とされている。

つまり、李麗真《リー・リーチェン》が陳文浩《チェン・ウェンハオ》が服役する前にすでに妊娠していたとすると、胎児の出産予定日は確かに当年の十月となる。

陳文浩《チェン・ウェンハオ》はいきなり孟少飛《モン・シャオフェイ》に飛び掛かり、襟をつかんで問いただした。

「お前は麗真《リーチェン》が俺の面会に来たことを知り、それで俺が唐毅《タン・イー》を見逃すように仕向けているんじゃないのか？」

息ができないほど締めつけられた孟少飛《モン・シャオフェイ》は、それでも自分が知っている手がかりを寄せ集め、真相に近づく答えを出した。

「麗真《リーチェン》刑事があなたと面会した時に何を話したのか知りませんが、面会した後に彼女は一年間の長期休暇を取っています。あの仕事中毒の麗真《リーチェン》刑事がそんなことをするなんて不可思議です。

しかも、職場に復帰してからは長期休暇など一度も取っていませんし、結婚もしていません。だから可能性はひとつしか残っていない。それは唐毅《タン・イー》が、あなたと麗真《リーチェン》刑事の息子ということです」

「息子だと……俺に息子……息子……」

陳文浩《チェン・ウェンハオ》は孟少飛《モン・シャオフェイ》の襟をつかんだ手を緩め、呆然としながら同じ言葉を繰り返した。

あまりの衝撃に茫然自失状態の陳文浩《チェン・ウェンハオ》に対し、唐毅《タン・イー》はいつもと同じように淡々として冷静だった。

「それがもし本当だったとして、何だって言うんだ？」

「唐毅《タン・イー》。麗真《リーチェン》刑事はもしかしたら良い母親ではなかったかもしれない。でも、自分なりのやり方でお前を愛していた。お前が十二歳で家出した時も彼女はすぐに行って探し回ったんだ。でもお前の消息はつかめなかった」

唐毅《タン・イー》は口角を片方だけ上げて、蔑んだ笑顔を見せた。

「俺の人生で家族と呼べるのは三人だけ、養母、國棟《グォドン》さん、それに紅葉《ホンイエ》だ。その他の人間は、関係のない赤の他人だ」

「唐毅《タン・イー》……」

苦痛を抑えた表情を見て、孟少飛《モン・シャオフェイ》は心がずきんと痛み、小さな声で唐毅《タン・イー》の名前を呼んだ。

「國棟《グォドン》さんは俺の人生で一番大切な人だ。俺の父親はあの人しかいない。そしてお前は、俺から國棟《グォドン》さんを奪ったただの殺人犯だ！」

歯ぎしりして恨めしそうに「殺人犯」という言葉を絞り出すと、腰から銃を取り出し、四年かけてようやく引きずり出した真犯人に向けた。それを見て、孟少飛《モン・シャオフェイ》はすぐに銃口の前に立ち塞がった。

「違う、俺はやってない、俺じゃない」

陳文浩《チェン・ウェンハオ》はまだ後悔の念に駆られたままで、銃を自分に向ける唐毅《タン・イー》を驚いた表情で見た。

「嘘だ！」

唐毅《タン・イー》は憤《いきどお》りと憎しみが混じった表情で叫んだ。

「その顔をはっきり覚えてる。お前が國棟《グオドン》さんを殺したんだ！　あれはお前だった！」

「そうだ。あの日、確かに俺はどうして俺を陥れたのか問い詰めるため唐國棟《タン・グオドン》に会いに行き、すべて聞き出そうと思っていた。だが、俺が殺したんじゃない。俺が現場に着いた時、國棟《グオドン》が何かの包みを麗真《リーチェン》に渡しているのが見えた。そして次に銃声が二回聞こえた。その次に見たのが地面に倒れている二人と血の海だった……」

陳文浩《チェン・ウェンハオ》は後悔と苦痛で顔を覆った。

「お前が殺人犯でないなら、俺を殺して口封じする必要もないだろう？　なぜあの時銃を持っていた？」

「二人が撃ち殺されているのを見て、その次の瞬間に見たのがお前だ。もしお前だったら、同じように自己防衛のために銃を抜くだろう？　あの銃は……そう、殺してやろうと思ってた。二十数年間、俺はずっと唐國棟《タン・グオドン》に対する恨みを支えにして生きてきたんだ。今になって俺が復讐しようとしていたのは、唐國棟《タン・グオドン》の私生児じゃなくて、俺の息子だと聞かされるとは。もう、誰を恨んでいいのかも分からない。俺の人生、どうしてこんなことになっちまったんだ？」

「言いたいことは、それだけか？」

唐毅《タン・イー》は安全装置を解除し、銃口の前に立ち塞がっている孟少飛《モン・シャオフェイ》に怒鳴った。

「どけ！」

しかし、孟少飛《モン・シャオフェイ》は一歩も譲らず、毅然として唐毅《タン・イー》を真っ直ぐ見た。

「もし殺人犯が陳文浩《チェン・ウェンハオ》だったら、二人を殺した後にどうしてその場に残っている必要がある？　それに、唐國棟《タン・グォドン》を殺す理由があっても、やつが麗真《リーチェン》刑事を殺すことは絶対にない」

「……」

少しのほころびもない説得を聞いて、怒りの渦の中で唐毅《タン・イー》はその場で動けなくなり、銃を握っていた右手をゆっくりおろした。

「陳文浩《チェン・ウェンハオ》。今は生かしておいてやる。証拠を見つけてお前が殺人犯であることが証明されたら、必ずこの手で殺してやる！」

言い終わると、振り向いて立ち去った。

「唐毅《タン・イー》！」

孟少飛《モン・シャオフェイ》は慌てて感情の高ぶっている唐毅《タン・イー》を追いかけ、後ろから抱き締めようとしたが、力ずくで振り切られてしまった。

「孟少飛《モン・シャオフェイ》！　俺がこの日をどれだけ待ちわびたか、お前に分かるか？　なぜ止める？　なぜ邪魔する？」

「やつは殺人犯じゃないからだ」

「お前！」

拳を振り下ろそうと高く掲げた腕を直前で止め、その拳を車のボンネットに思い切り振り落とすと、大きな音が鳴り響いた。そして自分のことを再三制止してくる孟少飛《モン・シャオフェイ》を押しのけ、運転席に乗り込むと、エンジンをかけてアクセルをふかし、古い廃工場から瞬く間に走り去った。

「唐毅《タン・イー》……」

孟少飛《モン・シャオフェイ》はよろめきながら数歩追ったが、最後はその場に立ち尽くして、走り去っていく唐毅《タン・イー》の車を見つめるしかなかった。

＊　＊　＊

唐毅《タン・イー》の自宅――。

ゆっくりと開けたドアから中を見ると、部屋は漆黒に包まれていた。目を凝らすと、ベッドのふちにまるで彫像のようにぴくりとも動かずに座っている人が見えた。それは怒りと悲しみに暮れる唐毅《タン・イー》だった。

孟少飛《モン・シャオフェイ》は心がずきんと痛み、近くまで歩いていき腕を開いて抱き締めた。

「すまない……受け入れたくない事実だと分かってる……」

その事実が分かった時に伝えるのをためらった理由は、その事実が、自分が最も気にかけている人を傷つけてしまうからだった。

「陳文浩《チェン・ウェンハオ》が俺の実の父親かどうかはどうでもいい。俺にとって一番大切な人は國棟《グオドン》さんだから」

「分かってる。だからこそ、本当の殺人犯を探し出すべきだろ？　そうだろう……」

唐毅《タン・イー》は力ずくで孟少飛《モン・シャオフェイ》をぐいっと引いてベッドに押し倒した。たくましい胸が孟少飛《モン・シャオフェイ》の背中に被さり、押さえつけた。

「その気がなければ、俺を押しのけろ」

喉元から吐き出される熱い息が孟少飛《モン・シャオフェイ》の耳に当たった。唐毅《タン・イー》は、孟少飛《モン・シャオフェイ》にこの状況から逃げる最後のチャンスを与えた。

ベッドにうつ伏せになって上から覆い被さられた孟少飛《モン・シャオフェイ》は、臀部《でんぶ》に相手の下半身の猛々《たけだけ》しさを感じ取ることができた。

「体中汗だらけなんだ、その、ちょっと先に風呂に行かせてくれ……う……」

身体をくるりとひっくり返され、仰向けになった。何も明かりをつけていない部屋の中で、月の光が唐毅《タン・イー》の顔を照らしていた。

二人の息づかいが、だんだんと速く短くなった。身体をぴったりと重ね、起伏のある胸から相手の呼吸と鼓動が伝わってきた。

唐毅《タン・イー》は手の平をベッドに置いて身体を支え、横たわる孟少飛《モン・シャオフェイ》を見た。

「押しのけるか、それとも続けさせるか？　お前が選べ」

孟少飛《モン・シャオフェイ》は微笑《ほほえ》むと、手を伸ばして唐毅《タン・イー》のワイシャツをつかみ、乱暴に引き寄せて、答えを出した……。

「続ける」

＊　　＊　　＊

「唐毅《タン・イー》……」

重なり合う唇が互いを優しく撫《な》で、乾いた触感は唇の端から溢《あふ》れた唾液によって潤っていく。今まで性愛に対する強い渇望を感じたことはなかった。

でも、間違っていたかもしれない。

単に相手が運命づけられたその人ではなかったからだろう。そして、以前は自分でも思いもしなかった。自分が別の男、つまり自分とまったく同じ構造を持った男を愛することになるとは。

「すう……はっ……」

深く吸い込んだ酸素が、肺葉によって体内で二酸化炭素に変換された後、歯の隙間をぐって排出され、感情をかき立てる音を発した。

「……」

孟少飛《モン・シャオフェイ》の頬を抱えていた両手を緩めて、唐毅《タン・イー》は四年間絶えず自分を追い続けてきたその目をしみじみと見つめた。

「顔に何かついてるか？」

この目から逃げたかったくせに、逆にこの眼差しの中にはまり込んでいく自分は実に矛盾していると思った。

人を愛するという感覚は、こういうものだろうか？

ちょうど生卵を握っているようなものだ。軽く握ったのでは心許《こころもと》ないが、強く握ると割ってしまう。心というのは、空中を漂うタンポポの綿毛のように、風があれば舞い上がり、風がなければ地に落ちてしまう。

「良かった。殺さなくて」

今まで、自分の邪魔ばかりしてくるこの男を、最も単純かつ最も粗暴なやり方で消してやろうと何度も考えたことは否定しない。

そして今は、その都度すぐに思い直した自分に感謝していた。そうでなければ、未来のこの時に、かけがえのない存在の孟少飛《モン・シャオフェイ》はいなかったのだ。

孟少飛《モン・シャオフェイ》はそれを聞いてにっこり微笑み、誇らしげに言った。

「俺を殺すなんてもったいなさすぎる。お前とケンカできる人間が減っちまう。お前の顔を指差してお前の欠点を並べ立てる勇気があるやつも俺以外にいないだろ」

しゃべるのに忙しい唇にもう一度キスをした。今回はもっと深く、そしてもっと熱く激しいキスだった。

「う……た……唐毅《タン・イー》……」

口腔に滑り込む舌が敏感な上顎と粘膜を探り、孟少飛《モン・シャオフェイ》の内から外から、すべてを乱暴に自分の色に染めていった。

孟少飛《モン・シャオフェイ》も対抗心をあおられ、遠慮することなく同じ方法で相手にやり返した。唐毅《タン・イー》の背中に手を回して、後頭部をしっかりとつかむと、口の中の領土を恣《ほしいまま》に占領している舌を、唐毅《タン・イー》のほうに押し戻した。そしてさっきよりも更に激しく唐毅《タン・イー》の欲望をかき立てた。

「んん……」

舌に出口を封鎖された喉元から、堪能していることを示すうめきが漏れた。まるで喜びに満たされてゴロゴロ喉を鳴らす大型のネコ科動物のようだった。

激しく形勢が入れ替わる口づけは、二人の呼吸が次第に苦しくなって、ようやく終わった。唐毅《タン・イー》は愛おしそうに微笑み、孟少飛《モン・シャオフェイ》の唇に残った唾液を親指で拭いて、言った。

「俺はやはりお前のことを甘く見ていたな」

自分からキスした時の積極性を褒められたと思い、孟少飛《モン・シャオフェイ》は得意げに返した。

「まあこれくらいはな。俺という人間はこの通り、自分が欲しいと決めたものは何があっても手に入れるのさ」

「いや、そうじゃなくて。俺が甘く見ていたのは……」

利き腕の右手で孟少飛《モン・シャオフェイ》の手首をつかみ、自分の下半身のほうに誘導していった。手の平が生理的反応を起こしている部位に触れると、正しい意味が理解できた。

「俺を誘惑する力」

「……」

その言葉を聞いて、瞬く間に耳が真っ赤になり、頬の両側まで染まった。

「お前は？」

「さ、触るな！」

体を後ろにさっと引いたが、すでに両足の間に触れていた手の平からは逃げ切れなかった。

唐毅《タン・イー》はライトブルーのジーンズ越しに、すでに硬さを感じ取れるようになった部位を上下に撫で回した。

「お前もだな」

嬉《うれ》しそうな口調でそう言った。

自分が一方的に孟少飛《モン・シャオフェイ》に惹きつけられたわけじゃないと分かり、ズボンの股間部分にはっきりと輪郭が浮き出た硬い部位を更に強引につかんだ。

自分に対する孟少飛《モン・シャオフェイ》の渇きを感じ、孟少飛《モン・シャオフェイ》に対する自分の渇きもさらけ出した。

「当たり前だ、さっきの激しいキスで硬くならないほうがおかしいだろ」

孟少飛《モン・シャオフェイ》はズボン越しに性器を撫でられて、恥ずかしさで顔をそむけたが、赤く染まった耳が唐毅《タン・イー》の目の前に露《あら》わになっていた。

狩猟者の大型ネコ科動物としては、もちろんこの機を逃すはずもなく、口を開けて、鋭く尖った歯で孟少飛《モン・シャオフェイ》の左耳をがぶりとひと噛《か》みした。

「はあんっ！」

痛みよりも驚きで、無防備に色っぽい声が出てしまった。

耳の穴に潜り込んだ舌先が、きめ細かい体毛で覆われた耳道をくすぐった。耳介に舌を這《は》わせると、べたついた唾液の音が鳴り、下半身が更に反応して完全に硬くなった。

「唐《タン》……唐毅《タン・イー》……」

「ん？」

孟少飛《モン・シャオフェイ》からの弱々しい呼びかけに、低い鼻音で気だるく答えた。柔らかい耳たぶを、鋭い歯がこすりながら行き来した。怖さと期待の混じった刺激で、孟少飛《モン・シャオフェイ》の体内にビリビリと電流が走るようだった。

「まさかお前……」

ごくりと唾を飲み、試しに聞いてみた。

「俺を抱きたいのか？」

男性間の性愛は、一方が受け手に回らなければならない。異性間の関係のように、男性がいつも情欲を主導する側になるのとは違う。

「じゃなかったら？　お前が抱くか？」

左耳を噛んだ歯を放して、孟少飛《モン・シャオフェイ》の顔をぐいっと自分に向けさせ、失笑しながら聞き返した。

「お前に攻めさせるなんて誰が言った？　俺だってそれくら……」

「シーッ」

人差し指を孟少飛《モン・シャオフェイ》の唇に当てて、微笑みながら言った。

「もちろん俺が抱く。なぜならお前が病院の屋上でした告白よりも前に、俺のほうが先にお前を好きになっていたから」

「いつだ？」

「山の上の廃屋だ。覚えてるか？　お前が俺に言った言葉」

『唐毅《タン・イー》。組織を変えようとしてるのは、お前自身がヤクザの暮らしから抜け出したいと願っているから、じゃないのか？』

『俺は、そう見せかけてカムフラージュしてるのさ。表向きは組織の変革を装って、本当は裏で……』

『すまなかった。お前のことを誤解して、俺は勝手に決めつけてた……唐毅《タン・イー》、悪かった』

『……』

『おい、きちんと謝ってるんだ。少しは何か言ったらどうだ？』

『反省するサルを初めて見た』

『おい！　誰がサルだよ？　言っておくが、お前が本当に組織を変革しようとしてるにしても、俺はお前を見張り続ける。もし法に触れるようなことがあれば、いつでも逮捕して刑務所送りにしてやるからな！』

『見張り続ける？』

『そうだ！　ずっとだ！　この目で見張り続ける！』

『分かった。ずっと、死ぬまで見張っていてもらおうか』

「あの時から、お前を見ている時の自分に違った感覚があることに気がついた」

ただその時は、それが愛の芽で心の中でひっそりと根を下ろした暗示であったことに気づかなかった。

「意外だな」

孟少飛《モン・シャオフェイ》は信じられないという様子で唐毅《タン・イー》を見た。先に好きになった自分は拒まれるものと思っていた。しかし先に好きになったのは、唐毅《タン・イー》のほうだったのだ。

「分かった！　負けを認めよう！　抱かせてやる」

愛に勝ち負けなどない。ただ心から喜んで受け入れるかどうかだ。

孟少飛《モン・シャオフェイ》は、心から望み、そして喜んで受け入れる。

「安心して自分を俺に預けろ。俺のテクニックは失望させることはない」

＊　＊　＊

「す……はっ、あ……」

孟少飛《モン・シャオフェイ》はダブルベッドの枕元にもたれて座り、下唇を噛んで、自分の下半身に顔をうずめる唐毅《タン・イー》を見ていた。

唐毅《タン・イー》はまるで敬虔《けいけん》な信徒のように、自分の左右に開かれた足の間にひれ伏していた。

脱がされたジーンズと下着は、さながらドラマで見られるような、男女の行為のために主人公たちが脱ぎ散らかした服のように、とっくにベッド脇の床に放り投げられていた。

「気持ちよくなかったら、ちゃんと言えよ」

「うん」

それだけ注意し終わると、唐毅《タン・イー》はもう一度孟少飛《モン・シャオフェイ》の股間に顔をうずめて、勃起した性器を握り、舌を使って敏感な先端を舐めた。

「あは……」

ガールフレンドはおらず、自分の両手を頼りに欲望を処理してきた孟少飛《モン・シャオフェイ》は、口を開けて大きく息を吸った。

このような場面は何万回と見たことがある。しかしそれは自分のパソコンのDドライブと怪しげなネットワークリンクの中だけに存在していた。

口腔の中にあれが含まれる時の感覚がこんなにも刺激的とは思わなかった。濡れた舌で舐められる感覚は、手で自慰する時の快感を完全に上回っていた。

『唐《タン》……唐毅《タン・イー》……』

頭の中がだんだんと熱を帯びてきて、この頃には何を言っていいのか分からなくなり、ちょうど赤ん坊が少しずつ言葉を覚える時のように、相手の名前を何度も繰り返すことしかできなかった。

「ん、んはあ……」

唐毅《タン・イー》は舌を引っ込め、口の中に硬くなった物を含んだ。孟少飛《モン・シャオフェイ》のサイズは大きいとは言えなかったが、それでも唐毅《タン・イー》の口をすべて塞いでしまった。

「んは……それあっ……すごっ……」

勃起して硬くなった物が、突然熱く濡れそぼった場所に進入した。その上、それが奥に進むほどに、本能に抗って自然と収縮する喉元が赤黒い亀頭をきつく包み込んだ。股下から瞬間的に湧き上がる快感で、彼の魂は体外に抜け出てしまいそうだった。

唐毅《タン・イー》の髪の毛に差し込んだ十本の指が、上下に律動している頭をどけようともするが、相手が体を低く伏せるのと同時に、性器を口腔の深いところに突き入れたいとその後頭部を思わず押さえた。

「う……」

後頭部を押さえる手に力が入りすぎてしまい、硬くなった物で喉元が塞がれることで吐き気を催し、唐毅《タン・イー》は眉をひそめたが、孟少飛《モン・シャオフェイ》の欲望を刺激し続けた。

「あ……あっ……はっ……あは……」

もっと！　もっとだ！

足りない！　もっと深く！　もっと強い刺激が欲しい！

そうわめく大脳が孟少飛《モン・シャオフェイ》の身体を促して、唐毅《タン・イー》の後頭部を押さえるのと同時に、腰を反らせて性器を喉元の一番深いところに押し込もうとした。

「う……」

「ああ……はっ……おっ……ん！」

唐毅《タン・イー》の眉間に重なったシワは、孟少飛《モン・シャオフェイ》の次第に制御を失っていく動きとともに一層深くなっていった。

しかし、我を忘れて唐毅《タン・イー》の口の中を出し入れする孟少飛《モン・シャオフェイ》がうっとうめき、口の中に濃厚な体液を放出するまで、その暴力に近い挙動を制止することはなかった。

「ふうっ……ふうっはっ……ふう……ふうっ……」

ようやく吐き出すように放出すると、上向きに反らせていた腰が自然と元の位置まで下りた。それにともなって、射精後に硬さを失った性器が唐毅《タン・イー》の口の中から滑り出た。

「ゴホッ……ガハッゴホッ……」

唐毅《タン・イー》は後ろを向き、口を開けて咳き込んだ。喉元の深いところで噴出された白濁液が唾液と混じり合い、口角と顎に沿って垂れ、ベッド脇の床に滴《したた》った。

「唐毅《タン・イー》！　唐毅《タン・イー》、大丈夫か？」

孟少飛《モン・シャオフェイ》は激しい息切れが収まると、自分のさっきの挙動がいかにひどかったかと気づき、すぐに身を起こして座った。

そして、自分を責めながら唐毅《タン・イー》の肩を抱き締めて、愛する男を愛おしそうに見つめながら話した。

「どうして止めなかった？」

唐毅《タン・イー》は左手を持ち上げて、口の端と顎に残った体液を手の甲で拭き取り、真剣な表情で言った。

「お前の望むことなら、俺は止めない」

四年間追いかけ回されたことも、さっきの虐待に近い性愛でも。

「この！　忌々《いまいま》しい！」

強く握った拳で柔らかいマットレスを荒々しく叩き、下唇を噛むと、思い切って何かを決心した。そして、唐毅《タン・イー》の首に手を掛けて、力いっぱい後ろ向きに倒した。

バンッ！

二人分の体重を受けたマットレスが、抗議するかのような音を発した。

唐毅《タン・イー》は自分の身体の下敷きになっている孟少飛《モン・シャオフェイ》を驚いた様子で見て、そんなことをした理由を教えてもらおうと、孟少飛《モン・シャオフェイ》の言葉を待った。

「唐毅《タン・イー》、よく聞いてくれ！　この後、俺がどんなに叫ぼうが痛がろうが、絶対に止めるなよ。俺は俺のすべてを出し切って、全力でお前を愛する！」

唐毅《タン・イー》はにやりと笑い、なまめかしい表情で言った。

「俺を焚《た》きつけるんなら、責任持って火消しもやってくれよ」

「やってやろうじゃないか？　明日一日休暇取ればいいだけだ！」

「孟少飛《モン・シャオフェイ》……」

「なんだ？」

「もう何日か休暇願を出したほうが良い」

「なんでだ？」

「お前がこのベッドを離れられるのは、二日後になるからな」

「なんだと！　うう……？　うん……？」
二、日、後？
だめだだめだ！　そんなことになったら部長に斬り殺される！

「んんん……」

唐毅《タン・イー》、やっぱり考えさせてくれ！　放してくれ！

唐毅《タン・イー》！

＊　　＊　　＊

「手をどかせ！」

手で顔を隠している孟少飛《モン・シャオフェイ》に対し、唐毅《タン・イー》は横柄に命令した。

「いやだ……は……はあ……恥ずかしい……」

唐毅《タン・イー》にくるぶしをつかまれ、二本の足が大きく左右に開かれていた。宙に持ち上がった尻は性器で猛烈に突き通され、グチュグチュという音まで発していた。

こんな体勢になると、とても人には言えないような、約三十年間、自分でさえ指で触れたことのない場所に、唐毅《タン・イー》の硬くなった物が容赦なく押し込まれ、力ずくで出し入れされているのがはっきり見えた。

「ああっ……唐毅《タン・イー》……もうちょっ、ちょっと優しく……あはっ……」

くそっ！

この野郎、どんな体力してやがる？

「手をどかせ！」

眉間にシワを寄せてそう言った。唐毅《タン・イー》は、孟少飛《モン・シャオフェイ》の自分のために赤らめた顔、更に性愛に溺れ、コントロールの利かなくなった表情を見たかったのだ。

「ああっ！」

再び荒々しく突き入れられ、孟少飛《モン・シャオフェイ》はさっきよりも高らかに叫んだ。

「孟少飛《モン・シャオフェイ》！」

低く唸《うな》るような警告だった。この世界で二回続けて唐毅《タン・イー》に逆らえるのは孟少飛《モン・シャオフェイ》だけだった。

「あは……ばか……唐毅《タン・イー》のバカ野郎……」

顔を覆った手を放し、自ら認める獰猛《どうもう》な目つきで、自分の体内を縦横無尽に暴れる唐毅《タン・イー》を睨《にら》みつけた。

唐毅《タン・イー》は口の端を舌で舐め、満足そうに微笑んだ。

「素敵な表情だ。どうして隠したがる？」

「何が素敵だ、この！」

激しい動きで疲れ果て、自分では力いっぱい威嚇したつもりだったが、唐毅《タン・イー》の目にはあたかも爪で引っ掻《か》こうとする子猫のようにしか映らなかった。

可愛くていじらしいその姿に、唐毅《タン・イー》は無性に噛みつきたい衝動に駆られた。そこで心の赴くままに、くるぶしをつかんでいた手を放して、孟少飛《モン・シャオフェイ》の両足をマットレスに下ろすと、体をかがめて左胸の乳首をがぶりと乱暴に噛んだ。

「あ痛っ……噛んだな！」

「俺に同じことを三度言わせたのも、お前が初めてだ。孟少飛《モン・シャオフェイ》」

両手で腰の横をつかみ、さっきの猛烈な出し入れから、ゆったり散歩するかのようなリズムに変わった。中は極限まで硬くなった物でぱんぱんに詰まっていたが、腸液の働きもあって潤いは十分だった。驚くべきサイズの先端が、一層遠慮なしに前立腺の位置をこすった。

孟少飛《モン・シャオフェイ》は何度も情欲の高みへと押し上げられていったが、間もなく登頂するかという一歩手前で後退した。孟少飛《モン・シャオフェイ》は仰向けのまま、あたかもギリシャ神話にある永遠に転がり落ちる岩のように、いつまで経っても絶頂の刺激を味わうことができなかった。

「は、はあ……唐毅《タン・イー》、お、お前……はあ、わざと……」

「孟《モン》刑事は本当にわがままだな。ちょっと激しくすると恥ずかしいと言うし、こうやって優しくすると今度は物足りないらしい。やっぱりこの身体は、優しくされるよりも、俺に容赦なく虐《しいた》げられるのを望んでるんじゃないか?」

「だ……黙れ……」

自分からは絶対に認めたくないが、確かに深いところを荒々しく突いて欲しかった。こんなにゆったりとこすられると、本当にじれったかった。

唇を噛み、意地悪な相手を睨みつけ、小さく罵ると、猛然と唐毅《タン・イー》の首にしがみつき、「擒拿術《きんな》」を使って両足を相手の背中に絡みつかせた。

「……」

唐毅《タン・イー》は目を細め、擒拿術で攻めてきた孟少飛《モン・シャオフェイ》を見た。

「憎ったらしい! お前がそうくるなら、こっちから動いてやる!」

言い終わるやいなや、自ら尻を持ち上げて、柔らかな後ろの穴を唐毅《タン・イー》の性器に打ちつけた。疲れていて無理やりではあったが、少なくとも快感は味わえた。

「うっ……す……はあ……あは……」

後ろの穴で硬くなった物をこすり、さっきのもどかしい感覚から少しは逃れられた。

でも、足りない……。

「ああ……唐毅《タン・イー》……少し……お前も……これじゃまだ……あは……もっと……」

「お願いしてみろ」

「頼む、頼むから……」

「来て欲しいか?」

「そう……じゃないと我慢できない……は、早く来て……思いっ切り、乱暴にしてくれ……ああ……」

首を振って、汗でべったり額に張りついた髪の毛を振り払った。ようやく唐毅《タン・イー》が自分から動いた。孟少飛《モン・シャオフェイ》の腰を両手でがっしりつかみ、一番大きな声で泣き叫んでくれるところに力を込めて突き入れた。

＊　＊　＊

激しい戦いを終えた二人は、向かい合ってベッドに横たわっていた。

「もうだめだ。寝ていいか。おやすみ」

孟少飛《モン・シャオフェイ》はあくびをして、目を閉じた。

「いいぞ。おやすみ」

唐毅《タン・イー》は恋人の顔を見つめながら、國棟《グオドン》さんが話してくれたことを思い出した……。

『毅《イー》よ。いつの日か、平凡な暮らしを送ることの素晴らしさ、美しさを、お前に悟らせてくれる人が現れるだろう』

あの時は、國棟《グオドン》さんの言葉をまったく理解できなかった。

唐毅《タン・イー》にとって、平凡は他人に虐げられることを意味していた。彼はもう二度と虐げられたくなかった。だから誰も自分の行く手を阻《はば》まず、自分のしたいことを妨げないくらい、もっと強くならなければならなかった。

『唐毅《タン・イー》！　必ずお前を捕まえる！』

ただ一人、自分が幾重も鍵をかけた心の部屋にがむしゃらに飛び込んできた人間がいて、病院の屋上で自分にそう言った。

『唐毅《タン・イー》』

『ん?』

『俺も願いごとしていいか?』

『どうぞ』

『どうか、これからも一緒に誕生日を過ごせますように。孤独にならないよう、そばにいてあげられますように』

いつも通り一人で孤独な誕生日を過ごすのだと思っていた。でも、孟少飛《モン・シャオフェイ》がバースデーケーキを手作りしてくれた。決して見栄えはよくなかったが、胸がいっぱいになった。それと……。

今後一生そばにいると誓ってくれた、誕生日の三つ目のお願い。

「國棟《グオドン》さん。あなたが話してくれたこと、やっと分かったよ」

唐毅《タン・イー》は静かに微笑んだ。指先で孟少飛《モン・シャオフェイ》の唇を撫でながら、以前彼に言ったことを繰り返した……。

「孟少飛《モン・シャオフェイ》。お前は俺の日々を一変させたが、俺にぬくもりを思い出させてくれた。だから、しっかり生き続けてほしい。俺のためでいい。

それと、お前を愛してる。心の底から、愛してる」

*　　　*　　　*

川の堤防——。
「何の用で呼び出したんだ?」

厳正強《イエン・ジェンチャン》は後ろから自分に向かって歩いてきた相手に、背を向けたまま口を開いて尋ねた。

「部長に一声お伝えしようと思って。この前の任務は完了しました」

人目を引く赤髪の男は、毒のなさそうな笑顔で、川の堤防脇に立つ厳正強《イエン・ジェンチャン》にそう答えた。厳正強《イエン・ジェンチャン》は振り向き、USBを自分に渡そうとしているジャックをいぶかしそうに見た。

「この中には行天盟《シンティエンモン》のすべてのデータが入ってます。もちろん、あなた方が一番気にかけている陳文浩《チェン・ウェンハオ》の台湾の取引リストとルートもあります」

「内容は確かか？」

「もちろん」

「さすがの腕前だな。我々が大金をかけて雇っただけのことはある」

ジャックは相手の称賛を笑顔で受け取って、言った。

「今回の任務はこれで終わりなので、早速次の仕事の話をしましょうか。国際刑事部もきっと興味のある話です」

「聞かせてもらおう」

「陳文浩《チェン・ウェンハオ》の本拠地、カンボジアのすべての情報です」

厳正強《イエン・ジェンチャン》は目を細め、信じられないといった表情でジャックを見た。

「ここ数年、我々はカンボジア政府と協力してきたが、それでもあそこの薬物ルートは踏み込めていない。陳文浩《チェン・ウェンハオ》は用意周到で、現地では表と裏両方を掌握している。お前一人で入り込めるというのか？」

「俺一人ではもちろん無理です。でも、陳文浩《チェン・ウェンハオ》自ら俺をそこに引き入れたのなら、話は変わってくる」

「傭兵《ようへい》は金で動くものだ。目の前にある利益はいらないのか？」

ジャックは肩をすくめて、笑った。

「仕方ないです。俺は刺激のある任務のほうが好きなんです。手に入れるのが難しいものほど興味をそそられるんです。心配いりません。こっちから提案した仕事ですし、お安くしておきますよ。俺の代わりに行天盟《シンティエンモン》を対処してくれたら、俺はこの薬物ルートにうまく入り込みます。どうです？　この取引、受けますか？　やめときますか？」

厳正強《イエン・ジェンチャン》はしばし考え込んでから、右手を出した。

「いいだろう。君が行天盟《シンティエンモン》を離れてからの善後処理は我々が責任を持って行なう。君が東南アジアで薬物の輸送ルートと取引に関するより多くの情報を入手することを期待している」

ジャックは差し出された手を握り、微笑んだ。

「お任せください、部長。我々の任務成功を祝して」

「頼んだぞ」

＊　　＊　　＊

「四年前の殺人犯が陳文浩《チエン・ウェンハオ》でないとしたら、一体誰なんだ？」

警察から退勤途中の趙立安《チャオ・リーアン》は、うなだれて、ぶつぶつ独り言を言いながら歩いていた。

「チビさん。道端に金塊でも落ちてるのか？　下ばっかり向いて歩いてると、何かにぶつかるぞ」

頭を上げて、声がしたほうを見ると、ジャックが自宅の入り口にうずくまっていた。ここで一体どれだけ待っていたのだろう？

「何か用？」

ジャックは立ち上がると、趙立安《チャオ・リーアン》の頬をつねっておどけて言った。

「会いたかった。だから来た」

「もう。今日は君と冗談を言い合う気分じゃないんだ」

「俺は真剣なんだぞ。チビさん……」

ジャックは頬をつねった手を放し、口調は急に重苦しくなった。

「もし、しばらくの間俺が会いに来れなくなったら、寂しいか？」

趙立安《チャオ・リーアン》は目を丸くして驚き、慌てて周りを見回した。

「何やったの？　まさか法に触れるようなことしたの？」

「言えない。お前を巻き添えにしたくない」

そう言って首を振り、口の端を引きつらせて無理に笑って見せた。

それを見て趙立安《チャオ・リーアン》は、ジャックが逮捕されるような悪いことをしたとますます思い込み、ジャックが話し終わるのを待たずに、急いで鍵を取り出してドアを開けた。

「さっきの答えを聞いてないぞ。う……」

ジャックが口を開いて話し始めると、趙立安《チャオ・リーアン》はすぐさまその口を塞いで、家の中へ引きずり込んだ。

趙立安《チャオ・リーアン》は歩きながら低い声で言った。

「ねえ！　声が大きいよ。誰かに見つかったらどうするんだよ？　まったく、違法なことしておいて僕のところに逃げてくるなんて。まさか君、僕が警察だってこと忘れてないよね？　僕の同僚たちも、みんな警察だよ。今晩はここに隠れていていいけど、明日朝が来たらすぐにここを離れるんだよ」

「ぷっ！」

ジャックは自分の口を覆った手の平を引き下ろし、手を伸ばして趙立安《チャオ・リーアン》を自分の懐《ふところ》の中まで引っ張って、その頬にキスした。

「早く俺の問いに答えてくれよ。もし俺がいなくなったら、寂しいか？　それと、お前は俺のことが好きなのか？」

「……」

趙立安《チャオ・リーアン》はそれに答えず、耳を赤くして黙ったままドアを閉めた。

＊　　＊　　＊

警察署の屋上――。

石大砲《シー・ダーパオ》は警察署の屋上に一人座り、タバコをくわえて月のない夜空を見ていた。足元には長い時間その状態でいたことを示す吸い殻が十数本散らばっていた。

「ふう……」

口元からまたひとつ、重たい白煙が吐き出された。

指先に挟んだ財布には娘の小さい頃の写真が入っている。仕事でへとへとになる度に、いつも財布を開いてしばらく眺めた。家に帰ると、それは嬉しそうな笑顔で駆け寄ってきて、小さな手を一生懸命高く上げ、「パパ～抱っこ～」とせがむ姿を思い出した。すると、どんなに大きなストレスも、あっという間にすうっと消えてしまった。

娘はまるで自分に愛と希望に満ちたエネルギーを補給し続けてくれる充電器のようだった。

「小亜《シャオヤー》。申し訳ない……パパを許してくれ……」

写真を保護しているフィルムに、ひとつ、またひとつと涙のしずくが跳ねた。

その後、フィルムに落ちた涙を拭き取り、写真を財布にしまうと最後の一本と決めていたタバコを地面に捨てた。立ち上がってそれを靴の裏で踏み消すと、涼しい風を感じながら屋上を後にした。そして階段を下り、「支局監査課」というプレートが掛かっているフロアに入っていった。

＊　＊　＊

唐毅《タン・イー》の自宅――。

「お、おはよう」

ようやく起き上がるだけの力が戻った孟少飛《モン・シャオフェイ》がベッドから降りてキッチンに入ると、すでに朝食を用意している唐毅《タン・イー》の姿があった。思わず視線をそらして、気恥ずかしそうに声をかけた。

「大丈夫か？」

腰の横を押さえながら、椅子を引いてテーブル脇に座った孟少飛《モン・シャオフェイ》を見て、唐毅《タン・イー》は微笑んだ。

「全然大丈夫だ。実に清々しくて、活力がみなぎ……あっつ……」

何事もないように装うつもりだったが、腰を伸ばした瞬間、人には言えない場所に丸一晩の格闘を経た結果の鈍い痛みが走った。

「孟《モン》刑事はいい体力してるな」

「当たり前だ」

「じゃあ、次回は体の心配はしなくていいな。思う存分やらせてもらう」

「なんだと？　昨日あの調子で二回して、まだ物足りないのか？」

自分のことを散々ああしてこうした後、抱きかかえて浴室まで運んで身体を洗い流してくれただけでなく、早朝に起き出して朝食まで作っているのだ。孟少飛《モン・シャオフェイ》は昨夜を思い出して顔を赤らめながら、恐ろしいものを見るような目で唐毅《タン・イー》を見た。

唐毅《タン・イー》は笑みを見せながら、出来上がった朝食を恋人の前に置いた。冷蔵庫からコーラを出してテーブルに置き、それから椅子を引いて孟少飛《モン・シャオフェイ》の向かい側に座った。

「唐毅《タン・イー》……」

孟少飛《モン・シャオフェイ》は相手の様子を観察し、しばらくためらってから、ようやく口を開いた。

「もしお前が先に殺人犯を見つけたら、頼むから俺に引き渡してくれ。でないと俺は、自分の感情とやるべき仕事の間で苦しむことになる」

もし唐毅《タン・イー》が人を殺したら、犯罪者として法による裁きを受けなければならなくなる。そして、自分は遵法精神に則った警察官として、彼を逮捕し裁きにかけなければならない。

唐毅《タン・イー》は頭を上げ、養母、國棟《グォドン》さん、左紅葉《ツォ・ホンイエ》に続き四人目の、自分にとって命よりも大切な人である孟少飛《モン・シャオフェイ》を見た。そして、話題を変えた。

「ちゃんと食べて、出勤するんだ」

「唐毅《タン・イー》……」

孟少飛《モン・シャオフェイ》はまだ言っておきたいことがあったが、キッチンに入ってきたジャックに断ち切られてしまった。

「ボス、賀航《ハー・ハン》を捕まえました」

「分かった。すぐに行く」

立ち上がってテーブルを離れようとする唐毅《タン・イー》を、孟少飛《モン・シャオフェイ》は手首をつかんで止めた。

「警察に渡してくれ！」

確固たる意思を持った目つきを見て、唐毅《タン・イー》はため息をついた。もう片方の手で孟少飛《モン・シャオフェイ》の手を払って、言った。

「俺が約束できるのは、まだ息があるうちにお前に送り届けるということだけだ」

「……」

唐毅《タン・イー》がジャックと一緒に立ち去るのを見送っていると、ふいにポケットに入れた携帯電話の着信音が鳴った。電話に出て受話器に耳を当てると、趙立安《チャオ・リーアン》が焦《あせ》って早口で話す声が聞こえた。

「どうした？　え？　部長が監査課に自首した？」

＊　＊　＊

偵査三部――。

「分かるように説明してくれ。部長が監査課に自首したって、一体どういうことなんだ？」

孟少飛《モン・シャオフェイ》は唐毅《タン・イー》の自宅から猛スピードで車を飛ばして、偵査三部に着いた。そして、ドアの入り口で自分を待っていた趙立安《チャオ・リーアン》を見つけると、すぐに問い詰めた。

「僕だってよく分からないよ。でも俊偉《ジュンウェイ》が確認しに行ったら、部長が押収した薬物を裏でヤクザに転売したことを認めたとか」

「そんなバカな？　部長がどうしてそんなことを？　動機は？　どんな動機があるんだ？」

「五年前の小亜《シャオヤー》の手術と関係があるのかな？」

趙立安《チャオ・リーアン》がそう言うと、一同は押し黙った。一人だけそのことを知らない黄鈺琦《ホワン・ユーチー》が事情を聞いた。

「小亜《シャオヤー》がどうかしたの？　何の手術？」

趙立安《チャオ・リーアン》はきょとんとしている後輩に五年前のことを説明した。

「鈺琦《ユーチー》は去年ここに来たばかりだから知らないよね。小亜《シャオヤー》は前に重い病気にかかったことがあって、病名はえっと……」

「急性骨髄性白血病」

趙立安《チャオ・リーアン》の後を継いで、孟少飛《モン・シャオフェイ》が話し始めた。

「あの頃、部長は本当に我を忘れるほど焦っていた。国内の骨髄バンクにマッチするドナーが見つからなくて、部署のメンバーも全員ドナー検査したけど、一人も適合しなかった」

その横に立つ盧俊偉《ルー・ジュンウェイ》がため息をついた。

「その後も一年以上ずっと探し続けて、もう望みはないのかって思い始めた頃、部長が急に別のルートからマッチする骨髄を見つけてきたんだ。そうしてやっと小亜《シャオヤー》の命を救えた」

「まさか、部長が薬物をヤクザに転売した動機って、そのお金で小亜《シャオヤー》を救うため？」

一同の顔色が一斉に曇り、後輩の言った推測を沈黙で認めた。

その時、デスクの内線が鳴った。盧俊偉《ルー・ジュンウェイ》が急いで駆け寄り受話器を取ったが、新しい情報を耳にして顔色が青ざめた。

「どうした？」

盧俊偉《ルー・ジュンウェイ》は横に来た孟少飛《モン・シャオフェイ》を見て答えた。

「上は大掛かりな内部調査をやるらしい。偵査三部で事件に関与してるメンバーが他にもいると……」

「誰だ？」

「冠志《グァンジー》」

それを聞いて全員が周冠志《ジョウ・グァンジー》がいるべきデスクのほうを振り向いた。孟少飛《モン・シャオフェイ》の頭に不安がよぎった。

「趙《チャオ》。冠志《グァンジー》は？」

「さっきから姿が見えないんだ」

「冠志《グァンジー》の家に行くぞ」

「うん」

孟少飛《モン・シャオフェイ》はそう言うと、すぐさま飛び出していった。趙立安《チャオ・リーアン》は携帯電話をひっつかんで急いで追いかけた。

先輩たちが慌ただしく出ていく後ろ姿を見送り、黄鈺琦《ホワン・ユーチー》は茫然とした様子で隣の盧俊偉《ルー・ジュンウェイ》に聞いた。

「部長、その次は冠志《グァンジー》さん……ねえ俊偉《ジュンウェイ》先輩、私たち警察ですよね？　私たちの仕事って、正義を守って犯罪をなくすことですよね？　なのにどうして……」

黄鈺琦《ホワン・ユーチー》は目を真っ赤にして、それ以上話せなくなった。盧俊偉《ルー・ジュンウェイ》はため息をついてその肩をぽんぽんと叩いたが、何と言って慰めていいのか分からなかった。

＊　＊　＊

プライベートクラブのボックス席――。

「まさかお前が頼みごとをしに来るとはな」

テーブルに置かれた札束を見て、四和会《スーホー》のボスは嫌みたっぷりに言った。

周冠志《ジョウ・グァンジー》はじっとり汗をかいた手を握り、柯《クー》を見た。

「柯《クー》さん。あなたのツテを頼りたい。東南アジアでもどこでもいいから、できるだけ早くここから俺を逃してほしい」

「この前はぞろぞろ押しかけて俺を捕まえておいて、今度は反対に頼みごとを聞いてくれだと？　周《ジョウ》刑事。俺をからかってるのか？」

「柯《クー》さん。俺たちは十年来の付き合いだ。その間、何度も見逃してやりましたよね。それに……」

周冠志《ジョウ・グァンジー》は陰険な目つきになって、意味ありげに言った。

「俺はまだあなたの『あるもの』を握ってる。俺が逃げる段取りだけしてくれれば、その『あるもの』は闇に葬《ほうむ》ることを保証するよ」

柯《クー》は相手を横目で見て、せせら笑った。

「お前は偵査三部に居場所がなくなったから俺のところに来たんだろう？　そんなやつがどうやってその弱みを使うんだ」

「確かにそうだ。俺は使えない。でも、柯《クー》さん忘れちゃいけない。俺の同僚たちは四和会《スーホー》の動きに注意している。きっと喜んで『あるもの』を受け取ってくれる」

瞬く間に柯《クー》の表情が固まり、少し躊躇《ちゅうちょ》した後笑顔になって言った。

「分かった、話をつけようじゃないか、今回は助けてやる。だがお代のほうは……」

「あと十万は、船の上で渡す」

周冠志《ジョウ・グァンジー》は自分の背負ってきたリュックから十万元の札束を取り出して見せ、それからまた中に戻した。

「いいだろう。時間と場所は改めて連絡する」

「分かった」

逃亡ルートが決まると、周冠志《ジョウ・グァンジー》はドアを開け、ちらちらと左右を見て自分がつけられていないことを確認してから、うつむき加減にボックス席を出た。

同じクラブ内で、陳文浩《チェン・ウェンハオ》が王《ワン》という名の男と連れ立って、別のボックス席から出てきた。

「王《ワン》よ。人探しの件はお前に頼んだぞ」

「文浩《ウェンハオ》さん。私にお任せを！　ただちょっと知りたいんですがね。お探しの方はそんなに重要なんですか？」

「非常に重要だ。しかも見つけるのは難しい。なぜなら俺は顔を見たことがない。覚えているのは後ろ姿だけだ。しかも四年前のぼんやりした記憶だ。苦労をかけるが、たったこれだけの手がかりでお前に頼むことになる」

「文浩《ウェンハオ》さん、他人行儀はやめてください。どうぞご安心を！　たとえ手がかりが毛髪一本だったとしても、突き止めてみせますよ」

「よし、じゃあ万事頼んだぞ！」

陳文浩《チェン・ウェンハオ》は恭《うやうや》しく手を差し出し、王《ワン》とがっちり握手を交わした。

ちょうどその時、前方にあるボックス席のドアが開いた。陳文浩《チェン・ウェンハオ》は特に気にも留めずそちらをちらりと見て、視線を戻そうとした時、その男がふいにTシャツのフードを被り、慌てた様子で足早に去っていった。

その瞬間、目の前の光景が四年前のぼんやりと薄れた記憶と重なり合った。とっさにその人物を指差して叫んだ。

「捕まえろ！」

「はいっ」

陳文浩《チェン・ウェンハオ》の後ろを歩いていた手下二人がたちまち飛び出していき、フードを被った男を地面に押さえ込んだ。

＊　＊　＊

アパートの外——。

いろいろな物が床に雑然と散らばっている周冠志《ジョウ・グァンジー》のアパートの中に、偵査一部の人員数名が立っていた。

孟少飛《モン・シャオフェイ》と趙立安《チャオ・リーアン》がドアの入り口まで来ると、話をする間もなく外の見張りをしていた偵査一部の刑事に遮られた。

「すみません。ただ今捜査中ですので、入ることはできません」

孟少飛《モン・シャオフェイ》は相手を見て、聞いた。

「捜査？　我々は偵査三部の者ですが、今どんな状況なんですか？」

入り口に立っていた男性は、慌ただしく駆けつけた二人の刑事を横目で見て、答えた。

「周冠志《ジョウ・グァンジー》は四年前の殺人事件および不正薬物運搬の嫌疑で、現在指名手配中です」

「殺人事件？　どの殺人事件？」

孟少飛《モン・シャオフェイ》は動揺しながら聞いた。

「申し訳ありません。捜査非公開の原則でこれ以上は申し上げられません」

趙立安《チャオ・リーアン》は孟少飛《モン・シャオフェイ》の袖をぐいっと引っ張って言った。

「阿飛《アーフェイ》。ここはひとまず置いといて、冠志《グァンジー》を見つけ出す方法を考えよう」

「ああ」

孟少飛《モン・シャオフェイ》は階段を下りながら、さっきの刑事の話について考えていた。すると頭の中で突然、四年前のあの事件で欠けていたパズルの最後のピースが揃《そろ》った……。

五年前、部長は小亜《シャオヤー》が急性骨髄性白血病にかかったことで早急に金が必要になり、警察が押収した薬物をヤクザに転売した。そして、周冠志《ジョウ・グァンジー》もその事件に関与した一人である。

四年前、組織の改革を始めた唐國棟《タン・グオドン》は麗真《リーチェン》刑事と連絡を取って会った。陳文浩《チェン・ウェンハオ》の話によると、唐國棟《タン・グオドン》は何かの包みを麗真《リーチェン》刑事に渡していた。しかし、事件の発生後にその包みは襲撃者によって持ち去られた。

今、周冠志《ジョウ・グァンジー》も四年前に発生したという殺人事件に関わったとされ、しかも薬物の運搬にも関与している。

まさかそんな……。

「四年前の殺人犯が分かったぞ！」

孟少飛《モン・シャオフェイ》は突然足を止め、アパートの踊り場で趙立安《チャオ・リーアン》に向かって声を張り上げた。

「え、何？　阿飛《アーフェイ》、分かったの？」

「趙《チャオ》、俺は唐毅《タン・イー》のところに行く。お前はすぐに署に戻って人を呼んできてくれ。急げ！　もたもたしてると手遅れになる！」

「何が手遅れ？　おい！　阿飛《アーフェイ》！　阿飛《アーフェイ》ったら！」

言い終わると、趙立安《チャオ・リーアン》の問いにも構わず、すぐに階段を駆け下り、路地に停めてあった車の運転席に乗り込んだ。

―唐毅《タン・イー》、頼むからバカなことはするな！」

猛スピードで走る車内で、孟少飛《モン・シャオフェイ》は眉間にシワを寄せてハンドルを握り、更に強くアクセルを踏み込み、唐毅《タン・イー》の自宅に向かった。

＊　　　＊　　　＊

唐毅《タン・イー》の自宅――。

「唐毅《タン・イー》！」

行天盟《シンティエンモン》の子分が阻止するのを押しのけて、孟少飛《モン・シャオフェイ》はリビングに駆け込んだ。入って見ると、周冠志《ジョウ・グァンジー》が両手を後ろ手に縛られ、血まみれの顔で床にひざまずいていた。顔の前のテーブルには、唐國棟《タン・グォドン》の写真と銃が一丁置いてあった。

唐毅《タン・イー》はテーブルの脇に立ち、唐國棟《タン・グォドン》を殺害した殺人犯を怒りの眼差しで見下ろし、口元には残忍な笑みを浮かべ、手にはめたメリケンサックからは周冠志《ジョウ・グァンジー》の血が滴っていた。

「阿飛《アーフェイ》！　助けてくれ！　お願いだ、助けてくれ！」

部屋に入ってきた人物が自分の知り合いだと気づき、周冠志《ジョウ・グァンジー》はわずかな生きる望みが見つかったとばかりに、興奮した様子で叫んだ。

「これでも話す気になれないか？　いいだろう。この口はもう使い道がないようだから、俺がその歯を一本ずつ折ってやる」

唐毅《タン・イー》は指を曲げてぽきぽきと骨を鳴らした。

「唐毅《タン・イー》……」

孟少飛《モン・シャオフェイ》は全身から殺気を発する唐毅《タン・イー》の前まで行き、その目を見て、理性を失った唐毅《タン・イー》を冷静にさせようと説得した。

「今お前が殺してしまったら、永遠に真相が分からなくなるんだぞ。警察に連れて帰って調べるから、俺に任せてくれ。必ず四年前の真相を突き止めるから」

「真相だと？」

唐毅《タン・イー》は冷ややかに笑った。

「真相なんかどうでもいい。こいつが國棟《グオドン》さんを殺した。それで十分だ！」

孟少飛《モン・シャオフェイ》はため息をついて振り返り、周冠志《ジョウ・グァンジー》の前に来ると、自分が探り当てたことを順序立てて話した。

「冠志《グァンジー》さん。警察の押収した薬物を転売した人物があなたと部長だということは分かっている。薬物を憎んでた麗真《リーチェン》刑事はそのことに気づいたに違いない。唐國棟《タン・グオドン》と手を組んだのは、警察の中の内通者を見つけ出すためだった。だがそれがまさかあなたたちだったとは、思いもしなかっただろう」

「……」

あらかた事実を言い当てた孟少飛《モン・シャオフェイ》を睨みながら、周冠志《ジョウ・グァンジー》は全身ぶるぶる震えていた。

「ただ分からないのは、部長は小亜《シャオヤー》の医療費を工面するためだったけど、あなたは何のために？　なぜそんな大金が必要だった？」

「ギャンブルの負債だ……」

周冠志《ジョウ・グァンジー》はこれまでたくさんのことをともに経てきた仲間だった。孟少飛《モン・シャオフェイ》は大きく深呼吸をして、目を赤くしながら、激しく詰め寄った。

「どうして、麗真《リーチェン》刑事と唐國棟《タン・グオドン》を殺害する必要があった？」

「お……俺じゃ……俺はやって……」

尚も本当のことを話そうとせず、懸命に首を振った。

カチャ！

唐毅《タン・イー》がテーブルの上の銃を取り、銃口を周冠志《ジョウ・グァンジー》の額に当てて、安全装置を外した。

唐毅《タン・イー》がその人差し指を少し動かして引き金を引けば、彼はたちまち体温を持たない屍《しかばね》と化すのだ。死の脅威に直面して、周冠志《ジョウ・グァンジー》は唯一自分を救える孟少飛《モン・シャオフェイ》に向かって、髪を振り乱して叫んだ。

「そうだ！　俺がやった！　俺がやった！　賀航《ハー・ハン》が俺に言ったんだ。李麗真《リー・リーチェン》が唐國棟《タン・グオドン》と手を組んで警察内部を調査してるって。やつは俺にもうおしまいだと言った。だから……阿飛《アーフェイ》……警察に連れて帰ってくれ……お願いだ……ここで死にたくない……死にたくないんだ……阿飛《アーフェイ》……」

「唐毅《タン・イー》。連れて帰らせてくれ」

孟少飛《モン・シャオフェイ》は軽蔑と怒りの眼差しで血だらけの顔の周冠志《ジョウ・グァンジー》を見ながら、唐毅《タン・イー》のそばに行き、手を伸ばして周冠志《ジョウ・グァンジー》の額に当てられた銃口を下げさせた。

真相が分かった今、かつて自分が兄弟のように思っていた周冠志《ジョウ・グァンジー》でさえ痛めつけてやりたいと思うほど憎かった。でも、自分は警察として法を守る責任を果たすべきなのだ。それが譲ることのできない最後の砦《とりで》として心を支えていた。

「この四年間、俺は國棟《グォドン》さんの復讐を果たすことを考えて生きてきた！」

「でも、お前が俺の目の前で人を殺すのを見逃すわけにはいかない」

「逮捕すればいい！」

バァンッ！

銃弾の発砲音が響き、リビングにいた三人は驚きで震え上がった。

ポタッ……ポタッ……ポタッ……。

溢れ出る鮮血が、体の横にピタリと下ろされた指先を伝って床に滴り落ちた。

「だめだ……殺しちゃ……」

孟少飛《モン・シャオフェイ》がとっさに周冠志《ジョウ・グァンジー》を押し倒し、銃口の先に飛び込んだのだった。そして、自分を抱き上げた唐毅《タン・イー》に向かって弱々しくそう言った。

「どうして、こんなやり方で止めた……」

溢れ出た涙が孟少飛《モン・シャオフェイ》の顔に落ちた。

「お前が人を殺すのを止められたら、俺は……俺はそれでいいんだ……」

普段と同じようなおどけた口調と笑顔で、唐毅《タン・イー》の心の中の霧を晴らしてやりたかった。しかし、恋人が流す涙を拭いてやるために腕を持ち上げることさえできなかった。

「孟少飛《モン・シャオフェイ》。だからこそ、お前は俺が見てきた中で一番間抜けな警察だ」

「だからこそ、お前なんかを好きになった。そうだろ？」

青白くなった唇で微笑み、愛しい人の表情がもっとよく見えるように頭を少し傾けたが、血が滲《にじ》み出ている右胸の傷口に響いてしまった。

「動くんじゃない」

唐毅《タン・イー》は流血を抑えようと片手で被弾した部分を押さえた。それと同時に、血に染まったもう片方の手でうろたえながら電話をかけた。

「救急車を一台頼む。銃で撃たれた人がいる」

「泣くなよ。俺は大丈夫……」

「孟少飛《モン・シャオフェイ》。しっかりしろ、死ぬな！」

孟少飛《モン・シャオフェイ》はとめどなく頬に落ちてくる涙が愛おしかった。奥歯を噛み締めながら脅すような口ぶりの唐毅《タン・イー》は、まるで彼らが初めて会った頃に戻ったかのように見えた。あのいつも無表情で近寄りがたい行天盟《シンティエンモン》の若きボス……。

唐毅《タン・イー》に。

第十章

病院――。

江勁堂《ジャン・ジンタン》がベンチに座る唐毅《タン・イー》のところに来て、ため息をついた。

「お前のその様子、中にいる銃に撃たれた怪我人よりも酷《ひど》いじゃないか」

「あいつは……大丈夫なのか？」

「死にゃしないよ。ただ、孟少飛《モン・シャオフェイ》にはどこか別の箇所に問題があるんじゃないかと思っているよ」

「どこだ？」

毒舌で評判の江《ジャン》医師は、自分の額を指差した。

「頭の中だよ！」

唐毅《タン・イー》は白衣の江勁堂《ジャン・ジンタン》を睨《にら》み、相手にしなかった。

「あいつはお前のために何度も怪我してるし、撃たれたのは自分なのに、目を覚ますと同時にお前の心配ばかりしてる。頭の中に問題がないとしたら、何の病気だ？」

「……」

「唐毅《タン・イー》。孟少飛《モン・シャオフェイ》は二回、大怪我をして生き延びてるけど、三回目も助かるとは限らない。お前が一生後悔することのないよう、親友として忠告しておく。愛は命と同じで、美しいがいつでも消えてしまう。お前が今の気持ちを大切に思うなら、自分のわだかまりなんて捨てるべきだ。あいつをこれ以上苦しめたくないだろ」

江勁堂《ジャン・ジンタン》は真心を込めてそう言うと、唐毅《タン・イー》の肩をぽんと叩いた。

「もういいよ。中に入って顔を見せてあげなよ！　何かあったら、また呼んでくれ」

「ありがとう」

江勁堂《ジャン・ジンタン》は笑って首を振り、ポケットから着信中の携帯電話を取り出した。

『タンタンちゃん〜、もう西アフリカのマリにいるよ。人と設備が揃《そろ》ったらすぐ出発する。掘り当てた最初のお宝は君にプレゼントするから、他の人には内緒ね！』


愛しのおじ様の江兆鵬《ジャン・チャオポン》から送られてきたメッセージを見て、愛おしそうに笑みを浮かべた。

病室内で、すでに目覚めて外の会話を聞いていた孟少飛《モン・シャオフェイ》は、体につけられた医療用モニターを外して、目を閉じて昏睡状態のように装った。

ピー。

唐毅《タン・イー》が病室に入ると、機器から警告音が聞こえてきた。モニターの曲線もバイタルサインがなくなっていることを示す直線だった。

唐毅《タン・イー》はさっと血の気が引き、すぐに枕元に駆け寄った。呼び出しのベルを押そうとしたその時、ベッドに寝ていた孟少飛《モン・シャオフェイ》が腰に抱きついてきた。

「そんなに心配してくれるのか？」

唐毅《タン・イー》は一瞬ぽかんとした後、呼び出しのベルを押そうとしていた手を引っ込め、仏頂面になって、にやにや笑う孟少飛《モン・シャオフェイ》をむっとしたように睨《にら》んだ。

「怪我をした人間にしては、機嫌が良すぎやしないか？」

「恋人という立場の人間にしては、その表情は不機嫌すぎやしないか？」

「ふんっ！」

孟少飛《モン・シャオフェイ》はにこにこして、ベッドの横に座るよう唐毅《タン・イー》の袖を引っ張った。唐毅《タン・イー》は傷口に障《さわ》るのが心配でそれを拒否できず、むすっとしたままベッド脇に座った。手錠を掛けられた唐毅《タン・イー》の手首を指先で優しく撫《な》でながら、言った。

「腹を立てるなよ。銃弾の盾になったのは体の反射動作だ。俺は警察官だからな」

「俺は自分に腹を立てている」

唐毅《タン・イー》は眉をひそめて、孟少飛《モン・シャオフェイ》のまだ冷たい手を握った。

「だったら、俺に腹を立ててくれよ！　もう一度同じことがあっても、俺はやっぱり飛び込む」

「お前は俺が殺人を犯すのを止め続けるわけだな」

「その通りだ。麗真《リーチェン》刑事が言ってた。復讐は一時的な達成感を得られるだけで、それに払わなければならない代償は一生の後悔だって。それにお前を心から愛する人を苦しめる」

「お前もか？」

「当たり前だろ！」

孟少飛《モン・シャオフェイ》はベッド脇に座る唐毅《タン・イー》を横目で見て、話を続けた。

「ひとつ聞きたいんだけど、唐國棟《タン・グォドン》はなぜ組織改革の任務をお前に託したんだと思う？」

唐毅《タン・イー》しばらく考え込んでから答えた。

「國棟《グオドン》さんは、いつ死んでもおかしくないような日々を組員たちに続けさせたくない、みんなが平凡な暮らしを送れるようにしたいと言っていた」

「じゃあ、ボスであるお前が法を犯すようなことをして、手下の人たちは足を洗えると思うか？」

「……」

唐毅《タン・イー》はうろたえたように孟少飛《モン・シャオフェイ》を見た。確かにそういう道理を考えたことがなかった。

「唐毅《タン・イー》。真相を白日の下にさらし、殺人犯に法律で制裁を加えるのは正義であり、被害者に示す正しい道理だ。リンチを加えたら、その他の人たちはヤクザが警官を殺したとしか見ない。そうなれば周冠志《ジョウ・グァンジー》がしてきた悪事は、永遠に闇に葬られてしまう。それがお前の望む結果なのか？　それが唐國棟《タン・グォドン》の見たかった行天盟《シンティエンモン》の姿か？」

唐毅《タン・イー》はため息をついて言った。

「賀航《ハー・ハン》を警察に引き渡す」

心から愛する唐毅《タン・イー》の言葉を聞いて孟少飛《モン・シャオフェイ》は微笑《ほほえ》み、次の言葉を待った。

「あと周冠志《ジョウ・グァンジー》も」

「ありがとう。もうひとつ……」

孟少飛《モン・シャオフェイ》は無傷なほうの腕で唐毅《タン・イー》の顔を撫で、体を寄せて、その唇に口づけした。感謝と愛と喜びに満ちたキスだった。唐毅《タン・イー》は目を閉じてそれを受け止めた。

長いキスの後、孟少飛《モン・シャオフェイ》は身体を離し、同じように目を開けた唐毅《タン・イー》をじっと見つめて言った。

「愛してる！」

コンコンッ！

病室の外で長い時間待っていた趙立安《チャオ・リーアン》が、ドアをノックして入ってきた。そして、孟少飛《モン・シャオフェイ》をじっと見つめている唐毅《タン・イー》に向かって促した。

「時間だよ。唐毅《タン・イー》、行こう」

それから用意しておいたジャケットを出して、手錠を掛けられた唐毅《タン・イー》の手元に被せようとした。他人から好奇の目で見られるのを防ぐための措置だが、唐毅《タン・イー》は首を振ってそれを断った。

立ち上がって背筋をぴんと伸ばし、振り返ることもなく真っ直ぐ前を向いて病室を後にした。

＊　＊　＊

とある部屋の中──。

古ぼけた狭い部屋の中で、石大砲《シー・ダーパオ》は部屋の隅に座って携帯電話を見ていた。そこにはウェディングドレスショップで純白のドレスを試着した娘の写真が映っていた。

彼の近くには私服警官が二人付いており、一人は携帯電話をいじり、もう一人は腕組みをして椅子に座って目を閉じていた。

ふとチャイムが鳴り、携帯電話をいじっていた警官がドアまで行き、訪問者の身分を確認した後、鉄製のドアを開けて部屋に入れた。

「部長！」

孟少飛《モン・シャオフェイ》が石大砲《シー・ダーパオ》に向かって叫んだ。手には婚礼祝いのケーキを提げて、以前唐毅《タン・イー》が経営する紳士服店で購入した六万元のスーツを身に着けていた。

結婚式に出席してきた孟少飛《モン・シャオフェイ》を、石大砲《シー・ダーパオ》は待ち受けていたような眼差しで見た。

「式はどうだった？」

「自分の目で確かめてください」

孟少飛《モン・シャオフェイ》は携帯電話を取り出し、結婚式会場で撮ってきた動画を再生した。

式場のドアがゆっくりと開くと、ブーケを手にした新婦が父親の付き添いなしで立っていた。美しく化粧を施した娘は、うっすら目を赤くしてレッドカーペットを見つめ、少し立ち止まった後、顔を上げて笑顔を見せ、勇気を出すように前方に敷かれたレッドカーペットに足を踏み出した。

レッドカーペットの両側に集まった親戚、友人たちは、舞い散る花びらと高らかに響くクラッカーでにぎやかに新郎新婦を祝福した。それから司会が見守る中、新郎新婦が指輪を交換して、結婚式で最も大切な儀式が無事に完了した。

「……」

石大砲《シー・ダーパオ》は結婚式の動画を見ながら、目に涙を浮かべて、何度も何度もうなずいた。

孟少飛《モン・シャオフェイ》は椅子を引いて向かいに座り、婚礼祝いのケーキをテーブルに置いた。

「小亜《シャオヤー》から渡すように頼まれました。お祝いのケーキと、部長の一番お好きなお茶と、ウェディングフォト」

「阿飛《アーフェイ》……ありがとう……」

しかしその父親は、罪に汚れた手で目の前の美しい宝物に触れてはいけないというように、それらのプレゼントに手をつけなかった。

孟少飛《モン・シャオフェイ》はいつもの意気盛んな様子がすっかりなくなった部長を見て、鼻がじんとした。

「部長と麗真《リーチェン》刑事はずっと僕のお手本でした。教わったことをいつも信じてきました。偵査三部に入った初日に話してくれたことを覚えています。正義は風の中にともる明かりのようなもので、警察はその明かりを守る役目があるから、常に警戒を怠ってはいけない。その明かりが絶えず前方を照らしていてこそ、みんなを正しい道へと導くことができるのだと。しかし、部長はその明かりを守る人を消し去ってしまった。四年前の真相を隠蔽しただけでなく、麗真《リーチェン》刑事に疑惑と謂《い》われない批判を背負わせた」

かつて自分自身が口にした言葉を聞かされて、石大砲《シー・ダーパオ》は後悔の念で視線を上げられなかった。

「お前たちに許してもらえるなんて思ってない。結局俺は、警察と父親というふたつの立場を前にして、父親になることを選び、自分の都合だけで警察を捨ててしまった」

「部長、後悔してますか？」

石大砲《シー・ダーパオ》は首を振って、苦しそうに答えた。

「四年前、周冠志《ジョウ・グァンジー》から、麗真《リーチェン》と唐國棟《タン・グオドン》を殺して、証拠も消したと聞かされた時、俺は安堵《あんど》したんだ。もしあの時の金がなかったら、小亜《シャオヤー》の花嫁姿を見られなかった」

「部長……」

石大砲《シー・ダーパオ》は孟少飛《モン・シャオフェイ》のほうを見て、複雑な表情で言った。

「阿飛《アーフェイ》。実を言うと、俺はお前を恨んでた」

孟少飛《モン・シャオフェイ》は驚いて相手を見た。

「あの事件について誰もが調べるのをあきらめても、ただ一人お前だけが唐毅《タン・イー》を追い続けた。たとえ全世界を敵に回しても一切恐れることなく、何が何でも真相を突き止めるのだというように」

「でも、部長は俺のことを本気で止めなかった」

「お前が一体どこまで強い気持ちを持ち続けられるか、俺は見たかった。そしてお前が正義と妨害の板挟みで、あきらめるほうを選ぶことを望んでいた。そうなれば、お前は俺と同じだと自分に言い訳できるからな」

向こう見ずで世話の焼ける孟少飛《モン・シャオフェイ》のほうを改めて見て、自嘲の苦笑いを見せた。

「どうだ？　悪いやつだろ？　自分が堕落したから、周りの人間も同じになることを望んだんだ。すまない。お前が崇拝していた部長はこんなにも卑劣な人間だったんだ」

「違います！　部長はそうじゃない！」

孟少飛《モン・シャオフェイ》は真っ直ぐ石大砲《シー・ダーパオ》の目を見て、後悔と自責の念に埋もれていた本当の気持ちを言い当てた。

「俺のことを止めなかったのは、部長も待っていたからです。俺が真相を調べ尽くして、自分と周冠志《ジョウ・グァンジー》が摘発されることを期待していたんです。そうです。警察か父親かという選択で、部長は父親を選んだかもしれませんが、決して警察としての自分も放棄していなかったんです」

「……」

自分のことを理解してくれていた孟少飛《モン・シャオフェイ》の言葉に、感情を抑えきれず、涙が溢《あふ》れ、顔を覆って号泣した。

「麗真《リーチェン》刑事がもし生きていたら、彼女も部長を恨みはしなかったと思います。ただ、きっと一発お見舞いしたでしょうけどね」

自分も同じように涙で顔をぐしょぐしょにしていた孟少飛《モン・シャオフェイ》は、鼻をかみながらわざと冗談めかして話し、感傷的な雰囲気を和らげようとした。

石大砲《シー・ダーパオ》は孟少飛《モン・シャオフェイ》を見ているうちに、事件の捜査となるとどんな男性よりも懸命に働いた李麗真《リー・リーチェン》の姿を思い出し、肩を震わせて言った。

「彼女だったら殴るだけじゃ済まないな。俺がどれだけふがいないか、徹底的にこき下ろしたろうな……」

部屋の外では、西に傾きつつある太陽の光が窓を通して二人の体を照らし出していたが、その光の当たらない片隅には、尚も薄暗さが残っていた。

「少飛《シャオフェイ》。偵査三部のことは任せたぞ」

面会を終え、孟少飛《モン・シャオフェイ》が帰ろうとしていると、石大砲《シー・ダーパオ》は出し抜けに目の前に来て、言外に何かをにおわすかのように肩を叩いてそう言った。

＊　　＊　　＊

墓地――。

唐毅《タン・イー》は墓の前に立って、地面に置かれたオルゴールをじっと見つめていた。それからライターを取り出し、脇に行ってタバコに火をつけた。

その向こうから、陳文浩《チェン・ウェンハオ》が花束を持って歩いてきた。唐毅《タン・イー》の姿を見つけて少しためらったが、墓前まで来て花を台座に置いた。

「麗真《リーチェン》、すまない……この数年間、俺は怒りを全部唐國棟《タン・グォドン》にぶつけてきた。俺を長い間、刑務所に閉じ込めたあいつを恨んでた。お前が中絶するのを止めなかったあいつを恨んでた。あいつはお前に惚れていたんじゃないかとさえ疑った。

あの日は、俺が出所した日だった。俺が見たのはお前たち二人が一緒にいるところだった。二十四年ぶりにやっと会えたのに、それが最後になるとはな……。

若い頃は金がなくて、花をプレゼントしようと思っても、一輪しか贈れなかった。どう見ても貧乏くさかったが、お前は本当に嬉《うれ》しそうに笑ってくれた。その時俺は考えた。もっとたくさん稼げば、お前にいっぱい花を買ってやれる、もっと喜ばせてやれると。でも、結局道を踏み外しちまって、お前にも本当のことを言えずに、嘘《うそ》をつき続けるしかなかった。

もしあの時、俺が別の道を選んでたら、お前はずっとそばにいてくれたかな？　家族三人で、普通の家族と同じように、一緒にテーブルを囲んで飯を食えてたかな。金はなくても、平凡に、堅実に、そして幸せに……」

話し終わる頃には、陳文浩《チェン・ウェンハオ》はすでに涙で顔一面を濡らし、最後は声になっていなかった。

一つひとつの選択には、それに対して払うべき代償があると言うが、彼の生涯で払う代償は、本当に、本当に大きすぎた……。

唐毅《タン・イー》が陳文浩《チェン・ウェンハオ》の横に来て、ライターを墓前に置いた。そして、墓碑に置かれた写真に向かって言った。

「あなたが俺を養子に出した後、俺は養父とうまくいかなくて家出した。その後國棟《グォドン》さんが引き取ってくれて、自分の子ども同然に面倒を見てくれたよ。心から可愛がってくれた。

行天盟《シンティエンモン》を変える仕事はこれからも続けるから、安心してくれ。麻薬組織を長年取り締まってきたあなたの望みでもあると思う」

陳文浩《チェン・ウェンハオ》が膝に手をついて立ち上がった。真相を知ってからの彼は、あっという間に老けてしまったように見えた。

もうすでに名前だけで人々を震え上がらせるカンボジアの麻薬組織の大ボスではなく、獰猛《どうもう》さで名を馳せたヤクザの世界の陳文浩《チェン・ウェンハオ》でもなく、ただの齢六十を過ぎた年寄りだった。

そして、ようやく自分の実の息子に会うことができた父親だった。

陳文浩《チェン・ウェンハオ》は行天盟《シンティエンモン》の組員名簿と取引データが入ったUSBメモリを出して、唐毅《タン・イー》に渡した。

「これは唐國棟《タン・グオドン》への復讐のため、ジャックをそそのかして手に入れたものだ。これまでの俺の人生は、すべてが誤りだった。自分の息子の前に立っても、許してくれと言う資格さえない」

唐毅《タン・イー》は受け取ったUSBメモリを握りしめて、陳文浩《チェン・ウェンハオ》に恭《うやうや》しく頭を下げると、複雑な表情のままそこを後にした。

しかし、墓地脇の階段を上がったところで足が止まった。気持ちを抑えきれず、顔を覆ってすすり泣いた。

＊　＊　＊

趙立安《チャオ・リーアン》の自宅――。

「何してるの?」

ドアの入り口に立ち、旅行カバンを手に提げているジャックを見て、趙立安《チャオ・リーアン》は驚き、いぶかしそうに聞いた。

「今日から君の家に引っ越してくる」

ジャックは晴れやかな笑顔を見せて、荷物を抱えて入ろうとしたが、家主は両手を広げてその行く手を阻《はば》んだ。

「誰が越してきていいって言った？」

「君さ！」

ジャックは首を少し傾けて、悪そうで、憎めない顔で微笑んだ。

「泣きながら俺にそばにいてくれって言ったろ？」

「そりゃ言ったけど。でも、僕が言ったのは、こういう意味じゃないよ」

周冠志《ジョウ・グァンジー》の件を知った後、趙立安《チャオ・リーアン》は気を落としてしまい、ビールを片手に広場に座って酔っ払いながら号泣した。ジャックもここを去ると聞くと抱きついて、自分のそばにいてほしいと大声で泣いたのだった。

ジャックは荷物を置いて、趙立安《チャオ・リーアン》を壁に押しつけた。そして目を真っ直ぐ見て言った。

「お前のあの言葉のために、俺がどれだけたくさんのことを捨ててきたか分かるか？」

カンボジアでの潜伏任務、厳正強《イエン・ジェンチャン》との約束、行天盟《シンティエンモン》での地位。それ以外にも大金を稼げる多くのチャンスが目の前に並んでいたが、それら一切合切を惜しげもなく捨ててしまったのだ。

「ええ？」

「だから、俺は今、収入もない帰る家もない哀れな人間なんだ。お前が責任を持って食べさせてくれ」

「はあ？」

すべて決めてしまっているジャックを見て、趙立安《チャオ・リーアン》はあ然とした。

「そうじゃないだろ。君の家族は？」

ジャックは暗い顔をして、本当とも嘘とも言えない様子でこう言った。

「俺のように危ない仕事をしながら生きてる人間に家族なんていない。どこに行っても一人だ。寂しいもんさ……」

「……」

自分と同じく、誰かが寄り添ってくれる暮らしに飢えているジャックを前に、趙立安《チャオ・リーアン》の心は動揺した。

「だからさ、俺を引き取ってくれよ～。考えてもみろよ、俺がいれば家賃も分担できるし、家事も引き受ける。何よりも……」

これまで最大の利益を得るために、いかなるチャンスも逃したことのない元傭兵《ようへい》は、機に乗じて説得を続けた。

「俺が作る料理は絶品だろ！　俺を住まわせてくれれば、お前のために一日三食ちゃんと作る。どうだ、お得だと思わないか？」

「……」

食べることに目がない趙立安《チャオ・リーアン》は、ごくりと唾を飲み込んだ。最後の条件が一番魅力的だと言わざるを得なかった。

しかし、ジャックがすべての家事をやってしまったら、趙立安《チャオ・リーアン》のやることがなくなってしまう。

「家事は全部やらなくていいよ。家事は、家族で一緒にやって初めて家事だろ？」

「ということは……」

ジャックは心が温かくなるのを感じた。すぐに趙立安《チャオ・リーアン》の唇にキスをした。

「チビさん。俺はここに住んで、お前の『家族』になっていいか？」

「うん！」

趙立安《チャオ・リーアン》は下唇を噛《か》んで、真面目な顔でうなずいた。

「じゃあ、これから俺たちは一緒に食事して、一緒に家事をしよう。君は月水金担当で、俺は火木土と日曜担当にしよう」

「分かった」

ジャックが趙立安《チャオ・リーアン》の頬を持って、もう一度キスをしようとした時、突然ぐうぐうという音が聞こえ、その場のロマンチックな雰囲気が台無しになってしまった。

「ふふっ、六時になったか？」

「うん……」

趙立安《チャオ・リーアン》は時計よりも正確な腹をさすりながら、恥ずかしそうに笑った。

ジャックはぽんぽんと趙立安《チャオ・リーアン》の頭を叩き、キッチンに向かった。

「何か作るよ。君をお腹いっぱいにしたら、……その次は俺をお腹いっぱいにしてくれ」

「ちょっと待って！　『次は俺をお腹いっぱいに』ってどういうこと？　ちゃんと教えてよ！　ジャック！」

＊　　　＊　　　＊

唐毅《タン・イー》の自宅——。

「いつまで見てんだ？」

唐毅《タン・イー》は湯呑みを持ち、自分のことをしきりに観察する医者を睨んだ。

「まだだ。愛のパワーで溶かされた氷山の様子を見るためにわざわざ来たんだ。これはすごいな。まさに出土したばかりの珍しいお宝だ。いつも以上に見ておかないと。しかし、孟少飛《モン・シャオフェイ》もなかなかやるな。何があっても口を開かない貝殻みたいなお前を愛せるのはやつしかいないな」

珍しく相手より優位に立った江《ジャン》医師は、嬉しそうに唐毅《タン・イー》をからかったが、次の瞬間には唐毅《タン・イー》の一言で一発ノックアウトとなった。

「よくこんなところで無駄口叩いてる余裕があるな」

「どういう意味？」

「アンディから聞いてないか？」

江勁堂《ジャン・ジンタン》は眉間にぐっとシワを寄せ、陰謀が醸《かも》し出すにおいを嗅ぎ取った。

「何のこと？」

「今朝アンディからの知らせで、発掘チームにいるイギリス人がお前の『おじ様』につきまとって、毎晩同じ狭いテントで寝てるってよ」

江勁堂《ジャン・ジンタン》は驚いて立ち上がり、上品で落ち着いた普段の様子とは打って変わって、凶暴な目つきになって唐毅《タン・イー》を睨んだ。

「何！　どうしてもっと早く言わないんだよ？」

「知ってるかと思って」

「こんちくしょう！」

態度が急変した江《ジャン》医師は下品に罵ると携帯電話を出して自分の秘書に電話をかけ、苛立《いら》った様子で言った。

「今すぐマリ行きの航空券を予約して……直行便がないのは知ってる、だからこそ連絡したんだ、一時間でなんとかしてくれ。とにかく一番早く現地に行けるように」

そう指示して電話を切ると、江《ジャン》医師は苦虫を噛みつぶしたような顔で唐毅《タン・イー》を睨んだ。

「何見てんだよ！　俺が怒ってるのがそんなに珍しいか？」

「怒ってるのはよく見るが、でも嫉妬してるのは見たことがない。出土したばかりの珍しいお宝だから、よく見ておかないと」

ついさっき相手をからかった言葉でやり返された江勁堂《ジャン・ジンタン》は泣くにも泣けず笑うにも笑えず、中指を立てた。

「ひどいやつだ。懲らしめられるとは」

「愛情に忍耐が必要なのは間違いない。だが、正直な気持ちを心にしまってばかりでは、相手に伝えるべきことも伝わらない。お前がそうならないことを願ってる」

江勁堂《ジャン・ジンタン》は驚いた表情で唐毅《タン・イー》を見て、ふっと微笑んだ。

「お前の口からそんな感情的な言葉が聞けるなんて、思ってもみなかった」

「俺も意外だ」

「でもお前の今の感じ、悪くないぞ。人間らしくなった」

「何かお手伝いできることがあれば、ご遠慮なく」

「ご心配には及ばないよ。お前に対する遠慮は持ち合わせてない」

二人は湯呑みを持って乾杯のしぐさで笑顔を交わした。どちらの目にも幸せという名の色彩が見えた。

＊　　＊　　＊

警察署の外――。

警察署の前に唐毅《タン・イー》が車を停めていると、一台の大型オートバイがドア脇をひゅっと通過し、急ブレーキをかけて止まった。

「おっと、これは偶然。元ボス、ごきげんよう」

ヘルメットを外すと、鮮やかな赤い髪が現れ、人懐っこい微笑みをこちらに向けて挨拶してきた。

唐毅《タン・イー》は車を降りて、冷ややかな目でジャックを見た。

「お前が辞めた理由は、他に何かあるんだろう？」

「いいや」

オートバイのハンドルにヘルメットを引っ掛けて、肩をすくめた。

「俺はただ、自分の理想の暮らしを見つけただけです。他に理由はありません」

そこにちょうど孟少飛《モン・シャオフェイ》がビルの中から出てきた。オートバイに跨《また》がったジャックを疑わしそうに見て言った。

「何しに来たんだ？」

「尋問はよしてくれよ。あなた方の心温まる送迎にならって、俺もお迎えに来たんだ」

唐毅《タン・イー》はジャックの顔を見て、話題の矛先を変えた。

「陳文浩《チェン・ウェンハオ》に聞いた。俺を利用して行天盟《シンティエンモン》の機密データを持ち出したな。ということは、当初俺の暗殺に失敗して俺に買収されたというのも嘘だな？」

ジャックは一瞬顔がこわばった。これ以上ごまかせないことを悟ると、すぐに落ち着きを取り戻して、平然と認めた。

「その通りです。あなたに近づいたのは確かにデータ入手のためです。でも、最終的にUSBメモリは取り戻したんでしょ？」

「俺がそれで済ますと思ってるか？」

自分を利用する人間に対して、唐毅《タン・イー》は容赦しない。

ジャックはなだめるような笑顔を見せて言った。

「過ぎたことにこだわるのはよしましょう。俺にも俺なりの苦しい胸の内があったんです。細かいことは水に流しましょうよ。何ならあの報酬をプレゼントしてもいい」

「俺がダメだと言ったら？」

ジャックは急に冷たい表情になり、唐毅《タン・イー》を見る目つきがにわかに鋭くなった。

「それはちょっと面倒ですね。やっとの思いでつかんだ幸せを守るために、あなたに対し何か手を打たないといけなくなるかもしれません」

「どういう意味だよ？」

孟少飛《モン・シャオフェイ》はジャックの言葉にある殺気を感じ取り、すぐに二人の間に立って、唐毅《タン・イー》を自分の後ろに隠した。

「別に。ただ俺の元ボスに忠告してるだけです。人と人は所詮利用し合う関係だから、本当の感情なんて期待しちゃいけない。目的を果たすためには多少の嘘もやむを得ない。だから、小さなことに固執するのはお互いのためにならない。そう思いませんか？」

ジャックは肩をすくめて、唐毅《タン・イー》にウィンクをしたが、自分の背後から別の声が聞こえてきた。

「つまり君と僕も利用し合う関係で、本当の感情じゃないってことなの？」

ジャックがそちらを振り向くと、趙立安《チャオ・リーアン》の悲しそうな顔があった。首を振ってすぐに否定した。

「違う。そうじゃない。チビさん聞いてくれ！」

「阿飛《アーフェイ》、今日君の家に泊まらせて」

趙立安《チャオ・リーアン》はジャックから離れ、孟少飛《モン・シャオフェイ》のそばに来て、悔しそうにジャックを睨んだ。

「俺は反対だ！」

「反対は無効！　阿飛《アーフェイ》、行こう」

「ダメだ！　帰るぞ」

「嫌だ！」

ジャックは警察署の入り口であれこれ話すのも面倒になり、趙立安《チャオ・リーアン》を抱え上げてオートバイに乗せてしまった。

「うあっ……阿飛《アーフェイ》助けて！」

「趙《チャオ》……」

「死にたくなかったらほっといてくれ！」

ジャックは自分を止めようとしている孟少飛《モン・シャオフェイ》をぎろりと睨み、片手で趙立安《チャオ・リーアン》の腰を抱えたまま、もう片方の手で腰に巻いてあった薄手のジャケットを解き、チビさんを自分の体にくくりつけた。それからアクセルをふかして、猛スピードで警察署から走り去った。

「阿飛《アーフェイ》～、助けて～、阿飛《アーフェイ》」

助けを呼ぶ声が、オートバイのエンジン音とともにだんだん遠ざかっていった。

その場に立ちすくんだ孟少飛《モン・シャオフェイ》は、拉致された親友を見送った後、しばらくしてようやく我に返った。そして、二人が去った方向を指差しながら謎めいた笑みを浮かべている唐毅《タン・イー》のほうを振り向いて訊ねた。

「あの二人はいつからそういう仲になったんだ？」

「知るかよ」

「あっ！　さっきジャックに凄《すご》んだのは、わざとだな？」

「やつは有能だ。やつの首に繋いでおく鎖があるに越したことはない。だから、ちょっとだけ懲らしめておけば、後で利用しやすいだろ」

「またあいつを組織に引き戻すなんて言うなよ」

唐毅《タン・イー》は笑っただけで、答えなかった。外見はイケメン、中身は腹黒い行天盟《シンティエンモン》のボスを、孟少飛《モン・シャオフェイ》はぽかんと口を開けて呆れて見た。

＊　　＊　　＊

趙立安《チャオ・リーアン》の自宅――。

「放してよ！」

ジャックは身長差を生かして趙立安《チャオ・リーアン》を肩の上に担《かつ》ぎ上げ、ドアを開けて玄関に入り、そこでやっと趙立安《チャオ・リーアン》を下ろした。

「怒るなよ。聞いてくれ……」

「僕は嫌だよ！　利用されるなんてごめんだ」

趙立安《チャオ・リーアン》は耳を覆って、更に足でジャックのすねを蹴った。

明らかに趙立安《チャオ・リーアン》よりも腕の立つジャックだったが、その場を動かず反撃もせず、痛みに耐えながら怒りの収まらない趙立安《チャオ・リーアン》を懐に引き寄せた。そして趙立安《チャオ・リーアン》の顎をぐいと起こして強引にキスをした。

「うう……うう……あっち行け！」

趙立安《チャオ・リーアン》は無理やりキスをしてきたジャックを力いっぱい押しのけて、目を赤くして睨んだ。

「趙立安《チャオ・リーアン》！　俺の話を聞くんだ！」

趙立安《チャオ・リーアン》の目つきは威圧感ゼロだったが、そんな怒り方をする姿を初めて見たジャックはいささか動揺し、趙立安《チャオ・リーアン》を流し台まで抱えていくと、自分と流し台の間に挟んで押さえ込んだ。

「……」

ジャックがここまで乱暴に接するのは初めてだったので、趙立安《チャオ・リーアン》は呆気にとられて相手を見た。

「過去のことは弁解しない。君と会ってから嘘も少しはついたことは認める。でも、俺は君を利用したことはない！　絶対に！」

「どれが本当でどれが嘘かなんて、僕に分かるわけないじゃないか。ずっと信頼してきた部長にも、大切な先輩にも裏切られた。どうやって君のことを信じろって言うの？」

趙立安《チャオ・リーアン》にとって石大砲《シー・ダーバオ》と周冠志《ジョウ・グァンジー》の件はショックが大きかった。自分が人間というものを美化しすぎているのではと疑ってさえいた。そもそも、警官としての資格がないんじゃないか？　じゃなきゃ、どうして毎日顔を合わせて食事もしていた同僚や部長に、自分には見抜けなかった別の顔があったのか？

ジャックは感情が制御できなくなったチビさんを真っ直ぐ見つめ、力を込めて言った。

「何を疑ってもいい。でも、ふたつの言葉だけは絶対に信じてほしい」

「どんな？」

「ひとつは、お前が好きだ」

「それと？」

「もうひとつは、お前のためにここにいると決めた。このふたつはしっかりと心に刻んでおいてくれ」

「……」

趙立安《チャオ・リーアン》は目を見開いて、ジャックの告白を聞いていた……。

「最初は、お前に対する好奇心だけだった。どうしてそんなに無邪気でお人好しで、そしてエロいのか、とても興味を惹かれた」

「そんなことない！」

「あるさ。俺のこと触っただろ？」

「あれは君がやれって！」

「どっちでもいい。とにかく、俺は君の魅力に惹かれたんだ。こんなにも気になる人に出会ったのは初めてだ。俺がいない時にちゃんと食べてるのか心配になる。一人で家にいる時寂しがってないか心配になる。俺の知らないところで泣いてないか心配になる……だから俺はここにいると決めた。俺はお前のそばを離れたくない！」

「……」

流し台の上に座った趙立安《チャオ・リーアン》は、目をぱちぱちさせて鼻をすすった。ジャックの話には何とも言えない自分の胸を打つものがあった。

「やっぱり俺のことを信じられなくて、出ていけと言うのなら、俺は出ていく。でも、俺が一旦ここを去ったら、俺たちはもう一生会うことはないと思ってくれ」

「まただましてるんじゃないの？」

「いいや。これは本当の話だ。だから、早く決めてくれ。俺を追い出すか？　それともここに残すか？」

「僕は……」

　ジャックはどきどきしながら趙立安《チャオ・リーアン》の答えを待った。自分のしていることの先がまったく読めないのは初めてのことだった。しかし、趙立安《チャオ・リーアン》は頭《こうべ》を垂れて、唇を噛んだまま何も言わなかった。趙立安《チャオ・リーアン》は押し黙って拒否するタイプなのだと思い、ジャックは失望して肩を落とした。

「分かった。俺は出ていく……」

「行かないで！」

　あきらめて出ていこうとした時、嬉しい答えが返ってきた。

「本当か？　本当にここにいていいのか？　理由は？」

「だって……」

　趙立安《チャオ・リーアン》は耳を赤くして、小さな声で言った。

「君が好きだから」

　ジャックはにやりと微笑むと、チビさんの唇に乱暴にキスした。

「う……ジャック……う……」

孟少飛《モン・シャオフェイ》に永遠の童貞と笑われたことのある趙立安《チャオ・リーアン》は、キスの味というのは淡いはちみつではなく、腰が砕けるような甘い甘いチョコレートパイだと初めて分かった。

頬を包んだ温かい両手の手の平を通して相手の体温と指先のわずかな震えまでも感じられた。

あらゆることを掌握し、恐れなどと縁のないジャックにも、不安になる時があったのだ。そして、拒まれることが不安なのは、自分だけではなかった。

「どうした?」

笑いをこらえて肩をぷるぷると震わせ、相手の注意を引くと、身体を起こしてにこにこしているチビさんを見た。

「そんなにも拒否されるのが怖かったの?」

趙立安《チャオ・リーアン》はジャックを見て、ジャックの心の中を言い当てた。

ジャックは怒っているように装って趙立安《チャオ・リーアン》を睨み、ようやく神様から与えられた幸福を愛おしそうに見た。

この人の前では、嘘をつくことも、隠す必要もなかった。

「怖い」

「どうして?」

「どうやったら以前の自分に戻れるのか分からないから」

かつて、彼は不確かさによってもたらされる刺激を、狂ったように追いかけた。なぜなら自分の実力があれば、全力をつぎ込みさえすれば、最後は自分が欲しいものを手に入れられることがよく分かっていたから。

しかし、愛の前ではどうか?　相手が自分のことをどれだけ好きか知ることはできない。そして全力を出し切った後に必ず相手に自分のことを好きにさせられる見込みもない。

　しかも、誰かの前で自分を偽る必要がなく、嘘をついてだます必要もなく、すべての防備を下ろすことができると感じると、その後は元のように鎧《よろい》を着て、誰も信じることができない戦場へと戻る気にはなれない。

　趙立安《チャオ・リーアン》はうんうんとうなずき、自分よりもかなり背の高いジャックを仰ぎ見た。

「分かるよ。だって、君が僕の暮らしの中に押しかけてきてから、一人で家にいる時はなんだか急に寂しいと感じるようになったもの！　それまでは一人で暮らしていたのに。食事の時も、君と一緒に食べる時みたいにおいしいとは感じられなくなった……紛れもなく」

「紛れもなく同じ食べ物なのに」

　ジャックは相手の話を継いで、笑った。

「うんうん、本当に。本当にそうなんだ」

「ちょっと待って！　チビさん。もしかして食べ物がおいしくないと思うようになったから、僕のことが好きなんだと気づいたのか？」

　もし本当にそうならば、趙立安《チャオ・リーアン》の頭の中で、ランキングの順位が自分よりも上位にあるすべての食べ物に嫉妬することになる。

「もちろんさ！　じゃあ君は？　いつから僕のことが好きになったの？」

「教えない」

「あっ！　そんなのずるい、不公平だよ。僕は教えたのに！」

「知りたいか？」

「うん」

「じゃあ……」

「わあっ！」

ジャックはいきなり趙立安《チャオ・リーアン》を抱き上げ、脇のテーブルまで移動するとチビさんをテーブルの上に降ろした。

それから、趙立安《チャオ・リーアン》のワイシャツのボタンを外しながら言った。

「まず俺に食べさせてくれ。そしたら教える」

趙立安《チャオ・リーアン》は頬がかあっと熱くなり、恥ずかしくて下を向いた。

「お腹が空いたんだったら……夜食を食べ、あっ……」

ジャックは魅惑的に微笑み、顔を横に傾けて、趙立安《チャオ・リーアン》の口の端にそっとキスをした。

「俺の夜食は君だ、趙《チャオ》、立《リー》、安《アン》！」

「僕はおいしくないよ」

「おいしいかどうかは、食べてみてから教える。だから……まず邪魔な包装を剥がす」

「でも……」

「シーッ」

ジャックは口を尖らせ、趙立安《チャオ・リーアン》の耳に当ててささやいた。

「誰かに食べてもらう時は、黙ってなさいって、ばあちゃんから教わらなかったか？」

「教わってない」

正直者の趙立安《チャオ・リーアン》は、しばらく真剣に考えた後、首を振って聞き返した。

「どうして黙ってたほうがいいの？」

「なぜなら……」

最後のボタンを外し、趙立安《チャオ・リーアン》の両手から袖を引き抜いた。上半身真っ裸で普段食事をするテーブルの上に座らせ、答えた。

「なぜなら、誰かが君を『食べる』時、君は良い声を聞かせてあげさえすればいいからさ」

突然体をかがめ、胸の柔らかい突起に顔を寄せ、口を開けてかじった。

「あ……」

趙立安《チャオ・リーアン》はびくっとして、目を丸くしてジャックを見た。今までこんな扱われ方をされたことがない乳首がジャックの歯でそっと噛まれ、少しずきずきして痛かったが、今まで感じたことのない感覚のほうが大きかった。

「ジャック……」

「ん？」

他の人から初めてそんな触られ方をしたチビさんに、低い鼻声で答えた。

「何か、変な感じ……」

趙立安《チャオ・リーアン》は自分の頬だけじゃなく、両側の耳も同じように熱く火照《ほて》ってくるのを感じた。

「おいしい」

ジャックは頭を低くしたまま、もごもごと言った。それから舌先を使って上下の歯に挟まれた突起をくすぐった。

「うん……」

本当に変な感じ……。

攻められている部分に変な感覚があるだけでなく、もっと恥ずかしい部分に、だんだんともどかしい快感が広がり始めた。

ジャックは趙立安《チャオ・リーアン》の反応を感じて、満足そうな笑みを漏らした。それから噛んでいた歯を放すと、趙立安《チャオ・リーアン》もその瞬間こわばった身体から力が抜けた。それと同時に、すぐさまもう一方の乳首に噛みつき、同じように歯と舌で可愛らしい、そして柔らかい小さな食べ物を攻めた。

「あは……ジャック！」

視線を下げて見ると、ジャックの唾液でべっとり濡れた突起がはっきりと見えた。もともとは柔らかい部分が、ジャックに弄ばれて赤く、硬くなって、乳首の先端に至っては腫れて小さな球になっていた。

「おいしいぞ」

ようやく顔を上げたジャックは、満足げに自分の傑作を眺めた。

「見てよ！　噛まれて赤くなっちゃった！」

趙立安《チャオ・リーアン》は頭を下げて改めて自分の胸を見てみると、左側も右側も噛まれて赤く腫れ、しかもむずむずした。我慢できずに、手で突起した部分を掻《か》いていると、ジャックが唾を飲み込む音が聞こえた。

「どうしたの？」

「チビさん。俺はやっぱり君のことを見くびっていたみたいだ」

「え？」

ジャックはわけの分かっていない趙立安《チャオ・リーアン》の手をつかんで引っ張り、自分の下半身を触らせた。そこにはジーンズでぱんぱんに覆われたものがあった。それはすでにかちかちで、明らかに生理的反応が起こっていた。

「勃《た》っ……」

恥ずかしくて言葉を続けられず、趙立安《チャオ・リーアン》は頬から首まで全部赤く染まった。

「君のせいだ。責任を取ってくれ」

「ええ？」

「こんなに早く勃ったのは初めてだ。それに……」

ジャックはにやりと笑って、顔を趙立安《チャオ・リーアン》の赤くなった耳元に近づけ、セクシーな声で吐息混じりに言った。

「濡れた」

先端から分泌された体液が、下半身を覆う下着をびっしょり濡らしていた。

「ジャック！」

同じ男として、相手の言った意味を当然理解した趙立安《チャオ・リーアン》は、恥ずかしさを爆発させて叫んだ。

ジャックは微笑んで半歩下がると、両手を使って趙立安《チャオ・リーアン》の股間を攻め始めた。まずズボンの腰回りの金属ボタンを外し、それからファスナーを下ろし、最後に子どもをあやす時のような言い方で、ズボンを脱ぎやすいよう足を上げさせた。

「チビさん」

「な、何だよ？」

恥ずかしさのあまり、無意識に両手を胸の前で抱えていた趙立安《チャオ・リーアン》は、顎を撫でながらある部分をじっくり鑑賞しているジャックを気まずそうに見た。

「この時代に、まだ白い下着をはいてる人がいるとは」

「……」

趙立安《チャオ・リーアン》はそれを聞いて、死にたい気分になった。

「そ、それが何だよ？　ダメなの？」

痩せこけた胸を反らせ、無理に強がって、自分のことをどんどん変な気分にさせるジャックを睨んだ。

「別にいいさ。ただ……」

ジャックは頭を上げて、趙立安《チャオ・リーアン》の視線を捉えると、ある部分の輪郭がくっきり浮かび上がった白い下着を指差した。

「はっきり見えちゃうね！」

「うあ……」

胸の前で抱えていた両手を、その瞬間下に下げて、下着の前を隠した。

ジャックは笑って趙立安《チャオ・リーアン》の手をつかんで開かせ、テーブルの高さと平行になるようしゃがんだ。それから止める暇も与えないような速さで下着上部のゴムバンドをつかんで引き下ろすと、自分の前に初めて姿を見せたある部分が弾け出た。

「う……」

忙しく胸を隠し、下着を隠した両手は、次には自身の目を隠した。別の男の前に下半身を晒《さら》すのでさえ十分に恥ずかしいのに、もっと卑猥な場面がその先に待っていた。

「んあっ！」

性器が何か熱いものにしっかりと覆われた感触が、いきなり大脳に伝わってきた。趙立安《チャオ・リーアン》がびっくりして顔を覆っていた手を放すと、床に膝をつき、自分のあそこを口に含むジャックの姿が見えた。

アダルトビデオをこっそり見た時に目にしたシーンが、現実に目の前で演じられていた。しかも……しかも……。

「う……ジャック……ジャック……」

次第にくらくらしてくる頭を揺り動かして、次から次へと下半身に湧き上がってくる刺激を感じた。

口腔内の温度はヤケドしそうなほど熱く、むくむくと勃起して硬くなった物を包み込んだ。加えて、熱く濡れた舌が絶えず動き回り、興奮して透明な体液を分泌している先端もその舌先によって弄ばれ、とても敏感な小さな穴まで突破されてしまった。

「あ……あは……あは……」

ぐちゅぐちゅという音が絶えず下半身から響いていた。顔を足の間にうずめたジャックは、頭を上下させて欲望を刺激したが、もうすぐ到達するかという一歩手前で口を放し、完全に反り上がった趙立安《チャオ・リーアン》の「分身」を口から出した。

「文句なしの味だ」

ジャックは手の甲で唇についた唾液を拭き、いやらしい目つきで真っ赤な顔のチビさんを見た。そして、優しくテーブルに押し倒し、そのくるぶしをつかんで、趙立安《チャオ・リーアン》の両足を左右両側に向けて大きく開かせ、今まで誰も訪れたことのない小さな門を露《あら》わにした。

「チビさん、少しだけ我慢して。痛くはしないから俺に任せて」

「ん、痛くても構わないよ。僕も……僕も君が欲しい……」

永遠の童貞とはいえ、男同士でどのように関係が発生するのかは知っていた。ジャックの言葉におとなしくうなずき、自分のすべてを相手に委ねた。

ジャックはにこりと微笑み、まず指を口に含んで唾液で濡らした。それからしっかりと閉ざされた門に指先を当てて、ゆっくりと押し入れていった。

「う……」

異物に進入される感覚はすんなり受け入れられるものではなかったが、趙立安《チャオ・リーアン》は眉間に力を入れて、前戯の違和感に耐えた。ジャックのリードにしたがって、息を吐いて、こわばった体から力を抜いた。最初は指一本しか入らなかったが、次第に柔らかくほぐれていき、三本同時に入れられるようになった。

「チビさん、入るぞ」

「うん」

二人の関係を更に一歩深めたいジャックの言葉を受けて、同じようにそれを渇望していた趙立安《チャオ・リーアン》は、恥ずかしそうにうなずいた。友達と恋人の境界線で、同意のスタンプが押された。

「あ……」

ジャックはずっと待たせていた自分の硬い物を握り、ゆっくりと趙立安《チャオ・リーアン》の体内に差し込んでいき、達成感と幸せのうめきを上げた。

ぴったりと結合した部分が、ゆっくりと情欲のリズムを刻んだ。お互いの体温を感じながら、相手の自分に対する渇きも感じ取ることができた。

「あは……ジャック……あ……」

初めて体験する趙立安《チャオ・リーアン》は、平らなテーブルに横たえられ、ジャックに繰り返し賞味された。そそり立った自分の性器も思いやりのある恋人の手の平で温かく包まれ、抜き差しするスピードと力に合わせて、快感と高揚感に満ちた刺激がもたらされた。

「チビさん……は、はあ……」

「ジャック……ぼ……僕、もう……すぐ……んあ……」

成年男性二人の体重を受けて、テーブルが激しく揺れた。ジャックは一回また一回と更に力を入れて相手の体内へと、恋人だけが独り占めできる部分へと突き入れた。

「はあ……はあ……はあ……」

熱く湿った吐息が、キッチンの空間に舞い広がった。

性愛の世界において、いつだってすべての主導権を握れると思っていたジャックも、次第にコントロール不能な激情の中へとはまり込んでいった。

「僕、もう……だめ……ああ……」

趙立安《チャオ・リーアン》が全身をぴんと突っ張らせ、ジャックの手の中に放出した。搾りたての熱い体液が手の中いっぱいに噴き出し、ジャックの指の隙間から手の甲へとゆっくりと流れた。

「は……はあ……もう……疲れて……」

大きく口を開けて息をつく恋人を、ジャックは満足そうに見ると、下半身を包むように握っていた手の平を開き、顔の前に持っていって、手の粘液を舌で舐め取った。顔を赤らめて恥ずかしがるチビさんを見て、改めてその腰の横をがっしりつかみ、さっきよりも更に猛烈に突き上げた。

「ああ……ジャックだめ……もう……や……あ……」

疲労が極限に達した身体が、ばらばらに砕けそうなほど突き上げられた。哀れなテーブルが、まるで衝撃によって自分が解体寸前だと厳重抗議をしているかのように、更にギシギシと悲鳴を上げた。

「チビさん……ああチビさん……は……はあ……はあ……んんっ……」

ジャックは荒々しく最後にひと突きすると、恋人の体内ですべてを出し切った。

ジャックはやはり自分にとっての趙立安《チャオ・リーアン》の魅力を軽く見ていたようだ。性愛の後に虚《むな》しさを覚えなかったのは、これが初めてだった。

「う……疲れた……」

趙立安《チャオ・リーアン》は息を切らして木製のテーブルに横たわったまま、自分の上に乗っかっているジャックを見て、無邪気に微笑んだ。

「どうしたの？」

「ジャック……」

「ん？」

「僕……おいしかったかな？」

「おいしい。絶品だった」

ジャックは口角をくいと上げて、最高級の評価を与えた。

それから、体力を使い果たした小さな恋人を抱えて二階に上がった。性愛後の体液の痕跡を洗ってやり、これから毎日二人並んで寝ることになるキングサイズのベッドに寝かせた。

「ねえ、またどこかに行っちゃわない？」

「君にそんなに引き止められて、もしどこかに行ってしまうようなことがあったら、俺は人でなしだ」

二人の身体に被せた掛け布団の中で、ジャックはしつこく趙立安《チャオ・リーアン》の身体を撫でた。

「やめてよ……ああ疲れた……」

ジャックの懐に潜り込み、目を閉じた。ジャックはその顔を見て、何かを思い出しているようでもあり、告白しているようでもあった。

「俺は今まで何かに執着することなんてなかった。君に出会うまではね。以前の俺は、安定は退屈なものだと思ってた。変化がなくて、味気ないものだと思っていた。刺激だけが俺を満たしてくれ、自分が生きている実感を得られた。平凡というものがこんなにも幸せだってことを、君が教えてくれた。だから……チビさん。運命を受け入れるんだな！　俺のそばから逃げられると思うなよ」

恋人の額にキスをして、そっと「おやすみ」を言った。

ジャックがもう眠っていると思っていた趙立安《チャオ・リーアン》はこっそり微笑んだ。そして、幸せそうな笑みを浮かべたまま夢の中へと吸い込まれていった。

＊　＊　＊

地方裁判所の外――。

裁判所の前で、孟少飛《モン・シャオフェイ》は唐毅《タン・イー》の手を引いて、他人の目をまったく気にすることなく、愛情に満ちた目で唐毅《タン・イー》を見た。

「中に入ったら、ちゃんと人と話をするんだぞ」

「何も言うことがないのに、何を話すんだ？」

「とにかく、何かを聞かれた時は、それにちゃんと答えて、絶対に無視しないこと」

刑務所と外は別の社会であり、そこだけの法律や規則がある。唐毅《タン・イー》がその中で不測の事態に巻き込まれてほしくなかった。

「分かった」

唐毅《タン・イー》はうなずいて、約束した。

「中ではお前はもうボスじゃない。慣れないと思うが、辛抱強くな。もめごとさえ起こさなければ、すぐに出られるから」

「分かった」

「俺は毎週面会に来るから、足りないものがあったら言ってくれ」

「分かった」

「最後にもうひとつ……」

「何だ？」

孟少飛《モン・シャオフェイ》はにっこり笑って言った。

「あんまり俺を恋しがるなよ」

「悪いがそれだけは無理だ」

間もなく別々に暮らすことになる恋人をきつく抱き締め、唐毅《タン・イー》は急に不安な気持ちになった。

「心配しなくていい。どれだけ長くなろうと、俺はずっとお前を待ってる」

愛しいその胸を引き離し、間もなく刑務所に入って服役する唐毅《タン・イー》を見た。うわべで落ち着きを装うこともやめて、唐毅《タン・イー》の目を見てそう誓った。

「そのことは心配してない」

「嘘言え。死ぬほど気になってるくせに」

「そう思っているのは、世界中でお前だけだ」

「そうだ！　世界で俺が一番のお前の理解者だからな。だから……」

孟少飛《モン・シャオフェイ》はくすっと笑って、山の中で交わした言葉をそのまま使った。

「俺はお前を見張り続ける」

「見張り続ける？」

唐毅《タン・イー》はようやく笑顔になり、孟少飛《モン・シャオフェイ》を見て、一緒に山の中に逃げ込んで一夜を過ごしたあの晩を思い出した。

「そうだ！　見張り続ける！　この目で見張り続ける！」

「分かった」

そう言って笑うと、最後に恋人の口にそっと口づけをした。それからくるっと振り返り、もうすぐ開廷する裁判所に向かった。

すると突然、背後から自分の名を叫ぶ声がした。

「唐毅《タン・イー》！」

唐毅《タン・イー》は足を止めた。だが、もう振り向けなかった。

「寂しいよー」

再び踏み出した足取りは力強く、真っ直ぐ裁判所に入っていった。自分を待つ刑期に向かって。

自分を待つ……。

今はもう一人じゃない未来に向かって！

The end.

その後１　唐毅《タン・イー》と孟少飛《モン・シャオフェイ》

数年後、世海《シーハイ》グループのビル――。

「社長、第二版の契約書に目を通していただけますか？」

洒落《しゃれ》たスーツに身を包んだ秘書が、出来上がったばかりの建設プロジェクトの契約書を手に、ハイヒールを鳴らして会議室に入ってきた。そして、ＣＥＯの横で腰をかがめて小声でそう言った。

「ん。後で見るからそこに置いといてくれ。あと、明後日の夜七時に陳《チェン》さんとの約束を取り付けてくれ、場所は……」

上品なスーツを着たその男は、部門マネージャーが発表している報告の内容を聞きながら、秘書に業務上の指示を耳打ちした。

突然、スーツのポケットに入れた携帯電話からバイブレーションの音が響いた。近くに座っていた数名の部下は、その状況に気づくと次々に視線や口の動きでそばの人に合図した。ついには報告中だった部門マネージャーまで話をやめて、表示していたプロジェクターのリモコンの一時停止ボタンを押した。

『元ボス、孟《モン》部長が怪我しました。すでに人員を手配して江《ジャン》先生の個人診療所に送りました』

「分かった」

男は電話を切ると、すぐに椅子から立ち上がり、シワの寄ったスーツの裾を引っ張ると、静まり返った会議室から険しい表情で出ていった。ＣＥＯの姿がみんなの視線から完全に消えた後、残された人々はまるで禁止令が解除されたかのように、緊張で止めていた息を続々と吐き出した。

「ふう……江《ジャン》先生のところに護衛に行くよう組員たちに連絡してくれ。ボスや孟《モン》部長にこれ以上何かあったらいけない」

数年にわたった組織改革事業の後、過去にヤクザとして一大勢力を誇った行天盟《シンティエンモン》はもはや存在していなかった。その筋に尚もいくらか影響力を残してはいたが、主要な幹部たちは再びヤクザの世界に介入するようなことは極力避けていた。

「紅葉《ホンイエ》さんに戻るよう連絡して引き継いでもらいますか？」

半分まで報告して中断を余儀なくされた部門マネージャーは、一時停止ボタンを押したままのプロジェクターを見ながら横にいる人に聞いた。

「てめえこの野郎……」

そういう言い方で話し始めるのが習慣になっているその横の人はそこまでで言葉を止め、部門マネージャーを睨《にら》んで叱った。

「お前、死にたいのか？　紅葉《ホンイエ》さんがＯＫしても、道一《ダオイー》さんは絶対承知しないぞ」

「……」

その他の人々も次々にうなずいた。

まったくその通りで、左紅葉《ツォ・ホンイエ》と古道一《グー・ダオイー》は結婚三年目にして、ようやくおめでたとなり、数日後に出産予定日を控えていた。そんなタイミングで左紅葉《ツォ・ホンイエ》を呼び戻して仕事を頼むなんて誰ができるだろうか。ボスを怒らせるかどうかの問題以前に、そもそも古道一《グー・ダオイー》という難関を突破することが不可能であろう。

想像するだけでもぞっとして、冷や汗が止まらない。

「もういい。まずボス抜きで最終決定を下せることから処理していこう。その他のことは、ボスが戻ってからにしよう」

「それもそうだな」

その場にいるのは皆マネージャークラス以上というだけあって、すぐに代替案を決定し、いつ会議に戻るのか分からないボスを待つ間に、世海《シーハイ》グループの定期会議を続けることにした。

＊　　＊　　＊

病院——。

「まったく！　孟少飛《モン・シャオフェイ》、僕が毎日暇してるとでも思ってるのか？　君に警告したはずだ。何か起きても絶対に最前線まで飛び込んでいくなと。今日はまだあと二件手術が残ってるのに、何だこの有様は？　ここで君の傷口の手当てしてる場合じゃないんだ。ああもう！　僕ってなんて哀れな運命なんだ。こんなの看護師に頼めば済むことなのに、誰かさんの命令のおかげで、大学一年生の基礎看護を何度も復習するはめになるなんて」

江勁堂《ジャン・ジンタン》は、ナイフを持ったチンピラに十センチほど切りつけられて怪我を負い、偵査三部の後輩たちによってわざわざここまで護送されてきた孟《モン》部長を睨んだ。

「へへっ、いつも悪いな！」

病院の最高級ＶＩＰだけに与えられる特別待遇を受けている孟少飛《モン・シャオフェイ》は、ベッドに座り、ひどく怒っている江《ジャン》医師を見てにっと笑った。

かつて偵査三部の部長を務めていた石大砲《シー・ダーパオ》は、不正薬物運搬ならびに銃撃殺人事件に関与したことから、捜査機関によって徹底的な調査が行なわれ、最終的に警察当局を去ることになった。孟少飛《モン・シャオフェイ》の手から娘の婚礼祝いのケーキを受け取ったあの夜、最後にひとつの言葉を残して……。

『少飛《シャオフェイ》。偵査三部のことは任せたぞ』

最初は彼もこの言葉の意味が分からなかったが、間もなくして新たな人事が発令されると、部長が出頭したその日に上層部の長官に進言していたことを知った。

『私の部長職を継いで偵査三部を率いていく人材を探すなら、私は孟少飛《モン・シャオフェイ》を推薦します』

このようにして、一定期間の訓練と審査を経て、彼は石大砲《シー・ダーパオ》部長のポストに就いた。

以前、偵査三部のオフィスでは石大砲《シー・ダーパオ》が彼に怒鳴る声が毎日のように響いていた。そして今、新米たちを説教する任務は彼に委ねられていた。

「孟《モン》、少《シャオ》、飛《フェイ》！」

病室のドアが押し開かれ、冷ややかな声が一文字ずつ孟少飛《モン・シャオフェイ》の耳に突き刺さった。

「……」

名前を呼ばれた孟少飛《モン・シャオフェイ》はその場で凍りつき、目を見開いたまま動くこともできず、こちらにやってくる世海《シーハイ》グループのＣＥＯの姿を見つめた。

「やっと来た」

江勁堂《ジャン・ジンタン》は来るべくして来たその人を横目でちらりと見て、冷めた表情で嫌みたっぷりに言った。

「あなたの出土したばかりのお宝さんは、傷口を縫合して包帯も巻きました。うちの病院のガーゼと消毒薬を無駄遣いして、VIP用の病室まで占領させないためにも、早く連れて帰ってよくお灸をすえてください」

言い終わると、自分の白衣をぱんぱんと叩いて、救急箱を提げて病室から出ていった。

唐毅《タン・イー》はベッドの横まで来て、傷口の処置が終わったばかりの左腕を軽く持ち上げて、眉をひそめて聞いた。

「今回はどういうことだ？」

孟少飛《モン・シャオフェイ》はごくりと唾を飲んだ。本当はもう少しのところで鋭い刃先が頸動脈に当たるところだったのだが、自分がとことん「お灸をすえ」られる惨状を想像して、そのことは伏せておいた。

「チンピラがもう一本ナイフを持っててさ、ちょっとだけ油断したら……こうなってた……」

唐毅《タン・イー》は突然胸のポケットに入れた万年筆を取り出し、キャップを外すと、自分の同じ位置に向けて、その鋭く尖ったペン先を容赦なく振り下ろした。

「何してんだ！」

孟少飛《モン・シャオフェイ》はすぐにその手から凶器を奪い取り、突然自傷行為をした唐毅《タン・イー》に向かって怒鳴った。

「心が痛いか？」

「当たり前だ！」

孟少飛《モン・シャオフェイ》は歯ぎしりしながら、呼び出しのベルでついさっき病室を出ていった江《ジャン》大先生を呼び戻そうとしたが、唐毅《タン・イー》に手首をつかまれてその動きを制止されてしまった。

「どれくらい痛い？」

「めちゃくちゃ痛い！　お前、この！　放せよ！　医者を……」

唐毅《タン・イー》はまた突然に孟少飛《モン・シャオフェイ》の頬を抱えて、大声でわめいているその口にキスをした。

親密な関係に慣れっこになった孟少飛《モン・シャオフェイ》は、それにすぐ合わせて熱い反応で答えたが、再び理性を取り戻すと、熱く抱擁し口づけしている唐毅《タン・イー》を引き離した。そして心の中でこんな時にもいやらしいことを考えていた自分を罵った。

「冷静になったか？」

「そんなわけあるか！」

そう言いながら横にあったティッシュを取って唐毅《タン・イー》の左腕の傷口を押さえ、荒っぽい処置を施した。

「孟少飛《モン・シャオフェイ》。お前がきちんと自分の身を守らずに俺に心配をかけるなら、俺はお前が受けた傷と同じ位置に、自分で同じ傷を作る。俺の自傷行為をこれ以上見たくなかったら、どうか性分を改めてきちんと自分の身を守ってくれ。お前の体はお前一人のものじゃない。俺の体でもあるし、お互いのものだ」

「すまん……唐毅《タン・イー》、悪かった……」

それを聞いて、にわかに鼻がじんとした。つかまれた手首を振り払い、目の前の人をきつく抱き締めて、その耳元で自分を責めるように言った。

「俺たちはようやくまた一緒に暮らせるんだ。お前を失いたくない」

「分かってる……」

「だから今夜は、眠らせない」

「へえ？」

突然話が変わって、しきりに後悔していた孟少飛《モン・シャオフェイ》は口をぽかんと開け、奇妙な声を出した。

「よし、じゃあ会社に戻って仕事を片付けてくる」

命に別状のない傷であることを確認すると、会議を放り出して病院に駆け込んできたグループCEOは、恋人の背中をぽんぽんと叩いた。そして、首に回された腕を解き、孟少飛《モン・シャオフェイ》の額に軽くキスをした後、VIPのみが使用を許される専用病室を微笑《ほほえ》みながら後にした。

「計画通りだな」

江勁堂《ジャン・ジンタン》は病室外の壁にもたれて、中から唐毅《タン・イー》が出てくるのを待っていた。

唐毅《タン・イー》はそれを横目で見て、せせら笑った。

「お互い様だ。純粋な悲劇のヒロインを装って、『おじ様』の同情心を利用して江《ジャン》大教授をだまして手に入れた誰かさんには及ばないさ」

「唐毅《タン・イー》。お前は今、幸せか？」

「幸せだ」

「ならいい」

言い終わると、ふたつの手術を控えている江勁堂《ジャン・ジンタン》はすぐに振り向き、背を向けたまま長年の親友に格好をつけて手を振った。

＊　　＊　　＊

大通りの脇――。

『元ボス、孟《モン》部長が怪我しました。すでに人員を手配して江《ジャン》先生の個人診療所に送りました』

ジャックは内部情報の密告が完了すると、携帯電話をジャケットのポケットにしまい、引き続き小さな熱血警官の勇姿を見守った。

「君！　それと君も！　そいつらを連行して調書を取れ。それと、検察官に捜査令状を申請するんだ」

「はい！」

趙立安《チャオ・リーアン》は歩道に立ち、落ち着き払ってその他のメンバーに向かって後続の処理について指示した。

半月前に偵査三部に異動してきたばかりの若い警官が、心配そうに聞いた。

「部長は無事でしょうか？」

「心配はいらない！　あのヘボ医者はすごいんだ。あ……」

自分が口を滑らせたことに気づき、すぐに口を押さえて、後ろめたそうに周りを見た。自分の言葉をあのヘボ医者に密告するような人がいないことを確認すると、手を放し、それから若いメンバーの肩を叩いて言った。

「阿飛《アーフェイ》のことは他に責任を持って心配する人がいるから、俺たちは仕事に集中すればいい」

「はい。趙《チャオ》先輩」

若い警官は恭《うやうや》しく趙立安《チャオ・リーアン》に腰をかがめてお辞儀をすると、小走りで近くの店に向かい、防犯カメラの閲覧を依頼しに行った。

「へへっ、今『先輩』って呼ばれた！」

趙立安《チャオ・リーアン》はついに「趙《チャオ》」から「趙《チャオ》先輩」に昇格し、後頭部をぽりぽりと掻《か》いて嬉《うれ》しそうに笑ったが、突然ぐうという音が聞こえた。下を向いて独り言を言った自分の腹を見て言った。

「あ！　六時だ！」

目覚まし時計よりも正確な生体時計が、定刻通り六時にご飯タイムのお知らせを鳴らしたのだ。周囲を見回して、近くに食べ物を売るお店がないか探していると、左の後方からファンファンというクラクションと、大声で自分を呼ぶ声が聞こえてきた。

「チビさん！　こっちこっち！」

「ジャック？」

左後方から呼ぶ声のほうを振り返ると、そこには大通りの脇に寄せて停車しているワゴンカーがあった。車の看板には本日のメニューが書いてあり、牛肉焼きそば、牛肉焼きビーフン、牛肉あんかけご飯、牛肉チャーハン、牛肉ラーメンとあった。

「わあ～」

趙立安《チャオ・リーアン》は、たちまちそのおいしそうな文字に目を奪われた。よだれをすすりながらワゴンカーの前まで来ると、目をきらきらさせて崇拝の眼差しでジャックを見た。ジャックは行天盟《シンティエンモン》を辞めた後、その世界から足を洗うと宣言していた。

「僕の食べたかったものがよく分かったね？」

「俺は君の専属料理人だもの。君の食べたいものくらい分かるよ」

彼は「ジャック」から「方亮典《ファン・リャンディエン》」となり、ようやく一般人の平凡な暮らしを取り戻した。

ジャックのスイスの口座には、彼が働かずにゴロゴロしながら人生を三回送ってもまだ使い切れないくらいの貯金があった。

しかし、のんびりすぎる生活は自分の性に合わず、趙立安《チャオ・リーアン》宅の家事を切り盛りする主夫になったのだ。チビさんが帰宅した後の食事の面倒を見るだけでなく、ワゴンカーを一台購入し、それで趙立安《チャオ・リーアン》を追って台湾中を走り回り、いつでも出来たて熱々の移動式グルメを提供しているのだ。

「わあ。じゃあね牛肉焼きそばと牛肉焼きビーフン、それと牛肉チャーハンも」

「かしこまりました」

「また来たのか？　ちょうど俺も腹減ったな。牛肉あんかけご飯、頼むよ」

一台のパトカーが突然ワゴンカーに近づいてきた。ウィンドウが下がると、盧俊偉《ルー・ジュンウェイ》が顔を出した。そして、遠慮ない様子でジャックに注文した。

「かしこまりました。お代は千元になります」

ジャックはにこにこしながら、チビさんとの会話を邪魔した招かれざる客に会釈《えしゃく》した。

「なんだと？　千元？　てめえ、ぼったくるつもりか？」

ジャックは見下すような目つきで、盧俊偉《ルー・ジュンウェイ》に首を振った。

「うちの料理に使ってる肉は全部神戸和牛の最高級Ａ５等級ですよと言ったら、それでもぼったくりと言いますか？」

「……」

盧俊偉《ルー・ジュンウェイ》は呆気にとられた。

え、Ａ５等級の和牛だと？

ほんのひとかけらで二、三千元以上する極上の和牛を、惜しげもなく焼きそば、チャーハン、焼きビーフン、そして牛肉ラーメンに使っているだと？

「お前はバチが当たるぞ」

盧俊偉《ルー・ジュンウェイ》はがっくり肩を落としてそう言いながら、財布から千元札を二枚出した。

「でも、やっぱり牛肉焼きビーフンを頼む、それと牛肉ラーメンも」

給料が出たばかりで、お腹いっぱい膨らんでいる財布には申し訳ないが、実際には千元は半額の更に半額くらいの価格で、もし食べなかったら自分に対して申し訳ないというものだ。

「かしこまりました。すぐにご用意します。まあ、チビさんの注文が最優先ですがね」

「ああ……それは分かってる……」

初めて会ったわけでもないので、趙立安《チャオ・リーアン》を絶対的第一位に据えるというジャックの行動規範があることくらいはわきまえていた。

趙立安《チャオ・リーアン》は自分の耳たぶをいじりながら、申し訳なさそうに言った。

「俊偉《ジュンウェイ》ごめんね。僕のほうが数分早く来たんだ」

盧俊偉《ルー・ジュンウェイ》は相変わらず鈍感な後輩を呆れた表情で見て、自分が後回しになった理由を説明する気にもなれなかった。

＊　＊　＊

分娩室──。
「古《グー》、道《ダオ》、一《イー》！」

出産が迫った左紅葉《ツォ・ホンイエ》は分娩台に乗り、夫の手を握りながら大声で怒鳴った。

「怒らない怒らない。もう少ししたらあの呼吸です。ふう……ひい……そう。吐いて……もう一度吐いて……そうそう。お嬢様上手です」

「もうお嬢様って呼ばないでって言ったでしょ？　何なのよ！　あのヘボ医者はどこ行ったの？」

「ごめんごめん。落ち着いて。江《ジャン》先生は産婦人科の後輩に今回の出産の立ち合いを頼んだんです。心配いりません。江《ジャン》先生はそもそも婦人科専門じゃないんです」

「後輩ですって？　あのヘボ医者の後輩を信じろと？　ああっ……痛くて死にそう……」

「心配いりません。呉《ウー》医師は業界でも有名な先生です。自分も赤ちゃんも先生にすべて任せればいい！」

「古道一《グー・ダオイー》、先に言っておくけど、二人目は絶対に産まないわよ」

もう！　彼をこんなにも愛していなかったら、自分の身を削って妊娠と出産のリスクを負い、何が何でも赤ちゃんを産むなんてことはしなかった。

「分かりました、分かりました。もう産まない。子どもは一人で十分です」

「ああ……痛……」

数時間後、左紅葉《ツォ・ホンイエ》は無事に可愛らしい女の子を産んだ。出産で体力を使い果たした新米ママは、個室の病室に戻されて休んだ。

一週間後、ようやく新生児室で赤ん坊を拝むことを許されたおじさん連中が、列をなして外の廊下に立ち、五分後にピンク色のカーテンが開かれるのを待っていた。

シャーッ！

新生児室のカーテンが開かれると、孟少飛《モン・シャオフェイ》が最初にガラス窓の外に駆け寄って左紅葉《ツォ・ホンイエ》の病室コードを提示した。すると、中にいる看護師はたくさんの赤ちゃんの中から、すぐに一人の赤ん坊を見つけて、その小さなベッドを窓の前まで押してきた。

孟少飛《モン・シャオフェイ》は興奮しながら小さな赤ちゃんを見て、言った。

「わあ、可愛いなあ。唐毅《タン・イー》、見ろよ。これからあの小さなお姫様がお前をおじさんって呼ぶんだぞ」

「安心しろ！　まずお前に向かって『おばさん』って言うよう俺が教えるから」

「ちぇっ！」

唐毅《タン・イー》は恋人を見て、にやりと笑ってからかうと、孟少飛《モン・シャオフェイ》は白い目で返した。

ジャックは古道一《グー・ダオイー》の横に行き、微笑んでうなずいた。

「道一《ダオイー》さん、大変でしたね」

左紅葉《ツォ・ホンイエ》は妊娠して以来、傲慢な性格に更に拍車がかかり、彼女を一番可愛がっていた唐毅《タン・イー》でさえ、彼女の毒舌に何度か逃げ出した。普段から何かにつけて左紅葉《ツォ・ホンイエ》と大喧嘩をしている孟少飛《モン・シャオフェイ》は言うまでもなく、ただ一人性格の穏やかな古道一《グー・ダオイー》だけが終始一貫してにこにこしながら妻の短気と不機嫌に付き合ってきた。

「おじょ……紅葉《ホンイエ》のほうが大変でした」

古道一《グー・ダオイー》ははにかんで微笑んだ。結婚して数年経つが、まだ思わず左紅葉《ツォ・ホンイエ》を呼び慣れたお嬢様と呼んでしまうことがあった。するとその言葉が一番嫌いな彼女は怒り出し、家出してしまうのであった。

ただこの九ヶ月間、あの手作りイタリアンジェラート店の店主は気の毒な目に遭った。本来なら店のジェラートのフレーバーは随時入れ替えるのだが、左紅葉《ツォ・ホンイエ》を宥《なだ》めるために古道一《グー・ダオイー》に協力して、八ヶ月以上もの間チョコミントとマンゴーシャーベット二種類のフレーバーを切らさず用意しておき、家出してきたお嬢様が来店するのを待っていたのだ。こうすることで旦那のほうも、どこに行けば奥様を連れ戻せるのか分かっていた。

ジャックはにこっと笑って、ガラス窓にへばりついて小さなお姫様をあやそうとしている趙立安《チャオ・リーアン》のところに行き、その腰を引き寄せて聞いた。

「そんなに子どもが好きなのか？」

「もちろんさ！　赤ちゃんってこんなに可愛いのに、嫌いな人なんているの？」

「俺は好きじゃないな。うるさいし、面倒だし、こっちの話が通じない」

中でも一番の理由は、児童虐待で検挙されるから、ペットのようにゲージに閉じ込められないこと。

趙立安《チャオ・リーアン》は残念そうな表情を見せ、それから少しすねて言った。

「君は好きじゃないのか。本当は年越しの大掃除の時に、僕の小さい頃の写真を探し出して君に見せようと思ってたんだけど、分かった！　もういいや！」

「ちょっと待て！　誰の小さい頃の写真だって？」

「僕に決まってるだろ！　他に誰がいるんだよ？」

ジャックはチビさんの写真と聞くと、すぐに傲然と言った。

「見る！」

「子どもは嫌いって言ったじゃない！　うるさいし、面倒だし、話が通じないって！　やっぱりいいよ。万が一、昔の僕を見て、今の僕を好きじゃなくなったら、どうするの？」

「あり得ないよ」

問いかけられたジャックはすぐに否定した。

「万が一、そうなったら？」

「それが君なら、子ども時代だって大人になってからだって、どっちも好きだ」

趙立安《チャオ・リーアン》は頬がかあっと熱くなった。振り向いて、自分に向かってにやにやと笑う孟少飛《モン・シャオフェイ》をこっそり見た。

「こ、声が大きいって！　お姫様を起こしちゃう」

「とにかく何でもいいから、写真を探して俺に見せてよ。君のものは、全部僕のものだから」

「分かった！」

趙立安《チャオ・リーアン》が顔を赤らめてうなずいたのを見て、険しい顔をしていたジャックは笑顔を取り戻した。それから同じように腰をかがめて、ちょうど体をくねらせている赤ん坊をガラス越しに見た。

「あっ、チビさん」

「なんだよ？」

「そんなに子どもが好きか？」

趙立安《チャオ・リーアン》は横にいる恋人を見て、からかった。

「は？　さっきも聞いたじゃない？　壊れたレコードプレーヤーみたい！」

「じゃあ……」

ジャックはわざと声を伸ばして、チビさんの横顔を見ながらいたずらするような顔をして次の言葉を言い放った。

「俺たちも一人作ろうか。どう思う？」

「……」

趙立安《チャオ・リーアン》は目を丸くして、ジャックのほうを向いて睨んだ。

「いや違う。一人とは言わず、二人産んでくれ。できたら両方とも女の子がいいな。俺に似れば、美人姉妹の出来上がりだ」

ジャックは顎を撫《な》でながら未来の娘たちの姿を想像した。自分の容姿には相当の自信があった。

「方《ファン》、亮《リャン》、典《ディエン》！」

趙立安《チャオ・リーアン》は一文字ずつはっきりくぎって言った。

「ん？」

「何言ってるの！　僕は男だよ！　一回死んじゃえば！」

怒りに任せてジャックの太ももの外側に向けて蹴りを放ったが、腕利きの元傭兵《ようへい》はそれをひらりとかわした。

一人が蹴り、一人がかわし、あまりにも騒がしいその二人は、最後には看護師長からこっぴどく叱られ、新生児室のあるフロアから追い出されてしまった。

The end.

その後2　ジャックと趙立安《チャオ・リーアン》

ジャックはソファーに寝転び、夜の十時を回ってもまだ帰宅しない恋人を待っていた。彼は待つのにはとっくに慣れてしまっていた。

軍隊での厳しい訓練によって、彼は一般人には想像し難い能力を身につけていた。良く言えば、国を守り人民の命を守る技能だが、悪く言えば長期間をかけて作り上げられた殺人マシンにすぎなかった。

上官から殺すよう命令が下れば、そうしなければならない。国のために実行するならば、その殺人は法に触れないという違いがあるだけだ。つまるところ、単に命令にしたがって動くだけのマシンで、生きるか死ぬか、重用されるか冷遇されるか、すべてが上官の意思であり、人の顔色もうかがわなければならなかった。

「退屈だ」

ソファーに寝そべって、過去の人生に自分なりの評価をしていた。

同じ殺人ならば、殺す相手を自分で選んだほうがマシだと思い、軍隊から離れた後は傭兵《ようへい》というハイリスクな職業を選んだ。客に高値で雇われ、繰り返される戦火の中で何度も頭上に振り下ろされる死神の大鎌をかわしてきた。

ジャックは目を閉じ、部屋の空気を吸った。

その昔、彼の周囲に漂っていたのは、硝煙のにおいか、そうでなければ、鮮血が体内から流れ出た時の鉄錆のにおいだった。それが今は、いろいろな食べ物の香りだった。

「……」

自分でも気づかないうちに、ジャックは夢の中へと吸い込まれていった。しかし、夢の世界で過去の地獄に引き戻された。夢で機関銃が掃射する音を聞き、大砲の轟音が鳴り響く音を聞いた。そして、近くにいた仲間が一人また一人と倒れ、もう起き上がれないと悟った時の泣き叫ぶ声を聞き、被弾した後にどくどくと噴き出す血の音を聞いた。ようやく危機から抜け出せると思った時のため息……。

欲しい。自分の帰る場所が欲しい。

＊　＊　＊

カチャ！

鍵穴に鍵を差し込んでドアを開ける音がした。小さな音だったが、長年警戒心を強く保ったまま過ごしてきた元傭兵を起こすには十分だった。

「あ！」

一瞬でぱちっと目を開け、脅えた表情で周りの環境を見回した。自分が確かにリビングのソファーに寝ていることを確認すると、体を起こして真っ直ぐ座った。背中には冷や汗をびっしょりかいていた。

「へへっ、まだ寝てなかったんだ！」

酒のにおいを漂わせた趙立安《チャオ・リーアン》が、じゃらじゃらと鍵を鳴らしながら、ご機嫌な様子でいつもリビングで自分の帰りを待っていてくれる恋人を見た。

「また残業だったのか？」

趙立安《チャオ・リーアン》は鼻にシワを寄せて首を振った。

「ううん。阿飛《アーフェイ》と、あとね、俊偉《ジュンウェイ》と飲んできた」

「楽しかったか？」

「ん、楽しかった」

靴を脱いでジャックの横に座り、身体全体を預けてその肩に頭を乗せ、しっくりくるよう何度か位置を調整した。

「亮典《リャンディエン》。へへっ、方亮典《ファン・リャンディエン》、でかいなぁ」

趙立安《チャオ・リーアン》は甘える時だけジャックの本名を呼んだ。そして嬉《うれ》しそうに手を伸ばして、ジャックの胸筋を撫《な》でた。

「おい！　君は本当に胸フェチだな！」

ジャックはそう言いながら少し戸惑った。普段はチビさんからあらゆるセクハラをされてもまったく気にならなかったが、今夜は何かが違うようだ。趙立安《チャオ・リーアン》の撫で回す手が、なぜだかある部位に向かって進んだのだ。

趙立安《チャオ・リーアン》は唾を飲み込み、自分に触れられてだんだんと反応してきた部分を見た。

「硬くて、大きくて、そして熱いよ」

「チビさん。明日は仕事を休む気か？」

彼の身体に火をつけたなら、その晩は徹夜で消火活動を務める心の準備がいるのだ。

「食べちゃうぞ！」

趙立安《チャオ・リーアン》はそう豪語すると、いきなりジャックの身体に飛びかかり、反応が間に合わなかったジャックを柔らかいソファーの上に押し倒した。

「へ？」

ジャックは真面目な顔の恋人を見て、その動きに任せた。趙立安《チャオ・リーアン》はジャックのゆったりした服を捲《まく》り上げ、その胸に張りついて、乳首を口に含んで舐め、そしてかじった。

「ああ、つ……」

ジャックの喘ぎ声を聞き、攻める側にいる趙立安《チャオ・リーアン》は表情を崩して満足げに微笑《ほほえ》んだ。続けて体を下に滑らせていき、ジャックの腹部にキスをした。それから、部屋着のハーフパンツを引き剥がすと、完全に勃起して硬くなった物が弾け出た。

「おいっ！　本当にお前が攻める気か？」

「ふんっ！」

趙立安《チャオ・リーアン》は上半身だけ反らせて起きると、自分に向けられている疑問が気に入らないというようにジャックを睨《にら》んだ。

「僕だって男だよ。君が僕を食べるなら、僕も君のこと食べちゃっていいはずでしょ？　何だよ？　バカにしてるわけ？」

うう、全部阿飛《アーフェイ》のせいだ！

一緒に飲んでいた時、いきなり自分のことを引き寄せて、「まだ童貞生活から卒業してないんじゃないか？」と聞いてきたのだ。

趙立安《チャオ・リーアン》はそれに対して一気にまくし立てた。

『誰が童貞だよ！　もうジャックと卒業したもん！』

それを聞いた孟少飛《モン・シャオフェイ》は「ああそう」とだけ言い、それから一言返した。

『後ろは大人になっても、前はまだ永遠の童貞のままじゃないのか』

「う……」

まだ酒の抜けない趙立安《チャオ・リーアン》は、硬くなった物を握って上下に包み込むように動かしていたが、急に悔しくなって泣き出した。ソファーに押し倒され、されるがままになっていたジャックは突然のことに驚いた。

「チビさん？　どうした？」

趙立安《チャオ・リーアン》は自分も同じくかちかちになった下半身を指差して、泣き声で言った。

「阿飛《アーフェイ》に『お前はジャックとヤッたかもしれないが、後ろを卒業しただけで、前は相変わらず永遠の童貞だ』って言われた」

「ぷっ！　はははははっ」

ジャックはそれを聞いて、こらえきれずにお腹を抱えて声を出して笑ってしまった。

なんてこった！　こいつらは普段一体どんなふざけた話をしてるんだ？

まったく、元ボスもご苦労様だな。そんな常識外れの恋人を持って、唐毅《タン・イー》さんよ、なんと哀れな運命。

いや、ちょっと待て！

自分も同じ不運な人なんじゃないのか？　孟《モン》刑事よりも自由奔放な人と言ったら、今ちょうど自分の前で膝をついて、「乗っかる」つもりでいる趙立安《チャオ・リーアン》じゃないのか？

「……」

その事実に気づいたジャックは、呆然とした表情で目の前のチビさんを見た。

しかしその時、あるいたずらが頭にひらめいた。

「チビさん。君はそんなに『前』のほうも童貞生活を卒業したいのか？」

「ひっく、当たり前じゃん！」

趙立安《チャオ・リーアン》は酔っぱらいのしゃっくりをしながら、ジャックをじろりと睨んだ。

ジャックはにやりとして恋人の顎をつまみ上げると、怪しげな笑みを浮かべて言った。

「よし！　抱かせてやる！」

「本当？　本当に僕が食べちゃっていいの？」

ごくり！

趙立安《チャオ・リーアン》は興奮して唾を飲み込んだ。その頭の中にはこの立派な体格でイケメンのジャックが、自分の猛烈な攻めによってあんなことやこんなことになっている絵が浮かんでいた。

「本当だ。ただ……」

ジャックは趙立安《チャオ・リーアン》にウィンクをして、それから恥ずかしそうに装った。

「俺を食べたら、これから一生責任を負ってくれるか？」

「もちろんさ！」

趙立安《チャオ・リーアン》は得意げにぺったんこの胸を反らせた。それは硬くもたくましくもない胸筋だったが、彼自身は責任感のある男だった。絶対に彼の食べ物……

いや、間違えた……。

絶対に彼の「男」に対して一生責任を負う。絶対だ。

＊　　＊　　＊

部屋の中――。

「ジャック……待って……ジャック……ジャック……」

ベッドサイドランプをひとつだけ点けた部屋の中で、つらそうに喘ぐうめき声が響いた。

「どうした？」

理由を分かっていながら、ジャックはそう聞いた。恋人の腰をつかんで、そのまま動作を続けた。

趙立安《チャオ・リーアン》は喘ぎながら、根本的な質問をした。

「何だか……は……はあ……何だかちょっと……ちょっとおかしい気が……」

「どこかおかしい？　君が俺に『乗っかる』んだろ？」

「うん……さっき、話したように……僕……はあ……僕が乗っかる……」

「チビさん、君は今『上に乗ってる』よな？」

「ん……ん……そう……だね……ああ……」

「じゃあおかしくないじゃないか。このまま俺に『乗っかって』くれ！」

腹黒い笑みを浮かべながら、赤面するような言葉を口にした。

「うん……分かっ……た、僕……乗っかって……もし痛かったら……はあ……言ってね……いい？」

趙立安《チャオ・リーアン》は普段エッチする時に、ジャックがこちらの感触を気にかけて、繰り返し言ってくれる言葉を真似《まね》した。

もしこの時、妖怪を映し出す照魔鏡でジャックを映したなら、きっと彼の背後にキツネの尻尾が揺れているのが見えたはずである。

「分かった」

策略がうまくいったジャックは、大好きなチビさんを抱えたままそう答えた。べろべろに酒に酔った趙立安《チャオ・リーアン》を、骨まで余すことなくしゃぶり尽くすつもりだった。

「あ……」

硬くなった物が、下から上に向けて趙立安《チャオ・リーアン》の小さな穴に猛烈に押し込まれた。相手の身体の上に跨《また》がった姿勢のせいで、挿入した時の深さがいつもより更に深くなった。抜き差しするごとにほとんど前立腺の位置まで こすれて、ますます自分の声が抑えられなくなり、彼らの部屋に扇情的なうめき声が響いた。

「ああ……ジャック……感じる……気持ちいい……ジャック……」

「俺も……」

ジャックは歯を食いしばり、性器がきつく締めつけられる快感を存分に味わった。

「俺も感じるぞ」

「このまま……もっと攻めるから……」

「ああ……ほ、ほらまた……ほら……おお……おお……」

趙立安《チャオ・リーアン》は上がる動作の時に尻を引き締め、それから下に座る動作で尻の力を抜くというジャックが前に教えてくれた方法を繰り返した。

「うあっ……すごい、チビさん……ああ……」

意図的に趙立安《チャオ・リーアン》に教えたベッドのテクニックだったが、自分に対する趙立安《チャオ・リーアン》の影響力の大きさを忘れていた。普段のテクニック皆無の反応でさえ、制御が難しくなるくらい高揚するのに、テクニックを使いこなす趙立安《チャオ・リーアン》となると、完全に自分のリズムも狂わされてしまった。

「あ、は……ジャック……僕のはどう？　気持ちいい？」

「ちくしょう！」

たちまち性愛の主導権を失ってしまったジャックは、歯を食いしばって低い声で罵った。もうすでに気持ちいいかどうかの問題ではなく、完全に自分の蒔《ま》いた種で自ら敗北の道をたどってしまったのである。

なんてこった！　中がきつく締まってたまらない！

早漏は男のプライドに対する最大のダメージとなるものだ、いい感じだ、彼のプライドはもう、もうすぐ……。

「んはっ……」

ジャックの身体が力いっぱい上向きに反り返り、青ざめた顔で恋人の体内に欲望をぶちまけた。

趙立安《チャオ・リーアン》はベッドで息をつくジャックを興奮して見ると、口元に隠しきれない得意げな笑いを浮かべた。

「へへっ。僕よりも早くイッちゃったね」

なんと、「乗っかる」側を務めた趙立安《チャオ・リーアン》のほうが長持ちしたのだ。

これまでしてきたエッチはいつも彼のほうが先に射精していたのだが、今日は思いがけずジャックのオーガズムに達した後の表情を見ることができた。

「ああ、う……」

趙立安《チャオ・リーアン》はそんな恋人の顔を見て、奇妙な声を出した。

「何見てんだ？」

不機嫌そうに自分に跨ったままの趙立安《チャオ・リーアン》を睨んだ。

「ジャック……どうしよう？」

「何がだ？」

「僕どうやら……」

趙立安《チャオ・リーアン》は顔を掻《か》きながら、自分の気持ちを素直に打ち明けた。

「君のこと、もっと好きになっちゃった」

彼が見たことのない表情をジャックが見せる度に、もう一度同じ男を好きになるのだ。こんな現象は正常なのか？　それとも、あまり正常じゃないのか？

出し抜けに告白されたジャックもそれにつられて耳を赤くして、微笑みながら聞いた。

「これから酒を飲んだ後は、君に『乗っかって』もらう。どうかな？」

「うん！　そうする！」

趙立安《チャオ・リーアン》は力いっぱいうなずいた。

「さっきはお前が食べたから、今度は俺が食べる番だ」

「へ？　わっ……」

趙立安《チャオ・リーアン》はいきなり腰をぐいっと引き寄せられて後ろ向きに倒されてしまった。今度は逆にベッドに押しつけられ、硬くなった物でこすられて赤く腫れた部分に、抜き出すことを許さない「凶悪ジャック」がまたも挿入された。

「ちょ、ちょっと！」

今夜は僕が上に乗っかるって約束じゃなかったっけ？

どうして、またジャックが覆い被さってくるんだ？

「人は公平であるべきってお前がいつも言ってるだろ？　さっきはお前が俺に乗っかったんだから、今度は交代して俺が乗っかる番だ。それでこそ公平だろ？」

「んん……」

まだくらくらする頭の中で、どこかおかしいところがあると思ったが、それにどうやって反論するべきかすぐには思い浮かばなかった。あきらめてうなずき、同意するしかなかった。

「君の意見ももっともだ、分かったよ。さっきは僕に乗っからせてくれて気持ちよかったから、公平に君にも乗っかってもらおう。でも、明日も仕事だから、一回だけね。それ以上はダメだよ」

「分かった」

ジャックは嬉しそうににやりと笑い、こうして性愛の誓約書への署名が完了した。

「ふう……」

趙立安《チャオ・リーアン》はこっそり心の中でぺろりと舌を出した。

やれやれ、先に条件を提示してよかった。でないと、ジャックの体力はまったくもって怪物級なので、本当に心ゆくまでやらせてしまうと、明日のお天道様は拝めない。なぜなら、翌日の夕飯時まで意識を失ったように眠ることになるからだ。

再び硬さを取り戻した「凶悪ジャック」によって、第二戦の激情の幕が切って落とされた。

もちろん、ジャックは一回「だけ」という約束はきちんと守った。疲れて動けなくなったチビさんを幸せそうに抱き締めて、彼らのベッドで眠りについた。

＊　＊　＊

翌朝、携帯電話で設定したアラームで、趙立安《チャオ・リーアン》はようやく目を覚ました。歯を磨き顔を洗って、いつものように寝ぼけ目をこすりながら階段を下りた。

「おはよう！」

キッチンで忙しそうに朝食の用意をしているジャックが、起き出してきたチビさんを見て言った。

「おは……おはよう……」

趙立安《チャオ・リーアン》は幸せそうな笑みを浮かべて窓際の座卓に座り、ジャックの愛情たっぷりの朝食を待った。数分後、イケメンの恋人が出来上がったサンドイッチと搾りたてジュースを運んできて、正面に座った。

「うまいか？」

「激ウマだ！」

趙立安《チャオ・リーアン》は急に昨晩のことを思い出して、耳がぽっと熱くなった。ジャックの手をぐっと握って、真剣な顔で言った。

「安心して、一生君のこと責任持つから」

「……」

ジャックは最初すぐには反応せず、ぽかんとして趙立安《チャオ・リーアン》を見ていたが、ぷっと噴き出して笑い出した。

「ねえ！　真面目に言ってるのに、なんで笑うの？」

ジャックは首を振って笑いをこらえ、わざと下唇を噛《か》んで答えた。

「では僕に責任を持ってください。一生ね！」

「ああ！　もちろんだよ！　絶対だ！」

自分のどれだけ鍛えても筋肉がつかないぺらぺらの胸を叩いて、趙立安《チャオ・リーアン》は愛の誓いを立てた。

The end.

あとがき

羽宸寰

私はずっと珮瑜《ペイユー》の作品（脚本）が大好きです。その一つひとつの作品から、彼女が挑戦したいことや作品を通して表現したいものを感じ取ることができるのです。

ドラマであれ小説であれ、先頭を走るということは容易ではありません。特に今までにない新しいものを最初に作る人は、称賛の拍手を浴びると同時に、多くの批判や疑問に向き合わなければなりません。

長年の熱狂的ファンとして、このような珮瑜《ペイユー》を愛しく思い、また尊敬してきました。彼女の努力なくしてHIStory シリーズのＢＬ作品は生まれていないでしょう。

「他人の作品をノベライズする時は、自分の創作に対する時の何倍も真剣に取り組む」

これは私の自分自身そして仕事に対して課している要求です。今回（ノベライズ）の依頼を引き受けたその瞬間から、友人の期待、そしてHIStory 1から追いかけてきたファンの皆さんの期待に背かぬよう、熱狂的ファンの私は最高レベルの戦闘態勢に入ったのです。

作業の過程はまさに苦しみと楽しさが共存する毎日でした。苦しみは、長時間座りっぱなしで文字を打ち続け、その上、睡眠時間も限界まで削ったことによる手と腰とお尻の痛み（笑）です。しかしながら完璧に組み立てられて内容の詰まった脚本と、顔も演技も百点満点で、ラブシーンも惜しみなく演じてくれた俳優陣のお陰で、最初から最後まで頬が緩みっぱなしでした。

私は「物語」を背負っている人が好きです。まさに『ラブ・トラップ』の一人ひとりの登場人物には、それぞれ結末に至る「理由」があるのです。ちょうど子どもの頃にやったあみだくじのように、最初は同じスタート地点を選んだとしても、たくさんの転換点を経ていくことで、まるきり違った結末へと進んでいくのです。

私たちはそんな転換点の先でどんなことが起こるのか、前もって知ることはできません。だからこそ、今現在を大切にし、出会った縁を大切にし、自分が「これだ」と思った人を大切にしなければなりません。さながら趙立安《チャオ・リーアン》に出会ったジャック、孟少飛《モン・シャオフェイ》に出会った唐毅《タン・イー》、そして左紅葉《ツォ・ホンイエ》に出会った古道一《グー・ダオイー》のように。

編集の淳《チュン》さん、今回の業界を越えたコラボは簡単なものではなかったと思います。ありがとう、そしてご苦労様でした（愛を込めて）。

珮瑜《ペイユー》、応援してます！

私はこれからもあなたの忠実なファンとして、素晴らしい作品を一つひとつ追い続けます。

今回のノベライズ作品がHIStoryシリーズの熱狂的ファンの皆さんに楽しんでもらえることを心から願っています。

そして、引き続き次の引きこもり生活で奮闘する私に応援と激励をお願いします。

本書は各電子書籍ストアで配信中の『HIStory3 圏套～ラブ・トラップ』1～12話までの
内容に加筆・修正をしたものです。

著者紹介

羽宸寰　ユー・チェンファン

『父債子還』『有五個哥哥的我就註定不能睡了啊！』など人気BL作品を執筆している。本作に限らず人気ドラマのノベライズも行っている。

林珮瑜　リン・ペイユー

『リーガル・サービスー最大の利益』、HIStoryシリーズ『ボクの悪魔』、『ボクと教授』、『君にアタック』を手掛け、HIStoryシリーズの人気に火をつけた。また、『リーガル・サービスー最大の利益』は第105回文化省テレビ番組優秀脚本賞を受賞。
減量がスローガン。つねにアイデアに溢れ、物語や小説、脚本を書いている。

訳者紹介

小暮結希　こぐれ ゆき

香港映画をきっかけに中華世界に興味を抱き、国内の外国語大学中国語学科に入学、在学中に中国へ交換留学。卒業後は日本企業の中国支社勤務等を経てフリーランスの翻訳・通訳者として活動、書籍や楽曲翻訳にも携わる。趣味はアコースティックギターの演奏や読書。休日の楽しみはペットの黒猫と遊ぶこと。

ラブ・トラップ　HIStory3 圏套

2023年9月1日　第1刷発行

著　者　羽宸寰

林珮瑜

訳　者　小暮結希

発行者　徳留 慶太郎

発行所　株式会社すばる舎

東京都豊島区東池袋3-9-7 東池袋織本ビル 〒170-0013

TEL 03-3981-8651(代表)／03-3981-0767(営業部)

FAX 03-3981-8638　https://www.subarusya.jp/

印　刷　ベクトル印刷株式会社

落丁・乱丁本はお取り替えいたします

ISBN978-4-7991-1154-3